Los Amores de Lily

Julianne MacLean

Los Amores de Lily

Titania Editores

ARGENTINA - CHILE - COLOMBIA - ESPAÑA
ESTADOS UNIDOS - MÉXICO - URUGUAY - VENEZUELA

Título original: *Love According to Lily*
Editor original: Avon Books, An Imprint of HarperCollinsPublishers
Traducción: Armando Puertas Solano

© 2005 *by* Julianne MacLean
    Published *by* arrangement with Avon Books,
    An Imprint of HarperCollinsPublishers
    All Rights Reserved
© de la traducción 2007 *by* Armando Puertas Solano
© 2007 *by* Ediciones Urano, S. A.
    Aribau, 142, pral. - 08036 Barcelona
    www.titania.org
    atencion@titania.org

ISBN: 978-84-96711-16-7
Depósito legal: B - 26.824 - 2007

Fotocomposición: Ediciones Urano, S. A.
Impreso por Romanyà Valls, S. A. - Verdaguer, 1 - 08786 Capellades
(Barcelona)

Impreso en España - *Printed in Spain*

Para Stephen y Laura,
las dos personas que son la alegría de mi hogar.

Y un agradecimiento muy especial a Nelly Harms,
por tus consejos editoriales, inteligentes y perspicaces,
y también por el corazón y la dedicación que pones en lo que haces.
Y, además, eres una persona organizada, eficaz y sencillamente
notable en tu trabajo. No dejas de impresionarme.

También quiero dar las gracias a Paige Wheeler, mi agente,
a quien adoro. ¡Van siete años y seguimos!

Finalmente, gracias Michelle Phillips, mi prima, mi mejor amiga
y compañera crítica, por las risas, por las conversaciones
estimulantes y las lluvias de ideas a medianoche,
y por una amistad profunda y sentida.

Vivir es como amar: tiene la razón en contra,
y todos los instintos a favor.

Samuel Butler, 1835-1902

Prólogo

Castillo de Wentworth, Yorkshire
Verano de 1872

A la joven edad de veintiún años, Edward Peter Wallis, conde de Whitby, se llevó una taza de café a los labios y tomó conscientemente la decisión de que no quería morir. O, más bien, que no quería envejecer, ya que ser joven era de lejos más divertido.

—Ahí viene tu hermanita, subiendo la colina a toda carrera —avisó Whitby a su amigo James, duque de Wentworth, sentado frente a él en la mesa donde desayunaban.

Habían dispuesto que sacaran la mesa a la terraza de piedra inundada de sol porque, tras el consumo exagerado de coñac la noche anterior, el aire fresco les ayudaría a mitigar los nefastos efectos del alcohol. Resultó ser una idea poco ocurrente, ya que el reflejo del sol en la cafetera de plata en el centro de la mesa los obligaba a entrecerrar los ojos. Y no era nada aconsejable entrecerrar los ojos para protegerse de la luz cuando se trataba de combatir la migraña de una resaca.

—Mira cómo corre —dijo Whitby, reclinándose en su silla mientras seguía con la mirada a Lily que corría con su vestido de vuelos blanquiazules agitándose en el viento—. Espero que no me pida que juguemos al escondite, Dios mío.

—Quizás al pilla-pilla —replicó James, con tono irritado y la frente apoyada en el dedo índice.

Whitby todavía llevaba la ropa de la noche anterior, y en su rostro comenzaba a asomar la barba sin afeitar. Se sentía sucio y, para decirlo francamente, casi asqueroso, pero eso no le impidió sonreír a Lily, que se acercó corriendo con una sonrisa radiante en su carita, y con su vestido de vivos colores muy limpio y almidonado. Lily acababa de cumplir nueve años.

Whitby se inclinó hacia James.

—¿Cuándo crees que será lo bastante mayor para darse cuenta de que todavía estamos medio ebrios cuando llega corriendo a visitarnos a la hora del desayuno? La verdad es que sus inocentes ojitos no ven nada raro cuando la perseguimos a trompicones y la encontramos entre las rosas, o donde sea que se esconda. —Bajó la voz hasta convertirla en un susurro—. Y luego se ríe, James. Tampoco se entera de que la encontramos porque la *oímos* —dijo, ahogando una risilla, y tomó un sorbo de café.

—Ése serás tú, Whitby. Puede que tú todavía estés ebrio pero yo estoy lo bastante sobrio para sentir el martilleo en la cabeza, y si Lily me pide que juegue a perseguirla...

—Le dirás que vaya a jugar con sus muñecas.

Lily se detuvo al llegar a la terraza, casi sin aliento y sonriendo. Llevaba el pelo negro y lustroso recogido en dos trenzas con cintas azules del mismo tono que la faja del vestido.

—¡Whitby! ¡Sabía que esta mañana te encontraría aquí!

—Y ¿cómo lo sabías, Lily? —preguntó él, inclinándose hacia delante y apoyando los codos en las rodillas, sin hacer caso del dolor de cabeza—. ¿Te lo ha contado un pajarito? ¿O habrá sido esa araña que tienes en el hombro? —inquirió, señalando.

Lily dio un respingo y se pasó la mano por el pelo.

—¿Dónde?

Whitby se echó a reír, a pesar del dolor.

Lily lo miró sacudiendo la cabeza.

—Eres un bromista, Whitby. Y deberías lavarte. Los dos. Oléis a humo de tabaco.

Whitby miró a James frunciendo el ceño.

—La pequeña ha hablado.

—No soy pequeña —dijo ella—. Y sólo por decir eso, te tocará a ti contar. Cierra los ojos.

Whitby, que se divertía como de costumbre y era incapaz de negarle algo a la dulce Lily, obedeció y cerró los ojos.

Se oyeron los pasos de Lily que se alejaba deprisa por la terraza, hacia la izquierda.

—¡A que no me pillas! —gritó unos segundos más tarde.

La sola idea de tener que levantarse de su silla hizo vacilar a Whitby. En realidad, no quería moverse.

—Maldita sea, James, ¿por qué no vas tú? —dijo, reclinando la cabeza en el respaldo—. Es *tu* hermana.

—Pero te lo ha pedido a *ti* —se defendió James.

—Siempre me lo pide a mí.

—Porque yo nunca juego con ella. Tienes mucho que aprender sobre cómo desalentar las atenciones femeninas no deseadas, amigo mío.

Sabiendo que nunca conseguiría que James jugara con Lily, Whitby se obligó a incorporarse, por mucho que le pesara.

—Las atenciones femeninas no deseadas no existen, James. Aunque vengan de una niña de nueve años.

Whitby soltó un hondo suspiro y cruzó la terraza a regañadientes.

—¡Allá voy! —anunció.

Bajó las escaleras y vio enseguida el borde blanco y reluciente del vestido de Lily detrás de la fuente de los pájaros, apenas lo bastante ancha para ocultarla. Sin embargo, ella se creía invisible.

Whitby sonrió y ahogó una risilla, mientras sacudía la cabeza.

—¡Puede que estés detrás de las azaleas! —exclamó, y se dirigió lentamente hacia la fuente—. O aquí, ¡debajo del banco!

Lily estuvo a punto de echarse a reír.

—¿Qué es eso que oigo? —dijo Whitby, y se detuvo a sólo un metro, donde a todas luces podía verla—. ¡Debes estar escondida detrás del seto!

Ella volvió a ahogar una risilla y él rodeó por completo la fuente a toda prisa.

—¡Te he pillado!

Lily dio un grito y salió corriendo, con Whitby pisándole los talones, estirando los brazos y haciéndole cosquillas en las costillas, hasta que ella se dobló en dos. Rió y chilló hasta que Whitby paró y se llevó las manos a las orejas.

—¡Dios mío, Lily! Mi cabeza.

Ella se enderezó.

—Te estás haciendo demasiado viejo para estos juegos, Whitby. Un día de éstos ya no querrás jugar conmigo y serás un aburrido, como James, que es un viejo.

—James no es un viejo.

—Será, pero es muy aburrido —dijo Lily, con expresión de desdén.

Whitby se sintió obligado a defender a su amigo por una cuestión de honor. O quizá tuvo ganas de que Lily entendiera que su hermano era un hombre complicado. Si James se mostraba reservado, tendría sus razones.

—¿Crees que es aburrido porque no juega al escondite? Seguro que es interesante en otras cosas. —Desde luego, a Whitby se le ocurrían unas cuantas.

—No sabe jugar a nada. Ya lo he dicho, es casi como un viejo. Es igual de malo que mi padre.

Whitby la miró entrecerrando los ojos. Su tono se volvió serio, como una ligera llamada de atención.

—Eso lo dudo, Lily.

Ella se encogió de hombros, como si no le importara, y él vio que la pequeña ya se arrepentía de su comentario, porque su padre había sido un hombre frío y cruel. Comparar a cualquier persona con él era más que una exageración.

Whitby se inclinó para hablarle a su altura.

—Te prometo que nunca dejaré de jugar contigo, Lily, porque no tengo ninguna intención de envejecer.

—Todo el mundo envejece.

—Yo no —dijo Whitby, enderezándose y mirándola con los brazos en jarra—. Yo siempre seré joven. Al menos de corazón.

Lily sonrió.

—Entonces creceré y en unos cuantos años te alcanzaré —dijo, sonriendo—, y entonces podremos casarnos. Eso me gustaría.

—¿Casarnos? Dios mío, Lily, ¿qué dices? Soy el canalla más horrible del mundo, y tú, cariño, eres sólo una niña.

Le tiró suavemente una trenza y se giró para volver a la terraza porque necesitaba con urgencia tomar otra taza de café. Después de la carrerilla, su dolor de cabeza había vuelto con ensañamiento.

Mientras caminaba de vuelta a la terraza, se frotó la nuca. No reparó en que Lily había salido corriendo en la otra dirección sin decir palabra.

Capítulo 1

Castillo de Wentworth, Yorkshire
Octubre de 1884

*E*l sol del atardecer caía sobre las cortinas de encaje, inundando la habitación con su luz clara y densa. Sentada a su escritorio, Lily Langdon daba golpecitos impacientes con el pie en el suelo, y acompañaba el ritmo con su pluma, tamborileando sobre la carta que intentaba escribir. Miró las manecillas del reloj sobre la repisa de la chimenea. Avanzaban en silencio y reflejaban la luz del sol en su superficie plateada y dorada.

Aquel día Lily se sentía ansiosa y algo crispada. No podía fingir que ignoraba el motivo. Conocía sus propias emociones lo suficiente como para saber. Era el primer día de las jornadas de caza que su hermano celebraba todos los años. Los invitados habían llegado durante todo el día y, dentro de poco, ella tendría que empezar a prepararse para la cena, ponerse uno de sus elegantes vestidos de noche y lucir alguna de sus exquisitas joyas.

Ya había escogido el vestido para esa noche, su Worth de satén, color azul oscuro, con las rosas de terciopelo negro bordadas en el dobladillo. Ahora tenía que escoger los pendientes que harían juego con su collar de zafiros. Y sólo entonces estaría preparada para bajar al salón y saludar a los invitados.

Siguió tamborileando en la mesa con la pluma, sin dejar de sentir esa desagradable ansiedad. No le apetecía demasiado entrar en una habitación llena de desconocidos. En este caso, desde luego, no todos serían desconocidos. Su familia estaría presente, los amigos de su familia, algunos de los cuales conocía de toda la vida…

Quizá fuera ésa la razón de su ansiedad.

Alguien llamó a la puerta. Lily se incorporó, cruzó la habitación y abrió.

En el pasillo estaba su madre, Marion, la duquesa viuda, con las manos cruzadas por delante. Llevaba un vestido negro de manga larga, abotonado hasta el cuello y el pelo entrecano recogido en un apretado moño.

—Lily, tengo que hablar contigo.

Lily se apartó de la puerta dando un paso atrás y la invitó a entrar en su habitación.

Al ver cómo su madre lanzaba una mirada a su alrededor, sobre el montón de cartas no acabadas sobre la mesa y la novela moderna abierta sobre la cama, Lily tuvo la sensación de que le reprochaba alguna falta.

Cerró rápidamente el libro y lo dejó con la tapa boca abajo, mientras se preguntaba si sería capaz de no hacer caso de ese peso agobiante que era para ella la decepción de su madre. En efecto, la madre de Lily nunca había entendido el carácter romántico de su hija, sobre todo cuando ésta se desentendía de sus deberes. Marion era una mujer estricta y sin sentido del humor, una mujer que jamás pensaría en poner en tela de juicio sus responsabilidades.

Marion se sentó en una silla y Lily ocupó el sofá frente a ella. Se miraron durante unos segundos, incómodas, antes de que Marion rompiera el silencio.

—Lily, ya sabes que los invitados han ido llegando a lo largo del día.

Lily asintió con un gesto de la cabeza.

—Resulta que hay un caballero, concretamente, que ha llegado hace no más de una hora. Se trata de alguien que ha invitado Sofía, alentada por mí, puesto que, en mi opinión, es un joven encantador y del todo respetable. Se trata de Lord Richard, el hijo menor del conde de Stellerton.

El hijo menor. Lily apretó las manos que tenía entrelazadas sobre el regazo. Recordó un tiempo en que su madre sólo pensaba en los hijos mayores como hombres casaderos. Al fin y al cabo, Lily era hija de un duque. Pero Lily ya tenía veintiún años, y no se podía decir que no había conocido el lado amargo de la vida. Sospechaba que su madre empezaba a perder toda esperanza.

—¿Qué edad tiene? —inquirió Lily, obligándose a conservar la calma y a buscar preguntas sensatas e inteligentes cuando sólo deseaba levantarse de un salto y exclamar: «¡No quiero que me traten como si fuera una oveja!»

Pero no saltó de su lugar porque la verdad era que necesitaba consejo. No se atrevía a confiar en su propio juicio cuando se trataba de los hombres. Sabía lo insensata que una mujer podía volverse cuando la cegaba la pasión. Lo sabía porque en una ocasión se había prendido de alguien, un francés encantador, un hombre con una manera de hablar exquisita. Por desgracia, resultó ser alguien muy diferente de lo que ella creía. Sin embargo, durante un par de semanas muy breves, se le antojó que estaba enamorada de él.

Y también estaba Whitby. Siempre Whitby. Pero él no veía a Lily como una mujer. La veía como una niña o como una hermana. Esperar algo más de él sería poco realista y pecaría de insensatez.

De modo que sí, necesitaba algún tipo de orientación porque deseaba seguir adelante con su vida.

—Lord Richard tiene veintiséis años —le informó su madre—. Lo he conocido al llegar, y te puedo asegurar que es un joven muy apuesto.

Lily bajó la mirada.

—Ya sabes que para mí ésa no es la virtud más importante en un marido.

—Pues recuerdo una época en que no era así —dijo su madre con semblante impasible, dando a entender que aún ardía en ella un rescoldo de reproches por la imprudencia que Lily había cometido con Pièrre.

Lily se preguntaba si algún día conseguiría reparar ese paso en falso.

—¿Acaso piensa conocerme esta noche? —preguntó—. ¿Por eso ha venido?

—Sí. Le sucede lo mismo que a ti; Londres no le agrada durante la temporada de reuniones sociales, y busca a una joven que sepa vivir tranquila en el campo.

Aquello parecía prometedor.

—¿Qué vas a ponerte esta noche? —preguntó su madre.

—Mi Worth azul con las rosas negras de terciopelo.

Su madre desvió la mirada hacia el armario de Lily.

—El Worth azul… —dijo, como sopesando brevemente la decisión—. Quizás algo más tradicional. ¿Qué te parece el vestido verde, aquel que hace juego con tu camafeo?

El vestido verde era, sin duda, más tradicional. Tenía mangas largas y un escote de encaje bastante menos atrevido que el vestido azul.

—Si crees que sería más apropiado…

—Sí, eso creo. Lord Richard es un joven de mucho prestigio, y acaba de convertirse en capellán de las posesiones de la familia. Al parecer, su padre cree que tiene un gran futuro por delante y que algún día podría llegar a obispo.

—Suena ideal. —Lily cruzó los pies y apretó las manos, que conservaba sobre el regazo—. Pero ¿qué pasará si se entera de lo que ocurrió con…?

Le costaba pronunciar el nombre de Pièrre. No le agradaba recordar su propia insensatez.

—Puede que lord Richard no me quiera —dijo—. Quizá comprometa sus posibilidades de llegar a obispo.

Su madre frunció el ceño y habló con tono severo.

—Eso es agua pasada, Lily. Nadie lo sabe excepto los miembros de esta familia.

—Lo sabe Whitby.

Su madre guardó silencio un momento. No era ningún secreto que siempre había detestado a lord Whitby, desde el primer día. Éste había trabado amistad con James a muy temprana edad y tenía más influencia en él de la que ella jamás sería capaz de ejercer.

Cuando por fin habló, su voz era tensa.

—Sí, por desgracia, así es, y ya quisiera yo que no lo supiera. Si me hubieras escuchado hace tres años… —dijo, y guardó silencio—. Supongo que ya no hay nada que hacer. Lo importante, Lily, es que debes seguir adelante. Eras joven y cometiste un error, pero gracias a Dios no ha habido nada que lamentar.

Su madre se refería, claro está, al asunto de su virginidad. Que seguía intacta.

—Pero ¿qué pasará si lord Richard me acepta y decide casarse conmigo? ¿Tendría que decirle lo que hice? —Por la cabeza de Lily pasó una imagen fugaz de la sórdida habitación de Pièrre en aquella pensión, y la rechazó violentamente—. No me imagino guardando un secreto como ése sin contárselo a mi marido.

—Y ¿por qué no? —preguntó su madre, arrugando la frente.

Lily experimentó esa mezcla confusa de frustración y simpatía que siempre sentía cuando su madre decía frases como ésa, porque Marion nunca había amado al padre de Lily. Seguro que había ocultado muchos secretos acerca de sí misma.

Sin embargo, desde que James se había casado con Sofía, Lily veía con sus propios ojos el tipo de cosas que podían ocurrir en un matrimonio. No había secretos entre ellos. Se amaban y confiaban plenamente el uno en el otro, algo que ella jamás habría imaginado de más joven. Y, ahora, no estaba del todo segura de que quisiera renunciar a un futuro como ése. Ella quería franqueza y confianza en su matrimonio, como James y Sofía lo tenían en el suyo.

Y, desde luego, pasión.

Aún así, en el caso de que lord Richard o cualquier otro posible candidato se enterara de sus desvaríos e imprudencias con un francés a los dieciocho años, puede que nunca se celebrara matrimonio alguno…

Lily tuvo un estremecimiento. A veces se sentía al borde de un estrecho precipicio, con la sensación de que un día de ésos (y no faltaba mucho), caería a un lado u otro. Pero ¿de qué lado caería?

¿Acaso acabaría como su madre, distante y fría, o abierta y afectuosa, como Sofía?

Sintió el pecho oprimido por la presión de tener que elegir el lado correcto, antes de que acabara por perder el equilibrio y caer hacia donde fuera que soplara el viento.

—Ponte el vestido verde esta noche —dijo su madre—. Y el camafeo. Te sientan muy bien.

—Gracias, madre. —Lily se levantó y acompañó a Marion hasta la puerta.

Sin embargo, más tarde, mientras observaba a su criada, Aline, peinándola frente a su tocador, empezó a pensar en la impresión que causaría en *otro* hombre el vestido verde y el camafeo. Tenía la sospecha de que ese hombre preferiría el vestido azul con el escote más osado.

Pero mientras pensaba en ello, tuvo que reconciliarse con la idea de que Whitby ni siquiera se fijaría en ella ni en su vestido. Tendría los ojos puestos en otras mujeres, como de costumbre. Por eso, era preferible olvidarlo.

Si tuviera un penique por cada vez que pronunciaba esa frase…

Se miró fijamente al espejo un rato largo. De pronto le asaltó un recuerdo de la infancia, y oyó el eco distante de su propia risa mientras corría por el jardín jugando al pilla-pilla con Whitby. Sus visitas siempre habían sido un respiro de luz en una existencia habitualmente oscura, cuando ella vivía en una casa donde la risa no tenía cabida.

Sintió una punzada de tristeza en el corazón, una añoranza hiriente por aquellos momentos especiales del pasado. Se llevó una mano al pecho.

—¿Se encuentra bien, milady? —preguntó Aline.

—Sí, estoy bien —dijo ella.

No era verdad. En realidad, no. Hacía ya tiempo que no se encontraba bien.

Deseó retroceder en el tiempo y volver a encontrarse con la niña que un día había sido. La niña que sabía esquivar las sombras. La niña que no tenía miedo de actuar respondiendo a sus pasiones.

¿Había desaparecido esa niña? Lily sentía verdadera curiosidad. ¿O era que una parte de ella seguía viva en algún lugar, en lo más profundo de su ser? Se inclinó hasta quedar muy cerca del espejo y miró atentamente en el fondo de sus ojos azules.

Capítulo 2

A las cuatro y cuarto de la tarde, un lacayo vestido de librea, impecables medias blancas y brillantes zapatos de charol con hebilla, bajaba a toda prisa las escaleras del castillo de Wentworth para abrir la puerta del coche de un último invitado, el conde de Whitby, viejo amigo del duque.

Vestido con un elegante abrigo de lana marrón y un sombrero del mismo color, lord Whitby bajó del coche y sonrió al ver a James, que acababa de salir del castillo junto a Sofía.

Whitby subió los peldaños mientras se quitaba los guantes. Se detuvo ante James y Sofía, y sus hombros se alzaron y cayeron con un suspiro profundo.

—Y bien. Ha pasado un año más, y ya tenemos encima otras jornadas de caza. ¿A dónde irán a parar esos años perdidos? —preguntó, y se inclinó para besar la mano a Sofía—. Duquesa, está usted deslumbrante, como de costumbre.

Ella le respondió con una sonrisa.

—Ay, Edward, ven y dame un abrazo. —Se acercó a él y se abrazaron. Pero al separarse, Sofía miró a James con un dejo de inquietud.

Whitby ya se esperaba esa reacción. No se había afeitado, estaba exhausto y sabía que había perdido peso desde la última vez que se vieran.

Whitby se giró hacia James y le tendió la mano.

—Tú también tienes buen aspecto, James.

James miró a Whitby sin disimular su curiosidad.

—Y tú, en cambio, tienes un aspecto desastroso, amigo mío. ¿Qué diablos habrás estado haciendo anoche?

Whitby apoyó un pie un peldaño más arriba, se golpeó el muslo con los guantes y miró hacia los campos a lo lejos.

—Lo habitual, mucho me temo. Colchester recibía una de sus compañías de teatro en su casa de campo anoche. Duró hasta bastante tarde. —Whitby volvió a mirar a James y sonrió—. De modo que decidí coger el tren esta mañana, en lugar de intentar dormir. Sólo estoy cansado.

—Espero que hayas dormido en el tren —dijo Sofía.

—Sí, he conseguido descansar un poco.

Lo cual no era del todo verdad. Whitby llevaba todo el día despierto, preocupado, pensando en su hermana, Annabelle.

No quería explicárselo a ellos. Le preguntarían por qué y él tendría que contárselos todo. Y no estaba preparado para hablar de ello.

Sofía se prendió de su brazo y subió con él hasta la entrada.

—Aquí no habrá nada de fiestas salvajes e interminables. Nos retiraremos a una hora decente, como adultos maduros y responsables que somos. Las luces se apagarán exactamente a las diez.

Whitby rió y miró por encima del hombro a James, que los seguía.

—¿Quién es esta impostora que me lleva hacia la casa? ¿O acaso tu mujer ha renunciado a sus costumbres americanas?

Entraron los tres riendo en el gran vestíbulo y sus risas reverberaron en las paredes de piedra y en la bóveda del techo.

—Y ¿cómo están los niños, el pequeño Liam y John? —preguntó Whitby—. ¿Ya se han metido en algún lío?

—Diablos, ya lo creo que sí, y crecen más deprisa que la mala hierba —dijo James—. Sin ir más lejos, el otro día Liam montó en el pony sin ayuda de ninguno de los dos.

—¿Montó solo? Vaya, James. ¿Acaso debo recordarte que sólo tiene dos años y es el heredero de un ducado? No creo que a tu madre le hiciera mucha gracia.

—No se lo hemos contado —dijo James, sonriendo—. Decidimos ahorrarle la angustia.

Pasaron junto a una brillante armadura al pie de la escalera.

—Ahora que ya hemos hablado de estas nimiedades, pasemos a asuntos más importantes —dijo Whitby—. ¿Ha venido Lady Stanton?

Sofía se detuvo y le dio un golpe en el brazo.

—Lady Stanton es una mujer casada, Whitby. Debería darte vergüenza preguntar.

—Eleanor y yo somos amigos —dijo, y sonrió apenas. Cuando Sofía lo miró, también sonriendo, él se rindió a sus buenas intenciones—. De acuerdo —dijo—, dime quiénes son las damas no casadas. Supongo que, con ayuda de sus madres, estarán dispuestas a hacerme morder el polvo.

Sofía lo miró mientras sacudía la cabeza, y James seguía con la mirada perdida, divertido pero no sorprendido. Sofía desgranó una lista de nombres mientras subían las escaleras para acompañar a Whitby hasta sus aposentos en el ala este.

—Prometo que bailaré con todas —dijo éste, al entrar en la suite Van Dekker, que siempre le reservaban cuando los visitaba en Wentworth. Las cortinas de terciopelo verde estaban abiertas, recogidas con borlas doradas. Su equipaje ya estaba ahí, en el centro de la habitación, gracias a su criado, que había viajado en un tren más temprano.

Whitby se quitó el abrigo con un gesto de los hombros y lo lanzó sobre la cama con dosel, una estructura sólida de antiguo roble inglés, con las cortinas de la cama recogidas en los soportes y un cabecero que reproducía las torretas del castillo.

—Supongo que habrá baile, ¿no?

—Claro que sí —dijo Sofía—. Mañana por la noche. Esta noche nos reuniremos en el salón a las siete y cenaremos a las ocho. Después, jugaremos a las cartas.

Ella y James se quedaron en la puerta.

—Te dejaremos para que te instales —dijo James.

En cuanto se fueron, Whitby se dejó caer en el banquillo acolchado al pie de la cama, y se apretó el tabique nasal. Respiró profundamente varias veces. Se sentía débil y, después de subir las escaleras, le faltaba el aire. Tendría que haber comido algo durante el día.

Buscó en el bolsillo de la chaqueta, sacó una petaca y desenroscó la tapa. Bebió un sorbo y se obligó a tragar.

Precisamente en ese momento entró su criado y alcanzó a ver su mueca de dolor. El hombre se detuvo en seco en el umbral.

Whitby alzó una mano.

—No digas nada, Jenson.

Jenson, que llevaba más de veinte años trabajando como criado de Whitby, se acercó a la cama y cogió el abrigo.

—No tenía intención de hablar milord.

Whitby observó a Jenson colgar el abrigo en el armario del rincón.

—Me duele la garganta —dijo, sin saber muy bien por qué daba explicaciones a su criado. Pero ¿qué podía decir? Whitby había perdido a su padre a los ocho años. Jenson, que ahora tenía sesenta y un años, había cumplido en parte ese papel de padre.

—¿*Otro* dolor de garganta, milord? —preguntó Jenson, sin disimular su incredulidad.

Whitby sacudió la cabeza y de un trago acabó con lo que quedaba en la petaca, hasta que por fin sintió el calor agradable que lo adormecía.

Eran casi las siete y media cuando Lily se detuvo en la puerta del salón, decorado en tonos carmesí y dorado. En el interior, las gruesas cortinas estaban cerradas y en toda la sala la iluminación era acogedora por la luz tenue de lámparas y velas. Un grupo de señoritas estaban sentadas en el sofá y las madres en las sillas a su alrededor. Unos cuantos caballeros se habían reunido en torno al piano, y reían a propósito de algo. Otros invitados, cerca de Sofía y James, conversaban junto a un fuego que crepitaba en el hogar.

Lily se preguntó si habría llegado lord Richard. Sería un alivio acabar de una vez con las presentaciones.

En ese momento, sintió que alguien se le acercaba por detrás y, antes de que pudiera girarse, sintió una mano fuerte que se apoderaba de su codo.

—Lily. Gracias a Dios que tú también llegas tarde.

Lily se giró y se encontró cara a cara con lord Whitby, vestido muy formalmente de negro y blanco, impecable, luciendo su abundante y ondulada melena rubia. Whitby la miraba sonriendo, esperando una respuesta. Ella se fijó en lo delgado que estaba.

Con la lengua trabada, como de costumbre, Lily lo miró y enseguida se sintió perdida en el azul profundo de sus ojos y en el talante juguetón de su sonrisa. Whitby era un hombre muy guapo.

Deseaba no experimentar esa sensación cada vez que lo veía, y procuraba no sentir ese cosquilleo enloquecido en el vientre. Si sólo pudiera verlo como un hermano…

—¿Qué te parece si entramos juntos? —sugirió Whitby, inclinándose muy cerca—. Así nadie se dará cuenta. Vamos.

La cogió por detrás de la cintura y entraron en el salón.

Ella siguió, muy consciente de que todavía no había dicho palabra. Se enfadó por el efecto que Whitby producía en ella, porque había ocurrido lo mismo en su último encuentro, unos meses antes, en uno de esos bailes en Londres. Él se había puesto a flirtear con otra mujer, como de costumbre. Aquella noche había sido la señorita Violet Scott, que estaba convencida de que Whitby la pediría en matrimonio. Lily no se había divertido demasiado esa noche.

—Ya ves —dijo él—. Nadie se ha fijado en nosotros. —Whitby le hizo una seña a un criado, que se acercó enseguida con una bandeja llena de copas de champán, cogió dos y le pasó una a Lily.

—Salud —dijo, y bebió un par de tragos largos.

Una vez acabado, volvió toda su atención a ella.

—Y ¿cómo estás, Lily? Tienes buen aspecto.

Ella tragó con dificultad e intentó sonreír, pero sintió que un temblor se apoderaba de su cuerpo, hasta que el labio le tembló.

—Estoy bien… gracias. Estoy bien. ¿Tú estás bien?

Dios mío, que venga alguien y me ponga una mordaza…

Los ojos de Whitby relucieron, divertidos, y apenas se inclinó un poco... encantador y atractivo, lleno de vida y entusiasmo. Tenía los labios humedecidos. Lily sintió que se mareaba con sólo mirarlo, y luego le asaltó el mismo anhelo de siempre, un anhelo que nunca le daba tregua.

—Estoy bien, gracias —susurró él, por toda respuesta.

Whitby se estaba riendo de ella. Lily pensó que tendría que haberse echado a reír con él, o quizá lanzar la cabeza hacia atrás y darle un manotazo en el brazo. Pero no podía, con ese enorme nudo que tenía en el estómago. Se sintió como si acabaran de dejarla caer sobre el trasero en el suelo frío y duro.

En ese momento, aparecieron James y Sofía por detrás.

—Pensaba que te habías olvidado de nosotros —dijo James.

Whitby dejó de mirar a Lily.

—¿Qué dices? No. Sólo quería estar lo más presentable posible y pensé que me tomaría mi tiempo —dijo, y miró por encima del hombro de James—. Veo que ha venido Spencer. He sabido que tiene un rifle nuevo y muchas ganas de presumir.

—La verdad es que sí —convino James—. Ven a saludarlo. Él mismo te lo contará.

Sin siquiera girarse para mirar a Lily, Whitby siguió a James hacia el otro extremo del salón.

Lily lo miró unos segundos, todavía bajo el efecto del cosquilleo en el vientre, hasta que tomó un trago de champán. Cuando acabó, se encontró con la mirada atónita de Sofía.

—¿Te encuentras bien? —preguntó ésta.

Lily fingió una gran sonrisa.

—Sí, claro. ¿Por qué no habría de estar bien?

—Nada —dijo Sofía, encogiéndose de hombros—. Sólo que estás un poco sonrojada.

Lily se tocó una mejilla, esperando que no se le notara la vergüenza.

—Llegaba tarde y he tenido que darme prisa. Y puede que Aline me haya apretado demasiado el corsé.

—Lily, querida —dijo su madre, que se había acercado hasta

ellas—, ven a conocer a los demás invitados. Hay algunos que todavía no te he presentado.

Lily siguió a su madre hasta el otro lado del salón. Se sentía humillada en lo más íntimo porque ese encuentro breve e insignificante con Whitby la había sacudido entera. Se había propuesto olvidarlo. Deseaba mostrarse del todo insensible pero, por desgracia, no estaba sucediendo así. Cada vez que lo veía experimentaba de todo, los nervios, las emociones del corazón, cada uno de sus imposibles anhelos y cada deseo irreprimible.

Su madre la llevó al otro extremo del salón, hasta el grupo de caballeros reunidos alrededor del piano. Había unas cuantas caras conocidas, pero también había otras nuevas. Una destacaba por encima de los demás: un hombre joven de pelo negro, que no dejaba de ser atractivo. Miraba a Lily con visible interés.

Su madre los presentó y, en efecto, se trataba de lord Richard, el joven que, de cumplirse los designios de su madre, se convertiría en su marido.

Lily sonrió, haciendo gala de su gentileza habitual y, más que participar en la conversación, se limitó a escuchar lo que se decía, mientras observaba discretamente a lord Richard. Sus miradas se cruzaron en más de una ocasión, y él le sonrió. Ella empezó a sentirse más cómoda, y su pulso recuperó lentamente su ritmo normal.

Al poco rato, la conversación se había animado y Lily sonreía alegremente a todos los que componían el grupo. Se olvidó de sus mejillas sonrojadas. Se olvidó de Whitby. Tampoco miró hacia el otro lado del salón, quizá porque estaba demasiado consciente del interés que despertaba en lord Richard, que no dejaba de observarla y evaluar sus virtudes. Hizo todo lo posible por mostrarse encantadora y amable, riendo con los comentarios ingeniosos, mirando con interés a quien tuviera la palabra. Más tarde, cuando sonó la campana de la cena, sonrió inocentemente a lord Richard antes de prenderse del brazo de su vecino mayor, el señor Horton, porque tenían que ocupar sus lugares de dos en dos siguiendo un protocolo.

Entraron en el comedor amplio y elegante, iluminado por decenas de velas en candelabros de plata, distribuidas a intervalos regulares a lo largo de la mesa de mantel blanco dispuesta para treinta comensales. Unos ramos de flores de vivos colores frente a cada puesto llenaban el ambiente con la fragancia de un jardín de verano. Al cabo de un rato, cuando todos estuvieron sentados, comenzó el lujoso despliegue del servicio.

Lily estaba sentada en diagonal frente a lord Richard, de modo que no podían hablarse directamente, aunque la posición de ella se prestaba para observarlo y ver cómo se comportaba con quienes lo rodeaban. Parecía un hombre muy amable. De vez en cuando la miraba y le sonreía. Ella lo miraba a su vez y también sonreía.

En otras ocasiones, Lily se daba cuenta de que se le perdía la mirada en el otro extremo de la mesa, donde James, Sofía y Whitby reían, entretenidos con la animada conversación. Whitby estaba sentado junto a lady Stanton, una mujer muy bella y, al parecer, muy divertida. Todos reían con las cosas que decía.

Lily se obligó a concentrarse en su plato y decidió fijar su atención en las personas sentadas frente a ella y a su lado.

Después de la cena, las damas volvieron al salón para tomar el café, y los hombres se retiraron a la biblioteca a tomar un clarete y a fumar.

—Me alegro de ver a lord Richard aquí —dijo lady Stanton a la madre de Lily, mientras servían el café. Se inclinó para coger su taza—. Se ha convertido en un hombre muy apuesto en estos últimos años. En realidad, creo que sería una excelente pareja para la mujer apropiada, una mujer que disfrute de la vida en el campo.— Miró con expresión sonriente a Lily, que no dijo palabra mientras cogía su taza y revolvía el café con la cuchara.

—La verdad, lord Richard es un joven muy íntegro —dijo la madre de Lily—. Una señorita debería tenerse por afortunada si él se fijara en ella. Muy afortunada.

Lily miró a Sofía, que seguía con los ojos fijos en ella. Su cuñada le sonrió con un gesto de simpatía.

Más tarde, cuando los hombres se reunieron con las damas en el salón, Sofía se acercó a Lily, que estaba sentada sola en el sofá junto a la ventana.

—Te veo tan sola sentada aquí —dijo Sofía. Se acomodó a su lado y le puso una mano en la rodilla.

Lily alzó las cejas.

—No, para nada. Me divierte observar a todo el mundo mientras conversan.

—Sabes, Lily —dijo Sofía, con voz amable y tranquila—, hubo un tiempo en que te fascinaban estas reuniones sociales. Solías andar siempre en busca de emociones y de caras nuevas. *Caras atractivas.* —Miró a Lily de reojo con una expresión cargada de intención.

Lily consiguió sonreír, aunque no sentía la alegría que debía acompañar esa sonrisa.

—Eso era cuando era joven e inocente y no sabía nada de las perversiones y pecados del mundo —dijo, con humor fingido, aunque había un fondo de verdad en ello, y las dos lo sabían.

—Y ¿qué te parece lord Richard? —preguntó Sofía, cambiando oportunamente de tema—. Tu madre piensa que sería una estupenda pareja para ti.

—Estoy segura de que lo sería —dijo Lily—. Espero tener la oportunidad de conocerlo mejor en los próximos días.

Sofía miró fijamente a Lily.

—¿Ah, sí? —preguntó, sin disimular su escepticismo. Sofía tenía por costumbre hablarle a Lily con mucha franqueza—. ¿O quizá preferirías conocer a otra persona?

Lily sintió cierta incomodidad y quedó muda, como paralizada en su asiento.

Sofía lo sabía.

Lily ignoraba desde cuándo lo sabía. Recordaba haberle contado a Sofía, hacía tres años, que de pequeña se había enamorado de Whitby. Ella creía que a esas alturas lo había superado, lo creía sinceramente. En realidad, casi no había pensado en él durante el año previo a esa confesión.

Sin embargo, algo estaba cambiando últimamente. Al volver a Londres en mayo, Lily se había entregado a una agitada vida social. Se encontró con Whitby una y otra vez, en diversos bailes y reuniones, después de casi dos años sin verlo. Dos años después de lo de

Pièrre, cuando ella se había retirado de la vida social, un tiempo en que sencillamente había estado ausente de las grandes reuniones sociales de Londres.

Sin embargo, cuando volvió a ver a Whitby en el mes de mayo de ese año, Lily recordó con toda claridad el día en que éste había acompañado a James y a Sofía para sacarla de esa pensión, llevarla a casa y salvarla de una perdición segura. Whitby bajó las escaleras con ella en brazos y la dejó a salvo en un coche privado. Después, no la juzgó, a diferencia de los demás, sobre todo de su madre, al verla llegar a casa. Pero Lily no podía reprochárselo. Al contrario, ella misma se sometió a un severo juicio entonces, y ahora seguía juzgándose y condenándose. Pero Whitby nunca la había juzgado, y no parecía hacerlo ahora. Todo estaba olvidado. Él nunca lo mencionó. Aunque tampoco hablaba con ella de nada trascendente...

Sofía le tomó una mano.

—Sabes que puedes confiar en mí, ¿no?

Lily asintió con la cabeza.

Sofía le apretó con más fuerza la mano.

—Me gusta pensar que tenemos una relación estrecha, y creo que la tenemos, pero hay algo que me has estado ocultando, a mí y a todos, en realidad, desde hace mucho tiempo. Creo que sientes algo por lord Whitby, pero no quieres que nadie lo sepa.

Lily le miró las manos a Sofía, que tenía encima de las suyas, y no dijo palabra durante lo que pareció una eternidad. Al final, soltó un suspiro.

—Eres muy intuitiva.

Sofía relajó los hombros, como si llevara tiempo preparándose para sonsacarle la verdad a Lily con una larga conversación.

—¿Desde cuándo lo sabes? —le preguntó Lily.

Sofía recorrió la sala con la mirada para asegurarse de que nadie estaba pendiente de ellas, y luego habló en voz baja.

—Lo he sabido desde el día en que me lo contaste hace tres años, cuando acababa de casarme con James. Pero, desde entonces, creí que lo habías superado. Todavía lo creía cuando dejaste Londres repentinamente en junio, cuando todos pensaban que Whitby le iba a proponer matrimonio a la señorita Scott. Pero cuando volvimos a casa con James, nunca lo mencionaste ni hablaste de él, de modo que pensé que me había equivocado. Hasta esta noche.

Lily, que de pronto se sintió como desnuda, preguntó:

—¿Tan transparente soy?

—No. Si lo fueras, tu madre se habría dado cuenta. Y Whitby también. Tiene un sentido muy agudo cuando se trata de percibir el interés de las mujeres por él.

Era verdad. Lily sabía lo listo que era Whitby con las mujeres. Llevaba años observándolo.

—¿James lo sabe? —preguntó.

Sofía negó con la cabeza.

—No. Le he hablado de mis sospechas unas cuantas veces, pero él nunca ha creído que pudiera ser verdad. Quizá porque eres su hermana, le cuesta imaginarse que podrías enamorarte... de Whitby, ya que lo conoces de toda la vida. Lo más probable es que James os vea sencillamente como hermano y hermana.

—Pero no lo somos.

—No, no lo sois, y eso lo tengo muy claro.

Lily no sabía cómo expresar la emoción que sentía de estar con alguien que la viera como algo más que una hermana de Whitby.

—Creo que eres la única que lo ve de esa manera —dijo, incapaz de imaginar que aquello pudiera solucionar algo. Sofía la miró con una sonrisa llena de simpatía.

—Sólo por ahora.

Lily sintió que el corazón le daba un vuelco.

—¿Qué quieres decir con eso, Sofía?

—Digo lo que has escuchado. Quizás ha llegado el momento de saber si puede haber algo más entre vosotros.

Lily se quedó boquiabierta mirando a Sofía. Llevaba tanto tiempo intentando convencerse de que no debía seguir enamorada de Whitby que le costaba imaginarse la posibilidad de un desenlace diferente.

Su pensamiento se centró enseguida en los motivos del por qué.

—Mi madre lo detesta.

—Pero James no.

—Whitby es mucho mayor que yo.

—Doce años —dijo Sofía—. Eso es un mero obstáculo, fácilmente salvable.

Lily arqueó las cejas.

—¿Fácilmente salvable?

—Sí. —Sofía volvió a recorrer el salón con una discreta mirada—. La vida es demasiado corta, Lily. Hace mucho tiempo que sientes afecto por Whitby y, por lo visto, no has sentido lo mismo por nadie más, aunque lo hayas intentado. Si lo amas, deberías perseguirlo y ver qué ocurre. Por lo menos sabrás si el destino quiere que estéis juntos o no.

Lily rió sin tapujos y enseguida se tapó la boca con la mano, temiendo haber atraído la atención de los invitados.

—¿Sin más? ¿Perseguirlo?

—Claro que sí. —Sofía miraba a Lily como si ignorara que hubiera un problema, una actitud muy típica de ella. Tenía una voluntad de hierro, y cualquier inglés sabía que los americanos se empeñaban en conseguir lo que querían. A Lily se le ocurrió que su cuñada podría darle unas cuantas lecciones sobre cómo desenvolverse.

Lily volvió a mirarse las manos.

—Sin embargo, James tiene razón en una cosa. Es verdad que Whitby me ve como una niña y como una hermana. Si es que me ve.

—Eso tú no lo sabes.

—Sí que lo sé. Apenas me mira cuando hay otras mujeres, otras que saben coquetear con él. La verdad es que a veces tampoco se fija en mí cuando *no* hay otras mujeres. Esta noche, por ejemplo, estaba más interesado en el rifle nuevo de lord Spencer que en hablar conmigo. Cuando estamos en la misma habitación, es como si fuera invisible.

—¿Alguna vez has intentado que se fije en ti?

Lily la miró con un dejo burlón.

—¿Cómo? ¿Saltando y agitando los brazos?

—No seas tonta —dijo Sofía, con voz suave—. Él es un hombre.

Y tú eres una mujer. Y muy bella. Lo único que tienes que hacer es coquetear con él, pero no te muestres demasiado dispuesta. Coqueteando se puede manipular al hombre para que piense que es él quien corteja a la mujer. Y quizá debieras ponerte un vestido más atrevido. Sorpréndelo, de modo que al final no le quede más que darse cuenta de que has crecido.

Lily miró con aire pensativo a su madre, que seguía sentada ante el hogar.

—Esta noche pensaba ponerme mi Worth azul, pero mi madre opinó que debía ponerme éste. Creyó que sería más apropiado para presentarme a lord Richard.

—Ah, sí —dijo Sofía, y le lanzó una mirada al sujeto en cuestión—. Lord Richard.

Lily también lo miró. Ahora hablaba con su padre y otros invitados.

—Parece un hombre muy agradable —dijo—. Desde luego, no quisiera descartarlo.

—Yo tampoco lo descartaría, de estar en tu lugar. Pero, ya sabes, si Whitby ve que has despertado el interés de otro hombre, puede que sea justo lo que necesites para que se fije en ti.

Lily comenzó a sentirse incómoda.

—No quisiera utilizar a lord Richard, ni engañarlo por ningún motivo.

—No, desde luego, no harías eso —dijo Sofía—. Lo que digo es que eres joven y no tienes lazos, y que ahora es el momento de probar el terreno con diferentes hombres. Mi opinión es que deberías conocer mejor a los dos en los próximos días. ¿Crees que podrás conseguirlo?

Lily pensó en su sueño de toda la vida, la visión de Whitby inclinándose para besarla, sus labios rozando los de ella, suavemente al principio, antes de estrecharla en sus brazos para entregarse a un beso más apasionado.

Presa de la emoción, el corazón se le había desbocado.

—¿De verdad crees que es posible?

—No estaría sosteniendo esta conversación si no lo creyera.

Lily sintió que la sangre le hervía en las venas, y una ola de excitación la sacudió desde la cabeza hasta los pies. Sofía era optimista; creía que ella era capaz de conseguir lo que se proponía. Y ella, ¿podría creerlo también? Sintió que se le ponía la carne de gallina en los muslos.

—No tengo vestidos atrevidos —dijo—. Hasta el Worth azul tiene un escote recatado comparado con lo que se han puesto algunas mujeres.

Sofía sonrió maliciosamente.

—Yo tengo unos cuantos. Y mi criada sabe manejar la máquina de coser. Podríamos arreglar uno sin problema para que puedas ponértelo mañana por la noche para el baile.

—Y ¿qué pasará con lord Richard? —preguntó Lily—. No quiero hacer nada que estropee mis posibilidades con él. Si pretendo ser realista, debería recordar que no hay demasiadas probabilidades de que Whitby se enamore de mí.

Sofía le dio unos golpecitos en la rodilla y sonrió.

—No te preocupes, Lily. Sospecho que si lord Richard es como la mayoría de los hombres, aprobará el cambio de estilo en tu vestimenta. Los dos lo aprobarán.

Al otro lado del salón, Marion dejó su taza de café y se dio cuenta de que no estaba demasiado atenta a la conversación de su alrededor. Estaba distraída. No le gustaba lo que veía allí junto a la ventana, donde Sofía y Lily hablaban de manera tan íntima, y se notaba que lo hacían en voz baja. No le parecía bien. Sofía y Lily tendrían que estar con las otras damas, conversando educadamente.

Cuando volvió a mirarlas, vio un brillo en los ojos de su hija que no había observado en mucho tiempo. Lily parecía más bien animada y entusiasmada.

Algo en aquella mirada le provocó cierta inquietud, y se sintió muy incómoda cuando sucumbió a ese reflejo involuntario de apretar la mandíbula.

Capítulo 3

—¿*T*e divertiste anoche? —le preguntó James a Whitby, que yacía estirado sobre una silla en la habitación de James. Introdujo los brazos en las mangas de la chaqueta de *tweed* gris que sostenía su criado.

Whitby, que ya se había puesto su traje de caza, jugaba con el sombrero que sostenía.

—Sí, fue una velada agradable. Al parecer, Sofía se divirtió.

—Siempre se divierte. Le agrada entretener a los demás. —James dejó de mirarse en el espejo y se volvió hacia Whitby. Se lo quedó mirando un momento—. Me perdonarás mi franqueza, pero esta mañana vuelves a tener un aspecto horrible, Whitby. Dime que has desayunado.

Whitby siguió jugando con el sombrero.

—Estoy bastante seguro, sí.

—¿Estás completamente seguro? Cuando alguien te pregunta si has comido y respondes diciendo que estás bastante seguro, suena raro. Uno dice que ha comido. A menos que quieras disimular el hecho de que no tuvieras hambre porque todavía tenías la cabeza empapada de coñac de la noche anterior.

Whitby se reclinó en su silla. No estaba con ánimo de defenderse. Tenía demasiadas cosas en la cabeza.

Inclinó la cabeza a un lado.

—Y ¿a ti qué mosca te ha picado? Recuerdo una época en que tú también prescindías del desayuno después de una noche de juerga.

James volvió a mirarse en el espejo mientras su criado le ajustaba las mangas.

—Sí, pero he madurado, gracias a Dios. Ya no me fío a ciegas de este cuerpo mío.

Whitby tampoco se fiaba de su cuerpo. Ni loco.

—Tú, al contrario —siguió James, severo—, te comportas como si todavía tuvieras diecinueve años.

Whitby, atónito, se quedó mirando a su amigo.

—Y ¿por qué no? ¿Qué tiene de malo divertirse? Todavía no estoy muerto, al menos por ahora —dijo, intentando que sonara divertido.

James volvió a girarse, se agachó y metió la mano en el bolsillo de la chaqueta de Whitby. Sacó la petaca y la miró un momento antes de lanzarla a la papelera.

—Lo estarás si sigues con esto.

Whitby se quedó mirando en silencio, desconcertado por la imagen de su petaca en la papelera. Siguió un pesado silencio. James hizo una señal a su criado y éste salió de la habitación.

En cuanto se cerró la puerta, James dijo:

—Eres mi más viejo amigo, Whitby, de modo que considero un deber hacerte una pregunta. ¿Cuándo fue la última vez que estuviste sobrio más de un día?

Whitby se hundió en la silla y miró a James entrecerrando los ojos. Le costaba creer que estuvieran teniendo esa conversación. Había venido porque quería divertirse. *Necesitaba* divertirse. No había venido a escuchar sermones.

Se quedó sentado un rato en esa posición desgarbada y, cuando finalmente habló, era palpable la irritación en su voz.

—No soy un borracho, si es eso lo que quieres saber.

—Entonces, ¿cómo se explica este cambio en tu aspecto?

Whitby le lanzó una dura mirada a su amigo.

—¿Esto qué es? Por el amor de Dios, empiezas a hablar igual que tu padre.

James entrecerró los ojos, molesto con ese comentario. Cuando por fin habló, su voz era grave y serena.

—Y tú también te pareces a tu padre.

No era un secreto que el padre de Whitby había vivido en perpetuo estado de embriaguez durante los últimos años de su vida, antes de morir a los cuarenta y dos años.

Whitby dejó caer la mano sobre el brazo del sillón. Normalmente, se habría levantado para enfrentarse inmediatamente a James, le habría hundido el dedo en el pecho y lo habría retado a repetir la acusación. Pero hoy no podía. Para empezar, todavía estaba ebrio y no estaba seguro de poder conservar el equilibrio si se levantaba de la silla.

Además, la conversación le resultaba un poco molesta. Le recordaba las faltas que había cometido en el cuidado de su familia, sobre todo de Annabelle, la más vulnerable frente a Magnus. Su primo. Su enemigo, que finalmente conseguiría lo que quería si su salud no mejoraba.

De modo que Whitby sólo atinó a entornar los ojos.

—Dios mío. Estás totalmente equivocado. Llevo unos días con la garganta irritada, nada más. Por todos los diablos.

—¿La garganta irritada? —dijo James, dudoso.

—Sí, y el coñac me la cura.

—¿Has visto a un médico?

Whitby lanzó a James una mirada cargada de antipatía, molesto por sus preguntas indiscretas. No tenía ganas de hablar de ello.

—Sí, he visto a un médico —mintió, y esa mentira dio lugar a otra—. Y, para que lo sepas, fue él quien me recetó el coñac.

James lanzó a su amigo una mirada escrutadora, fue hasta la papelera, cogió la petaca y se la devolvió a Whitby.

—¿Por qué no me lo habías dicho?

—Te estabas divirtiendo demasiado, con esos aires de vejestorio virtuoso. Ahora sé cómo se debe sentir Martin, en su condición nada envidiable de hermano menor. Quizá debiéramos contrastar nuestras impresiones.

James captó el ambiguo sentido del humor en el tono de Whitby, y aquello pareció relajarlo. Respiró hondo.

—¿El médico dijo que se te pasaría?

—¿La irritación de la garganta?

—Sí, la irritación de la garganta —dijo James, visiblemente contrariado por la falta de interés de Whitby, y no del todo convencido de que dijera la verdad.

—Claro que se me pasará —dijo Whitby, asintiendo con la cabeza—. Tendría que haberme quedado en casa y cuidarme, pero nunca me he perdido una de tus cacerías, y no tengo ni maldita intención de perderme ésta.

James volvió a mirarse en el espejo y se puso el sombrero.

—Esperemos que seas capaz de dar en el blanco.

Aquella noche, Lily entró en el salón, apenas iluminado, a las siete en punto. Se detuvo en la puerta y, al mirar a los invitados, se sintió observada, quizá porque llevaba ese vestido color carmesí oscuro con el escote sumamente atrevido.

Se llevó una mano al cuello y se tocó el collar de rubíes. Era un poco rara esa sensación del aire frío rozándole la clavícula y la hendidura del escote, porque hacía años que no se ponía un vestido como ése, desde los dieciocho años, cuando le sobraba valentía y seguridad. En aquel entonces había hecho lo imposible por parecer atractiva. Pero ya no era esa chica.

Tragó saliva para disimular su nerviosismo y entró en el salón. En el hogar ardía un fuego reconfortante. El candelabro de oro del techo brillaba con sus doce velas titilantes.

Su madre aún no había llegado. Lily se alegró porque no tenía demasiadas ganas de explicarle por qué se había vestido así.

Luego observó que Whitby tampoco había llegado. Ni lord Richard. Sofía estaba junto al piano, charlando con algunas damas. Vio a Lily en cuanto entró, se disculpó con las demás y cruzó el salón para ir a su encuentro. Su mirada hablaba con elocuencia de su curiosidad.

—Estás estupenda —le susurró, al acercarse—. No hay duda de que esta noche se fijará en ti, sobre todo con ese color.

—Y luego, ¿qué? Me dirá que estoy muy guapa y pasará de largo.

—No, lo sorprenderás y captarás su atención, tal como hemos hablado.

—No lo sé —dijo Lily, que parecía presa de las dudas—. No sé si podré hacerlo.

—Claro que podrás —insistió Sofía—. Sólo recuerda: se trata de fingir que eres una persona segura de ti misma, aunque no lo seas.

Lily se alisó el vestido por delante.

—Ningún hombre me ha perseguido jamás. Bueno, con una excepción. En este mismo salón. Y ya sabes con qué resultados.

Sofía la llevó al interior del salón, la cogió y le habló en un susurro de voz.

—Sí, pero no debes pensar en eso. Sólo tienes que pensar en Whitby, y en cómo le harás saber que estás dispuesta a que te corteje.

Lily sintió que las mejillas se le teñían de rojo. Creía que no tenía capacidad alguna de mostrarse coqueta, sobre todo con Whitby, ya que éste casi se había convertido para ella en un personaje de cuento de hadas. Y ella lo idolatraba.

Sabía que era ridículo, porque Whitby era sólo un hombre, un hombre que había conocido toda su vida.

En ese preciso momento, se volvió hacia la puerta, y ahí estaba, en todo su esplendor de belleza celestial, entrando en el salón y ahora cogiendo una copa de champán de un criado. Ay, era espectacular. Era más que espectacular.

Con los años, Whitby había madurado y su aspecto era acaso más viril, si aquello era posible. Más seguro en su manera de moverse. Los rasgos del rostro eran angulosos y bien definidos y, esa noche, tenía todo el pelo rubio revuelto de la manera más adorable.

Ella miró su mano grande sosteniendo la copa de champán de delicado pie. Su anillo de esmeralda lanzó un destello bajo la luz de la tarde. Lily tragó con dificultad y se humedeció los labios.

Whitby iba vestido con un traje negro formal y camisa blanca. Se dirigió al otro lado del salón y se detuvo frente a una ventana, donde trabó conversación con unos caballeros.

Sofía llamó a un criado, que se acercó en seguida con una bandeja de copas de champán. Sofía y Lily cogieron una copa. Sofía tocó a Lily en el brazo y la hizo girarse.

—Dale la espalda a Whitby.

Lily hizo lo que le sugería Sofía, y bebió lentamente de su copa mientras conversaban.

—Acaba de mirarte —dijo Sofía.

—¿Quién? ¿Whitby?

—Sí, te ha mirado de arriba abajo, de la cabeza a los pies. Dios mío, pero si no tiene ni la menor vergüenza.

—¿Me ha mirado de arriba abajo? —preguntó Lily, asombrada—. Seguro que no. Te habrá mirado a ti.

—No, no era a mí. Y bien, eso acaba de demostrarlo. Ahora estoy convencida. Un vestido rojo funciona siempre.

Siguieron charlando y bebiendo champán y, finalmente, Lily tuvo el valor de mirar por encima del hombro, como le había dicho Sofía.

Él encontró enseguida su mirada. Y antes de que Lily tuviera tiempo de apartar la mirada, él la saludó alzando su copa.

Sacudida, Lily se volvió hacia Sofía.

—¿Has visto eso?

—Sí —dijo Sofía, sonriendo. No pasó ni un minuto y Lily vio que Sofía sonreía, satisfecha—. Qué sorpresa. Viene hacia aquí.

—¿Estás segura? —preguntó Lily, que no acababa de creer que Whitby deseara hablar con ella. Seguro que se acercaba a hablar con Sofía—. Y pensar que todavía tengo que coquetear con él y hacerle pensar que es él quien me corteja. Pensaba que tardaría toda la noche en conseguirlo.

—Supongo que a Whitby no hará falta manipularlo —dijo Sofía, encogiéndose de hombros y reprimiendo una risilla.

Lily sintió que se ponía muy roja.

—Relájate —dijo Sofía—, y no te gires hasta que él hable primero. Haz como si no te sorprendiera verlo y, al cabo de un rato de fingir distancias, di algo ingenioso y sonríele con los ojos. Eso a los hombres les gusta.

En ese momento, Lily sintió que Whitby se acercaba como una enorme ola de tsunami a punto de reventar, hasta que se detuvo a su lado. Lily sintió un vacío insondable en el vientre. Quiso ignorarlo y actuar como sugería Sofía, procurando mantener una actitud distante.

—Buenas noches, señoras —dijo Whitby, inclinándose ligeramente—. Permítanme decir que esta noche las dos estáis deslumbrantes.

Se volvió hacia Lily y la miró un momento breve. Por un instante de pánico, Lily pensó que fracasaría estruendosamente en aquel intento, porque no tenía ni idea de que se había hecho de su voz ni de cómo hacer uso de ella. Pero, entonces, gracias a Dios, por algún motivo, las palabras salieron de su boca.

Y no eran palabras ridículas.

—Gracias, Whitby. ¿Qué tal estuvo la cacería durante la jornada de hoy?

Él no le respondió de inmediato. Antes, se dio unos segundos para mirarla a la cara. En realidad, parecía asombrado. Como si la mirara por primera vez. ¿Sería el vestido?

Él la miró a los ojos, luego le miró la nariz, los labios, y bajó hasta su collar de rubíes. Y enseguida volvió a ser el mismo de siempre y el momento pasó. Era evidente que la había mirado. Y pensado que tenía un aspecto diferente, nada más.

Cuando Whitby habló, lo hizo dirigiéndose a las dos.

—Bastante deprimente, la verdad sea dicha. Nadie conseguía acertar un tiro. No será difícil que mañana nos vaya mejor. Desde luego, peor no nos puede ir.

Lily tendría que haber respondido algo. Quería hacerlo, pero el cosquilleo volvió a adueñarse de su estómago y esta vez encontró una vía directa hacia su cerebro. Sofía cogió rápidamente las riendas de la conversación.

—¿Tuvisteis mal tiempo?

—Hacía viento —dijo él—, y supongo que ha sido uno de esos días en que todos tienen una racha de mala suerte.

A continuación, les habló del número de faisanes y perdices cobradas, y por quién, y luego él y Sofía siguieron conversando, mientras Lily representaba a una especie de observadora accidental.

De pronto, Lily se dio cuenta de que su esperanza y su entusiasmo comenzaban a menguar. Quizá se había engañado a sí misma, dejándose llevar por el optimismo de Sofía cuando, en realidad, ella sencillamente no era la mujer para Whitby. No sabía cómo hablarle.

Se reunió con ellos otro invitado. Era lord Richard.

—Buenas noches, señoras. Whitby.

Whitby lo saludó con un gesto de la cabeza.

—Lady Lily —dijo Richard volviéndose hacia ella—. Su madre me ha dicho que está usted leyendo *El peregrino*. Es una de mis obras preferidas. La leí por primera vez cuando era un muchacho.

Todas las miradas se volvieron hacia Lily. Ella miró a Whitby, que la miraba por encima de su copa de champán mientras bebía un trago, esperando su respuesta.

Le sonrió a lord Richard y consiguió adoptar cierto aire de seguridad.

—Qué interesante —dijo—. Todavía no lo he acabado, pero es una historia fascinante.

Hablaron de la extensa alegoría religiosa con cierta profundidad, pero en cuanto se produjo una pausa en la conversación, Whitby se inclinó ligeramente.

—Si me disculpan... —dijo.

Con esas palabras, se giró y dejó el grupo para ir a conversar con lady Stanton, en el otro extremo. Ella lo vio venir y fue hacia él, sonriendo y mostrando un hombro desnudo al saludarlo.

Lily intentó mantener su atención centrada en lord Richard, que seguía hablando de *Abismo de desesperación* y de *El sermón del monte*. Luego Richard empezó a describir un pasaje de la segunda parte del libro que Lily todavía no había leído.

En realidad, empezaba a costarle seguir el hilo de su discurso. Estaba demasiado ocupada intentando luchar contra ese agudo dolor de la desilusión. Una vez más, había aburrido a lord Whitby. Una vez más, él había encontrado a otra mujer, mucho más atractiva que ella. Quizá ya era hora de renunciar a sus sueños infantiles y empezar a actuar de manera razonable. Era evidente que Whitby estaba fuera de su alcance. Siempre lo había sabido.

Sin embargo, también sabía que no podría desprenderse tan fácilmente de sus esperanzas, porque habían vivido demasiado tiempo alojadas en su corazón.

—Por favor, no te des por vencida —dijo Sofía, después de la cena, cuando los hombres todavía estaban en el comedor.

—No le intereso para nada, Sofía. No tiene sentido fingir que ocurre lo contrario.

—Pero no puedes renunciar sólo porque has fracasado en un primer intento. Nadie jamás consigue nada en el primer intento. Nadie. Tienes que volver a intentarlo.

—No lo creo. Mi suerte con la felicidad tendrá mejores resultados con lord Richard.

—Pero ¿te sientes atraída por él? —preguntó Sofía, bajando la voz.

—Con el tiempo, puede que sí.

—Supongo que no te puedo obligar, ¿verdad? —preguntó Sofía. Por su expresión, se notaba que la comprendía.

Lily sonrió y sacudió la cabeza.

—Creo que sería preferible que superara lo de Whitby de una vez por todas. No puedo seguir soñando con lo imposible, porque me impide vivir la realidad.

Sofía se inclinó y besó a Lily en la mejilla.

—Si eso es lo que quieres, te apoyaré. Sólo quiero que seas feliz —dijo, y se incorporó—. Voy a subir a ver a los niños y asegurarme de que duermen, pero no tardaré en volver. ¿Estarás bien?

Lily asintió con la cabeza y Sofía salió.

Al cabo de unos minutos, las puertas se abrieron y entraron los caballeros en el salón, James y Whitby los primeros. Lily observó a Whitby un momento, y con cierta tristeza, puesto que estaba a punto de renunciar para siempre a algo que había formado parte de su ser. Conocía a Whitby desde que diera sus primeros pasos. Siempre había estado presente en su vida y, a sus ojos, era un hombre extraordinario.

Él se giró hacia donde estaba ella, y su mirada brillante la sacudió con su habitual fuerza hipnótica. Lily sintió el calor en todo el cuerpo, y aquel deseo familiar que había cultivado demasiado tiempo sin satisfacer jamás. Últimamente, sentía que le quemaba, y esa tenacidad suya, a pesar de su oposición, la frustraba más allá de lo imaginable.

Él le sonrió, una sonrisa lenta y perezosa que brilló sobre todo en sus ojos y, tras disculparse, se apartó de James. Cruzó el salón en dirección a ella.

Lily se removió, nerviosa, en el sofá y enderezó aún más la espalda. Carraspeó y miró a su alrededor, y de pronto se preguntó si Whitby no cruzaba el salón para hablar con otra persona. ¿Con lady Stanton, quizá? No, lady Stanton se encontraba en el otro extremo.

Ahí estaba Whitby, de pie frente a ella, alto y elegante, fornido, irradiando magnetismo…

Se le aceleró el pulso y tuvo que obligarse a recordar lo que acababa de proponerse acerca de su deseo de lo imposible.

Capítulo 4

Cuando Lliy era una niña pequeña, le fascinaban las travesuras de Whitby. Ahora, como mujer, le fascinaba algo muy diferente: la embargaba la seductora atracción de esos ojos azules de hombre maduro, el tamaño y la fuerza de sus manos, y la perfección divina de su boca, su nariz y sus pómulos.

Ahora veía el cuerpo, algo en lo que no había reparado de pequeña. Deseaba ponerle la mano en el pecho, probar el sabor de sus labios. Whitby era el hombre más guapo que había conocido, e incluso ahora, segura de que él jamás calmaría esa lujuria dolorosamente intensa que sentía por él, no podía apartar la mirada. Whitby era una corriente de deseo, deslumbrante y cautivadora, una corriente que siempre la arrastraría.

Lo maldijo por encender el fuego de su lujuria justo cuando acababa de decidir, una vez más, que tenía que olvidarlo.

Lily tragó con dificultad y luchó para contener la fascinación que la embargaba al verlo, de modo que al menos podría hablarle.

—¿Puedo? —preguntó él, señalando el espacio vacío en el sofá.

—Desde luego —dijo ella, y se apartó apenas.

Él se sentó y se reclinó, reposando el brazo en el respaldo del sofá, cruzándose de piernas de cara a ella. Lily intentó respirar con normalidad, pero le resultaba difícil con la mano de Whitby a sólo centímetros de su oreja.

Él se quedó sentado, mirándola con sonrisa de libertino. ¿Qué diablos le hacía sonreír de esa manera? Finalmente habló.

—La verdad es que no te has divertido leyendo *El peregrino*. Si fuera verdad, aquí donde me ves me levanto y me pongo a bailar.

Lily se lo quedó mirando, medio atontada.

—Y bien...

Él inclinó la cabeza hacia ella, como si estuviera a punto de regañarla si no le contaba la verdad.

Lily sonrió. Sintió que el estómago le daba vueltas y le embargaba una emoción incontenible.

—Todavía no he acabado de leerlo.

Él se inclinó un poco más, casi imperceptiblemente, un pequeño movimiento en que Lily no habría reparado de haber sido cualquier otro. Pero no era cualquier otro. Era Whitby. ¡Whitby! Y todos sus sentidos estaban pendientes del más mínimo movimiento suyo, o del más leve cambio en su expresión. Era consciente incluso de su exquisita esencia masculina.

Él bajó la voz.

—Todavía no lo has terminado porque te duermes antes de acabar la página. ¿Estoy en lo cierto?

Ella volvió a sonreír y asintió con la cabeza, aprovechando para liberar parte de su tensión con una risa.

—De acuerdo, lo confieso. No puedo recordar lo que acabo de leer, porque me pongo a divagar sobre cosas más interesantes. Como las cenizas del hogar.

Whitby ahogó una risa. Lily hizo lo mismo. Y luego se dio cuenta, no sin asombro, que en realidad estaba sentada con él en un sofá y estaban conversando. Una conversación de verdad. Él la miraba a los ojos y ella lo miraba a él.

—Cada vez que te he visto leyendo —dijo él—, siempre tienes la última novela de moda en tus manos. O algo de literatura gótica. Recuerdo que en una ocasión te vi leyendo *Melmoth el errabundo*. Yo también la leí, poco después.

Lily recordaba esa lectura, de hace unos cuatro años. Era la espantosa historia de un hombre que había firmado un pacto con el diablo para prolongar su vida.

Le sorprendió descubrir que Whitby recordara lo que ella leía. O que incluso se hubiera dado cuenta.

—Ese libro me asustó tanto —dijo—. Solía leerlo por las noches en la biblioteca, y en una ocasión tuve que subir corriendo a mi habitación porque el viento ululaba y tenía el corazón en la garganta.

Whitby echó la cabeza hacia atrás.

—Ah, sí, un libro apasionante. No podía soltarlo. Recuerdo que una noche tuve que dormir con la lámpara encendida.

Whitby se rascó detrás de la oreja un momento y se la quedó mirando. Parpadeó lentamente, y Lily creyó que tenía sueño. Se preguntó si no estaba incubando alguna enfermedad.

—He oído que lord Richard te ha prestado una atención muy particular desde que llegó —dijo Whitby—. Al parecer, le has causado una muy buena impresión.

—Sí —dijo ella, bajando la mirada—. Mi madre lo ha invitado. Cree que sería un buen partido para mí.

Whitby lanzó una mirada en dirección a lord Richard.

—Y tú ¿qué crees?

Ella pensó muy seriamente en la pregunta. Si quisiera ser sincera, le contaría a Whitby que no le atraía tanto la idea, porque estaba enamorada de él, porque había estado enamorada de él toda su vida.

Sin embargo, recordó lo que Sofía le había aconsejado a propósito de cómo despertar la atracción de los hombres, es decir, que no debía mostrarse demasiado bien dispuesta. Y, conociendo a Whitby, si se lo hubiera contado, él habría saltado de su silla para salir corriendo hacia la puerta.

Por lo tanto, dijo, con voz pensativa:

—Desde luego, lo he considerado. Es un hombre muy apuesto.

Lily vio los ojos semiocultos de Whitby mirando a lord Richard, y habría dado cualquier cosa por saber qué pensaba. ¿Había algún atisbo de celos en su mirada? ¿Acaso había caído por fin en la cuenta de que ahora estaba frente a una mujer, dispuesta a ser amada por un hombre?

Cuando él volvió su atención a ella, Lily decidió poner en práctica algunos de los consejos de Sofía. Podía hacerlo, era perfectamente capaz.

Le sonrió con un dejo provocador y decidió decir algo atrevido, algo que diría lady Stanton.

—Supongo que lo que de verdad deseo, Whitby, es que me seduzcan. ¿Qué mujer no quiere ser seducida?

Dios mío. Jamás había dicho nada igual de escandaloso en toda su vida, y tuvo que tragarse torpemente su propio asombro.

Whitby guardó silencio unos segundos y luego se le torció la comisura de los labios. Estaba sorprendido. Lily lo había sorprendido, tal como le había dicho Sofía. Y parecía estar…

¿Se atrevería a decir «impresionado»?

Whitby inclinó la cabeza a un lado.

—Y ¿crees que Richard tiene lo que hay que tener?

Ella frunció el ceño con un dejo coqueto. Todo era una grandiosa ficción y, aún así, era tan excitante y emocionante que se le erizó el vello de los brazos.

De pronto, se encontró a sí misma atrapada en aquella farsa, creyendo de verdad que podía coquetear y ser interesante, y hasta ingeniosa, si se esforzaba lo suficiente. Se obligó a mantener la cabeza despejada.

—Eso está por verse —dijo, con una entonación juguetona—. ¿Qué piensas tú? Un hombre con tanta experiencia.

Los dos miraron a lord Richard. Lily seguía muy consciente del brazo de Whitby apoyado en el respaldo, con la mano relajada y ligeramente floja, casi tocándole el hombro. Casi ni creía que estaba sosteniendo esa conversación con él. ¿Sería extraño también para él? ¿Lo encontraría igual de estimulante?

—Estoy de acuerdo —dijo—, en que está por verse. Una cosa sí que es cierta: que es muy educado. Demasiado educado para ser osado.

—¿Un hombre educado no puede ser osado? —preguntó ella—. ¿Tú no eres educado, Whitby? Me pareces un hombre de muy buenas maneras en este momento. Quizá tengas una faceta todavía por descubrir.

Una corriente de sensualidad pasó entre los dos.

—Puede que sí.

Se quedaron mirando, cómplices silenciosos. Lily sintió que el corazón le latía atronadoramente, a punto de estallarle en el pecho. Tenía las palmas de las manos húmedas y la cabeza le daba vueltas. ¡Quería saltar arriba y abajo y ponerse a chillar!

Desde luego, resistió el impulso. Al cabo de unos segundos de agitación, le sonrió a Whitby con una confianza deliberada y miró hacia otro lado.

—Creo que iré a hablar con Richard un rato. De pronto siento una gran curiosidad —dijo, y se incorporó con un elegante gesto.

—¿Te vas? —inquirió Whitby.

Sintió el triunfo vibrando en sus venas. No quería que se fuera. Razón de más para dejarlo. Lo dejaría con ganas de más.

—No me marcho —dijo—. Sólo voy un rato al otro lado del salón. —Pero sí abandonaba su breve *tête-à-tête*—. Quizá nos encontremos más tarde en el salón de baile y entonces te contaré si lord Richard se ha portado… *educadamente*.

Él le sonrió, como si fueran aliados secretos.

—Estaré esperando que llegue el momento.

Lily se giró y se alejó, sintiéndose exuberante y excitada y llena de júbilo, después de haber probado el dulce sabor del éxito.

Lo había conseguido. Había captado la atención de Whitby y éste mantenía la mirada fija exclusivamente en ella. Acababan de experimentar algo que se parecía mucho a una corriente de energía sexual, una atracción lúdica que prometía algo más. También había tentación. Y deseo. Ahora Whitby estaba intrigado. Ella sabía que lo estaba. Quería reír a todo pulmón.

También sabía que él seguía mirándola mientras ella cruzaba el salón. Por eso, no se giró para mirar.

Dios mío, ¿acaso había estado flirteando con Lily?, cavilaba Whitby, sumido casi en estado de *shock*, estupefacto consigo mismo y bastante inquieto.

Sí, era exactamente eso. Y, además, se había divertido lo suyo.

La miró alejarse y se percató por primera vez de su cuello, delgado y esbelto, de la delicada curva de sus hombros. Y esas caderas…

Dios, Lily estaba absolutamente sublime esa noche. Él nunca la había visto así. Aquel vestido rojo le sentaba de maravilla, y sus pechos…

Desde luego, nunca había reparado en ese detalle. Ya hacía tiempo que se había dado cuenta de que Lily estaba creciendo y convirtiéndose en una mujer, pero no le prestaba mayor importancia. Sencillamente no había nada en ella que le llamara la atención. Lily seguía siendo, antes que nada, la hermana pequeña de James, la niñita de las trenzas.

Pero esa noche era diferente, y no sólo por su manera de vestir. Todo en ella era diferente. ¿Dios mío, qué se había hecho?

Whitby observó cómo se acercaba con gesto desenfadado a lord Richard, que charlaba con un grupo de invitados, entre ellos Sofía y James. Lily se sumó a la conversación, mientras Whitby no le quitaba los ojos de encima. Lord Richard le dijo algo y ella rió.

Whitby se preguntó si lord Richard volvía a hablarle de aquel libro tan aburrido. No, era imposible. No habría hecho reír a Lily.

De pronto sintió una especie de irritación por tener que reprimir el impulso de acercarse y entrar en el círculo de aquel jovenzuelo: Richard. Podía hacerlo, si se lo proponía. Quizá lo haría si tuviera más energía y no tuviera que estarse ahí sentado descansando. No le costaría nada cautivar a Lily y salir vencedor en la lid de ganarse su atención esa noche.

Sin embargo, se dijo que eso que ahora se manifestaba era su carácter competitivo. Si había una mujer bella en la sala, él no podía resistir las ganas de flirtear con ella, y eso era precisamente lo que acababa de suceder con Lily. Primero, se había dejado llevar por el juego y luego, hasta había olvidado con quién estaba hablando.

Pensó que, en realidad, ya no sabía quién era Lily. Antes sí lo había sabido. Jugaba con ella cuando era una niña, y disfrutaba de esos juegos. Pero cuando se hizo demasiado mayor para montar sobre su espalda, ya no quedó gran cosa entre ellos. Al fin y al cabo, ¿qué podía decirle un hombre de veintiséis años a una chica de catorce? Sencillamente habían dejado de hablarse y, con la excepción de aquellas horas breves que había pasado con ella después de arrebatársela a Pièrre, las jornadas de cacería eran las únicas ocasiones que habían tenido para conversar.

Pero ahora era muy diferente. Lily ya era una mujer, y se había puesto a coquetear con él.

Intentando ignorar el cansancio, que esa noche parecía pesarle más que de costumbre, se pasó una mano por el pelo y se prometió que la próxima vez tendría más cuidado y no se dejaría distraer por el aspecto de Lily. Ella seguía siendo la «pequeña Lily», y no era alguien con quien ponerse a jugar. Si jugaba con Lily, lo más seguro es que James lo cortara en trozos y le diera sus despojos a los perros.

Al menos así pondría fin a sus días de una vez por todas.

Capítulo 5

No lo entiendo —le dijo Lily a Sofía más tarde esa noche, después de comenzar el baile—. Antes flirteó conmigo. Me dio a entender que bailaría conmigo, pero ahora me ignora por completo. Esto aún es peor. Nunca me ha evitado tan descaradamente. Quizás he sido demasiado atrevida.

Lily y Sofía dieron una vuelta al salón verde por el exterior del círculo de baile, donde los invitados iniciaban los pasos de una polca. Esa noche no había tarjetas para designar a las parejas. Era una fiesta íntima y todos los invitados se conocían demasiado bien como para recurrir a esas formalidades.

Sin embargo, Whitby no bailaba. Estaba apoyado contra la pared, en un rincón, hablando con algunos caballeros.

—Quizá —dijo Sofía—, te evita porque has despertado algo en él y ahora se siente incómodo pensando en ello. Al fin y al cabo, ten en cuenta su amistad con James. Seguro que Whitby tendría sus reservas a la hora de flirtear con la hermana pequeña de su amigo.

Lily suspiró ruidosamente.

—Y entonces, ¿para qué molestarse? Si es algo que nunca podría hacerle a James, entonces…

—Ay, Lily, no te des por vencida todavía. Estabas tan feliz y entusiasmada hace unas horas. Es evidente que algo ha pasado entre vosotros dos, una chispa. Él tiene que acostumbrarse a la idea y llegar a la conclusión de que no tiene por qué ser imposible. Si te quiere lo suficiente, ya verás que conseguirá que algo ocurra. James no debería mostrarse inflexible. Y recuerda que yo estoy de tu lado.

—No da la impresión de que Whitby me quiera demasiado en este momento. Míralo. Ni siquiera ha mirado hacia donde estamos. Parece absolutamente aburrido.

Sofía miró a Whitby. No supo qué responder.

En ese momento, se acercó lord Richard.

—Lady Lily, ¿me concede usted el honor de este baile?

Lily tuvo que salir de su ensimismamiento y obligarse a dejar de lado su decepción. Sonrió muy amablemente.

—Me encantaría.

Él la condujo hasta el centro del salón y se integraron en la danza loca de la polca. Todos reían y gritaban, ya era pasada la medianoche y se había consumido una cantidad no desdeñable de vino y coñac.

Cuando el baile terminó, Lily y Richard rieron, los dos faltos de aliento.

—Hemos estado a punto de hacer caer a su padre —dijo ella—. Estaba segura de que íbamos a chocar.

—Yo también. Qué noche. No recuerdo haberme divertido tanto. La duquesa tiene ciertamente la virtud de saber entretener a sus invitados.

—Hubo una época —dijo Lily—, en que nuestras jornadas de cacería eran de lo más aburridas. Eso era antes de que James se casara con Sofía. Cuando era mi madre la que se ocupaba de todo.

Los dos miraron a Marion, que observaba desde un rincón con otras damas de su edad.

—¿Le molesta que las cosas hayan cambiado? —preguntó Richard.

—Al principio, le molestaba, pero ahora lo ha aceptado. Aunque puede que no se sienta del todo cómoda con la nueva situación. Se diría que las damas están inquietas, ¿no le parece?

Lord Richard sonrió y les dio la espalda.

—Se diría que su madre tiene un calambre en el costado. Hacen lo posible por tolerarlo.

La señora Carrington, la vecina de Wentworth, que había interpretado la polca en el piano, siguió tocando, pero esta vez un baile regional. Richard volvió con Lily al baile. Las damas se alinearon a la izquierda, frente a frente con los caballeros.

El baile comenzó y empezaron a moverse en círculos alrededor de las respectivas parejas.

—Permítame decirle, lady Lily, que esta noche está usted resplandeciente.

—Gracias —replicó ella.

—No me imagino a su madre dándole su aprobación para ese vestido.

Había un asomo de vulgaridad en su tono, y de pronto Lily se sintió observada, sobre todo pensando en su pronunciado *décolletage*.

—¿Acaso prefiere el que llevaba anoche? —preguntó.

—Oh, no, yo no. Yo prefiero de lejos éste. Detesto cuando las mujeres se visten como sus abuelas.

Lily intentó sonreír ante aquello que difícilmente podía llamarse un cumplido.

Se tomaron de las manos y dibujaron un círculo en torno a sí mismos. Richard le sonrió con cierto aire de suficiencia.

—Se lo ha puesto para mí, ¿verdad?

Se separaron y volvieron a juntarse, repitiendo los pasos, lado a lado.

—Me lo he puesto porque me gusta —dijo ella.

—A mí también me gusta. La verdad es que me he quedado sorprendido cuando la he visto esta noche. Debo confesar que cuando nos presentaron, anoche, pensé que era usted una joven chapada a la antigua.

Lily hizo un esfuerzo por mantener la boca cerrada, aunque anonadada por el torpe comentario.

—¿Por qué habría de pensar eso?

—Por su manera de actuar, como una ratita asustada. Ahora supongo que era porque tenía a su madre al lado. Sin embargo, esta noche veo que hay algo osado en usted. Me gusta mucho.

Lord Richard cruzó por detrás y ella sintió su mirada en su cuello y en sus hombros desnudos. Cuando volvieron a girar para quedar frente a frente, Lily se sintió objeto de una mirada que le pareció casi lasciva. Luego se dio cuenta que le escocía la piel y pensó, preocupada, que quizás había ido demasiado lejos en su coqueteo.

—Gracias a Dios que mañana no tengo que estar en esa iglesia apestosa —dijo lord Richard, con tono despreocupado.

—Jamás en mi vida he oído a un capellán hacer un comentario como ése —dijo ella—. ¿Qué dirían sus fieles?

Una sombra desdeñosa se apoderó de su expresión.

—Para ser sincero, no me importa. Si de mí dependiera, no pasaría día tras día aburriéndome en esa capilla. Pero mi padre, que tiene que controlarlo todo, así lo quiere. Si no hago lo que dice me desheredará.

Lily pensó en lo que diría su madre si estuviera ahí para escuchar a lord Richard.

Richard cruzó por detrás de ella.

—No son muchas las personas a las que les confesaría algo así —dijo—, pero he visto cómo se comporta con su madre y, esta noche, he comenzado a sospechar que a usted también le gustaría estar libre de sus ataduras. Eso me hace pensar que quizá seamos almas gemelas.

Lord Richard deslizó discretamente un dedo por el brazo al volver a situarse frente a ella. Lily recordó lo que le había ocurrido hacía tres años, cuando Pièrre la había convencido para que escapara con él. En aquel entonces, sí, era verdad que había querido liberarse de sus ataduras y abandonar esa casa donde vivía. Estaba desesperada por un poco de atención y de afecto, de quien fuera, y quiso demostrarse a sí misma que no estaba enamorada de Whitby. Deseaba apagar para siempre el dolor y el anhelo que la embargaban, sobre todo cuando lo veía flirteando con otras mujeres.

No volvería a cometer ese error, porque ya había aprendido la lección. La lección le decía que sencillamente no podía sustraerse a las cosas que le hacían daño. Había que enfrentarse a esos problemas y solucionarlos.

El baile acabó y Lily se alegró de ello. Richard la acompañó para salir del espacio de baile pero se quedó junto a ella. Unos cuantos invitados se unieron a la pareja.

Mientras la conversación seguía a su alrededor, Lily se dio cuenta de que buscaba a Whitby con la mirada. Lo vio sentado en un rincón con lady Stanton. No había bailado en toda la noche, y eso era más bien raro, pensó ella. No era lo habitual en él, que en esas fiestas solía bailar con todas las damas.

Si bien temía en parte que Whitby procuraba evitarla deliberadamente porque se había mostrado a él como una insensata, también temía que quizá no se sintiera demasiado bien.

En ese momento, Whitby se puso de pie. Se inclinó ante lady Stanton, que también se levantó de su asiento y se apartó de él para conversar con otra persona. Whitby se acercó a Sofía y James, intercambió con ellos unas palabras y se dirigió a la puerta.

Lily lo observó todo desde el otro lado de la sala. Vio que James daba un paso adelante, intentando convencer a Whitby para que se quedara, pero Sofía le cogió el brazo y sacudió la cabeza. James no insistió.

Lily volvió su atención a la conversación de los invitados, intentando disimular su desazón al ver que Whitby se ausentaba.

Al día siguiente, mientras los caballeros salían de caza, las damas disfrutaron de una suculenta comida compuesta de cangrejos de cáscara blanda, ensalada y pepinillos encurtidos. Después, todas se pusieron la capa y salieron a pasear tranquilamente hacia las inmediaciones del lago.

Lily caminaba junto a la señorita Jennie Carrington, hija de la mujer que la noche anterior había tocado el piano. Mientras cruzaban el jardín de terrazas siguiendo los senderos flanqueados por tejos, se detenían a ratos a mirar las flores que brotaban en aquella tardía época del año. El grupo iba por delante, así que tuvieron que darse prisa para alcanzarlo y tomaron por el camino que rodeaba el estanque rectangular.

Pero entonces Jennie se fijó en la figura de un hombre en la sombra. Vestía una chaqueta de color marrón claro y estaba sentado en el banco de piedra al otro lado del estanque, debajo del roble. Estaba de espaldas a ellas y no se percató de su presencia. Inclinado hacia delante, tenía los codos apoyados en las rodillas y la cabeza inclinada.

—¿Quién es? —preguntó Jennie—. Creía que todos los hombres habían salido a cazar.

Lily supo enseguida quién era. Lo reconoció en todos sus detalles, en el color del pelo, en la forma de sus hombros y en su manera de sentarse. El hecho de que no estuviera con los demás caballeros le hizo aminorar la marcha.

—Es lord Whitby —dijo.

Jennie también caminó más despacio.

—En mi opinión, está perdiendo su atractivo —dijo—. ¿Lo has visto anoche? Tenía unas ojeras muy marcadas. Supongo que es lo que te ocurre cuando llevas una vida como la suya. ¿Has notado lo delgado que está?

—Sí. —Aunque no por eso pensaba que fuera menos atractivo.

—Es una pena que sea tan salvaje —dijo Jennie—. Acabará mal si sigue bebiendo así. Seguro que por eso no ha podido levantarse esta mañana para salir a cazar con los demás.

Lily, distraída por la imagen de Whitby sentado ahí, a solas, cuando debería estar con los demás, acabó por detenerse del todo. No podía seguir hasta el lago.

Jennie llegó al otro lado del estanque y estaba a punto de desaparecer más allá de los setos cuando se dio cuenta de que Lily ya no la seguía. Se giró y preguntó:

—¿Vienes?

Lily pensó rápidamente una respuesta.

—Si no te importa, Jennie, creo que volveré a la casa. Me duele un poco la cabeza.

Jennie la miró fijamente.

—De acuerdo. Se lo diré a Sofía.

Lily esperó a que Jennie despareciera detrás del seto, se giró y volvió por la orilla del estanque.

Aunque el viento soplaba con fuerza, para esa época del año era un viento cálido. Lily miró más allá del agua gris y encrespada, hacia donde estaba sentado Whitby, en la misma posición, con los codos en las rodillas y la cabeza inclinada. Se quedó un rato mirándolo por la espalda. ¿Estaría dormido?

En ese momento, él alzó la cabeza. Se giró en el banco, como si alguien le hubiera hablado, y la miró desde el otro lado del estanque.

Lily lo saludó haciendo una seña. Él se giró por completo hacia ella, y vaciló antes de devolverle el saludo. A Lily le dio la impresión de que no quería que lo interrumpieran, pero ya era demasiado tarde. No podía dar media vuelta sin más y seguir por donde iba.

Así que hizo lo único que podía hacer. Empezó a caminar hacia él, acercándose paso a paso, intrigada por saber por qué Whitby estaba sentado ahí solo, y por qué parecía tan deprimido.

Capítulo 6

Sentado en el frío banco de piedra, Whitby tragó haciendo un esfuerzo, debido al dolor de garganta, cuando vio que Lily se acercaba. Sopló el viento y le abrió a Lily la capa en dos, dejando ver el vestido verde oscuro que se ceñía a sus piernas. Se llevó una mano a la cabeza para sujetarse el sombrero.

Mientras la veía acercarse, se fijó en lo pequeña que era. Podría rodearle la cintura con las manos de lo diminuta que era. La noche anterior también se había fijado en lo delgadas que eran sus muñecas. Eran finas y delicadas y Whitby pensó que, si quisiera, seguramente podría rodearlas con el pulgar y el índice.

Lily era, sin lugar a dudas, una mujer pequeña, y quizá por eso él no se había dado cuenta de que se había convertido, de hecho, en una mujer.

Lily se detuvo ante él con gesto vacilante. Él debería haberse levantado para saludarla como era debido, pero no pudo. No tenía fuerzas. Cruzó una mirada con ella y sonrió, con un gesto más bien tímido, y volvió a apoyar los codos en las rodillas.

—Buenos días —dijo ella—. O, más bien, buenas tardes.

Él se limitó a sonreír y asintió con la cabeza porque, en realidad, no tenía ganas de hablar. Por su mirada, se dio cuenta de que Lily sabía que le ocurría algo..

Lily se sentó a su lado.

—No has salido de caza con los demás. ¿Te encuentras bien?

Él estiró las piernas y las cruzó a la altura de los tobillos.

—Estoy bien. Sólo que esta mañana no tenía ganas de levantarme.

—No te creo —dijo ella, mirando hacia la laguna—. Yo no creo que te encuentres bien. No tienes buen aspecto.

Cuando él no respondió, ella se giró en el banco para mirarlo de frente.

—Deberías saber lo que la gente dice de ti, Whitby... que tu manera desaforada de vivir te está destruyendo.

Él sacudió la cabeza y ahogó una risilla.

—¿Tú también, Lily? Ayer, James me dio un sermón sobre el mismo tema. Al parecer, cree que me he propuesto beber hasta dar con mis huesos en la tumba.

—¿Eso haces? —preguntó Lily, y su tono daba a entender que estaba aterrada.

Él la miró a los ojos.

—Claro que no. Sólo me duele la garganta. El médico me ha recomendado que tome coñac.

Era la segunda vez que mentía, la misma mentira sobre el médico que no había consultado. Sólo había consultado con su abogado. A propósito de su hermana, Annabelle.

Y de Magnus, claro está.

—Seguro que no te habrá recetado que bebas una botella tras otra.

Él volvió a mirar hacia la laguna. No estaba particularmente interesado en hablar del tema.

—Quizá James pueda llamar a nuestro médico de familia —dijo Lily—. Es muy bueno.

Pero Whitby no quería ver a un médico. Todavía no. Ya llegaría el momento de hacerlo, pero no había necesidad alguna todavía, porque ya sabía qué enfermedad lo aquejaba. Era el mismo mal que había sufrido su padre.

Y no estaba preparado para que se lo confirmaran.

—Ya se me pasará —dijo—. No es nada.

Ninguno de los dos habló durante un rato largo, y luego Whitby inclinó la cabeza hacia Lily y cambió deliberadamente de tema.

—Y, cuéntame. ¿Cómo se portó lord Richard anoche? ¿Ha sido amable? Te vi bailando con él.

La preocupación en la mirada de Lily se desvaneció, y él se alegró de que no se le ocurriera hacerle más preguntas acerca de su salud.

También se percató de que Lily parecía alegrarse de que le preguntara por Richard. Se dio cuenta de que tenía ganas de hablar de sus flirteos, y vio en esas ganas un impulso adorable. Aunque también lo picaba cierta curiosidad.

—Te habría sorprendido si lo hubieras oído —dijo Lily—. Es... como dijiste anoche con tanta elocuencia, escandalosamente *osado*. Dijo que quizá fuéramos almas gemelas.

Whitby se removió en el asiento de piedra.

—¿No me digas?

—Tal como lo oyes.

—Y ¿lo sois?

—¿Si somos qué?

—¿Almas gemelas?

Ella se quedó pensando un momento, y luego respondió, con una sonrisa coqueta.

—Aún no lo he decidido.

Ay, Lily, todavía con esas ganas de jugar. Con la excepción de la noche anterior, Whitby no la había visto jugar así en muchos años.

De pronto, lo embargó la añoranza de algo vago y esquivo. No sabía con exactitud qué era, porque últimamente se sentía abrumado por una avalancha de emociones diferentes. Sin embargo, aunque sin discernir el origen, sintió esa añoranza que le dolía en lo más profundo.

—Y ¿lord Richard se portó como una persona encantadora? —preguntó, con ánimo de distraerse.

Curiosamente, Whitby esperaba que Lily dijera que Richard se había portado como un payaso. Una vez más, lo atribuyó a su espíritu competitivo, y nada más. Estaba hablando con Lily, tenía que tenerlo presente. No debería flirtear así con ella.

—Estuvo encantador la mayor parte del tiempo —dijo ella, y lo miró con sus ojos azules. Se humedeció los labios cuando un golpe de brisa le dio en la cara. Sus pestañas oscuras aletearon, como si el aire fresco en la piel le procurara placer.

Whitby se la quedó mirando sin decir palabra, sintiéndose avasallado, como si le temblaran las rodillas. Excitado.

No...

Se sintió sacudido por una descarga de pánico.

No quería reconocer la excitación, pero tenía que hacerlo, porque Lily, sí, Lily, era una muchacha exuberante y atractiva, fresca como una lluvia de primavera, sentada a su lado con su fragancia de rosas y disfrutando con sus sensaciones físicas. Era realmente embrujadora y, maldita sea, incluso en ese estado, Whitby tuvo que reconocer que su organismo respondía de acorde con un ardor que prefería no sentir.

—Pero no tan encantador como *otro* caballero que conozco bien —agregó Lily, con tono seductor.

Él se quedó paralizado, completamente inmovilizado por el impacto del efecto que Lily había conseguido en él, y por la tentación imposible que representaba.

Sus instintos masculinos, afinados por la experiencia, lanzaron una chispa de aviso y luego se inflamaron. Whitby sintió un impulso natural de responder de una manera nada fraternal. Que Dios se apiade de mi alma, pensó, porque acababa de descubrir la sexualidad de Lily.

Decidió adoptar una actitud más dura y desvió la mirada cuando, en realidad, habría querido sonreírle para darle a entender que si ella estaba dispuesta, él también lo estaba. Era la sonrisa con la que había mirado a muchas mujeres a lo largo de los años, una sonrisa que le daba muy buenos resultados y con la que se sentía muy a gusto en momentos como ése. Momentos cargados de sexualidad, perdidos en medio del campo, con alguna cabaña apartada en las cercanías...

Pero, no. Ese día, no. En ese momento, no. No podía mirar a Lily con esa sonrisa.

—Anoche te fuiste pronto —dijo Lily, como si se hubiera dado cuenta de su incomodidad—. ¿No te divertías?

Él contestó sin mirarla, con un aire de serenidad que no sentía.

—Esta gripe me ha tumbado. Lo único que quería era ir a acostarme.

De pronto, todo parecía muy raro.

Lily permaneció sentada a su lado, sin hablar. Él sintió que ella se ponía tensa, que estaba incómoda. No intentó llenar el silencio. Quería hacerle entender que no deseaba cultivar ese tipo de intercambio. No quería sentirse atraído por ella, así como ella no debería sentirse atraída por él.

Pasó otro momento de incómodo silencio, y ella se puso de pie.

Whitby se sintió aliviado.

—Pues, me alegro de saber que sólo es una gripe —dijo—. Estaba un poco preocupada.

Él la miró entrecerrando los ojos.

Lily se alisó el vestido con las manos enguantadas, a todas luces inhibida por la situación.

—Supongo que debería volver a la casa —dijo—. A mí también me duele un poco la cabeza.

Dio unos pasos, pero enseguida se volvió.

—Sin embargo, creo que deberías pedirle a James que mande a buscar a su médico. Quizá pueda ayudarte.

Whitby siguió mirándola con los ojos entrecerrados, ella recortada contra el cielo gris, mientras las nubes se desplazaban velozmente en lo alto. Sopló una ráfaga de viento y ella tuvo que volver a cogerse el sombrero.

—Si no me siento mejor mañana, consultaré a alguien —prometió él, sólo con la intención de tranquilizarla.

Ella se encogió de hombros con un suspiro.

—De acuerdo. Pero entonces, házmelo saber. Mañana iré a verte para comprobar que cumples.

—Ay, Lily, hablas como mi hermana, Annabelle. Siento por ti el mismo cariño que siento por ella.

Lily palideció.

Whitby se dio cuenta de que él mismo palidecía. *Dios mío.* Acababa de rechazarla abiertamente. Ahora Lily parecía humillada.

No, era más que una humillación. Lily parecía herida. Y tenía el corazón partido.

Él sintió un nudo en el estómago. Dios mío, pensó, ¿acaso había algo más allá de lo aparente? ¿Era algo más que un sencillo flirteo de parte de ella? ¿O Lily pensaba de verdad que se había enamorado de él?

—Tengo que irme —dijo ella.

Whitby se limitó a asentir con un gesto de la cabeza.

Lily bajó la mirada y se alejó. En cuanto se perdió de vista, él cerró los ojos con fuerza y dejó descansar la frente en la palma de una mano. Maldita sea.

En el nombre de Dios, ¿cómo era posible que se le hubiera metido tamaña tontería en la cabeza? Él no había hecho nada para despertar ese sentimiento, ¿no?

Whitby se estrujó el cerebro. Tenía que pensar. No, no recordaba haber hecho nada. Hasta la noche anterior, claro está.

¿Acaso Lily había perdido la cabeza?

Se pasó una mano por el pelo, preguntándose cómo iba a arreglárselas para tratarla con amabilidad y tacto en los próximos días. Lily no era como otras mujeres, a las que podía evitar sin más si lo estimaba conveniente. En este caso, era Lily, y era un problema porque él la estimaba. Pero no de *esa* manera.

Se la quedó mirando en la distancia, ahora que llegaba a la casa. Quizá sí sentía algo, pero eso sólo se debía a que él era un hombre con un olfato muy fino para captar la sexualidad femenina. La seguía como un lobo sigue un rastro y, a veces, su líbido respondía más rápido que su cerebro. No podía engañarse pensando que quizá fuera otra cosa.

En cualquier caso, no deseaba flirtear con Lily ni darle esperanzas en ningún sentido. Pero detestaba pensar que quizá tendría que herirla o humillarla si ella no acababa de entender que a él no le interesaba. Porque no le interesaba. Y nunca le interesaría.

Volvió a mirar para asegurarse de que Lily no volvería sobre sus pasos y, cuando la vio desaparecer en el interior de la casa, dejó escapar un profundo suspiro de alivio. Enseguida buscó la petaca en su bolsillo. Mientras desenroscaba la tapa, recordó que se había prometido a sí mismo que no la tocaría hasta la hora del té.

Se quedó un momento pensando, mirándola fijamente. Y luego se la llevó a los labios y la empinó hasta vaciarla.

Capítulo 7

Aquella noche, Lily estaba sentada en el salón verde junto a los demás invitados, esperando el comienzo de la representación. Lady Stanton y sir Hatley habían montado una pequeña obra de teatro. Whitby estaba sentado al otro lado de la sala, una vez más evitando a Lily. Sin embargo, esa noche no sólo parecía que la evitaba. Para ella, era evidente. Lo había dejado lo bastante claro durante el día, y le había dicho indirecta, aunque claramente, que no veía con buenos ojos sus atenciones.

En su habitación, a solas, Lily se había echado a llorar. Ahora todavía sentía un nudo en la garganta, mientras lo miraba, reclinado en su silla y riendo con otros hombres como si no tuviera ni la más mínima preocupación en este mundo.

—¿Te encuentras bien, Lily? —le preguntó Sofía cuando se sentó a su lado. Lily ni se había dado cuenta de su presencia.

—En realidad, no.

Sofía miró a su alrededor y bajó la voz.

—¿Qué ha ocurrido hoy? Te perdimos cuando íbamos al lago.

Lily pensó que tenía que contárselo a Sofía, aunque, en realidad, no quería hablar de ello. Prefería dejarlo como una anécdota del pasado.

Sin embargo, aquella decisión no era nada novedosa. A lo largo de los años, Lily había experimentado y deseado lo mismo muchas veces después de similares desencuentros con Whitby, la mayoría de ellos relacionados con la indiferencia de él hacia ella, o con su manera de flirtear con otras mujeres en su presencia.

Ese día era diez veces peor, porque Whitby la había rechazado sin ambages.

—He hablado con Whitby —dijo.

—Me lo imaginaba. Lo vi sentado en el banco. ¿Qué ha ocurrido?

—Y bien, hablamos de Richard un rato y yo intenté coquetear con él, más o menos como anoche, pero esta vez él se puso como un témpano. Fue un tormento. Ni siquiera me miraba, y cuando le dije que sería una buena idea consultar con el médico de James, porque le duele la garganta, me dijo que soy igual a Annabelle, su hermana. Era una manera muy clara de decirme que dejara de comportarme como otra cosa que una hermana.

Sofía le cogió una mano.

—Ay, Lily.

Ésta se enderezó en su silla, reprimiendo las ganas de volver a echarse a llorar. No podía seguir empeñada en lo mismo.

—Me he sentido como una tonta. Ha sido horrible. He estado abatida y avergonzada todo el día, y esta noche no habría venido si no fuera porque no soporto que él crea que estoy en mi habitación llorando como una niña. Estaba decidida a mantener la cabeza bien alta e ignorarlo, esperando que él pensara que sus sospechas eran infundadas y que, en realidad, no tengo ningún interés en él. De otra manera, nunca podré volver a mirarlo a los ojos sin sentirme absolutamente humillada.

—Al menos ahora sabes a qué atenerte —dijo Sofía, con voz serena—. Lo siento, Lily. Y lamento haberte alentado en esto. No debería haberme entrometido.

—No es culpa tuya —dijo Lily, sacudiendo la cabeza—. En realidad, debería agradecértelo. Tienes razón. Al menos ahora sé a qué atenerme, y puedo superarlo de una vez por todas.

Sofía miró a Whitby por encima del hombro.

—Estaba tan segura de que vosotros dos estabais destinados a estar juntos. No puedo explicarlo, sólo diría que tenéis almas muy parecidas. Todavía lo pienso. Sólo desearía que él se diera cuenta.

—Yo no lo siento así. Después de hoy, no.

En ese momento, lady Stanton fue hasta el otro extremo del salón, donde habían apartado los muebles y tenían montado un pequeño escenario con una cortina de color ámbar como telón de fondo.

—¡Atención, atención, todos los presentes! —dijo—. Estamos a punto de comenzar. Sir Hatley y yo interpretaremos la escena de la muerte de Romeo y Julieta.

Lily suspiró.

—Estupendo. ¿No podrían haber escogido una comedia para esta noche?

Sofía le apretó la mano.

Comenzó la pequeña obra que, pronto se descubriría, era una comedia. Los actores exageraban la muerte de los amantes, gimiendo con la lengua afuera, mientras los invitados aplaudían y silbaban, hasta que acabaron por ponerse de pie, sin parar de aplaudir y gritando «¡Bravo!», cuando Julieta, entre resoplidos, rendía su postrero y cómico aliento.

Lily hizo un esfuerzo por sonreír y aplaudir como los demás, aunque por dentro todavía procuraba reprimir las lágrimas.

Cuando acabaron los aplausos y todos se acercaron a felicitar a los actores, que reían con un dejo nervioso, Lily se incorporó y se disculpó.

—¿Estás segura de que te encuentras bien, Lily? —inquirió Sofía con un susurro de voz.

—Sí, estoy bien. —Sólo necesito estar un rato a solas. Dio media vuelta y abandonó el salón.

Al cabo de unos minutos se topó con lord Richard en el largo pasillo alfombrado. De pronto, él asomó por detrás de un busto, y ella se sobresaltó.

—Esperaba que no se retiraría tan pronto esta noche —dijo, lanzando una mirada fugaz al escote de su vestido de seda color crema, traído de Francia—. Quería hablar con usted.

—Acerca de qué —preguntó ella, mirando por el pasillo para ver si había alguien más. Estaban solos.

Él la miró de reojo, como diciéndole lo que ella debería saber. Cuando ella guardó silencio, él sacudió la cabeza.

—Seguro que sabe que esta semana se anunciará oficialmente nuestro compromiso.

Lily se sentía cada vez más incómoda.

—Supongo que sí.

—No tenía demasiadas ganas de venir a esta fiesta, porque conozco el tipo de mujeres que mi padre ha elegido para mí en el pasado. Francamente, eran todas tan bonitas como un cochinillo.

Lily estaba decepcionada. Había tenido verdaderos deseos de simpatizar con lord Richard. La vida habría sido mucho más fácil si así hubiera sucedido. Sin embargo, ese comentario no hablaba nada bien de él. En realidad, con cada palabra que pronunciaba, su imagen empeoraba.

—Pero usted —dijo, arqueando una ceja—, no es nada de eso. Incluso me atrevería a decir que mi padre se ha llevado una decepción al verla. Decepcionado de que su hijo vaya a obtener una mujer así como premio, aunque no se lo merezca.

Lily dio un paso atrás.

—Yo no he dado mi consentimiento para convertirme en su mujer, lord Richard.

Él la siguió dando un paso hacia delante.

—Todavía no. Pero sospecho que lo hará.

—¿Cómo está tan seguro?

—Porque no ha tenido más ofertas. Seguro que se debe a lo que se cuenta de usted.

—¿Qué es eso que se cuenta? —preguntó ella, como si la hubieran sorprendido con la guardia baja.

—Rumores. Hay gente que piensa que quizás usted sea material usado. Aunque nadie está seguro. Pero me veo obligado a preguntarme por qué ha evitado usted las reuniones sociales estos últimos años, y por qué alguien tan agraciada como usted, con una dote tan importante, todavía no tiene pretendientes.

Ahora estaba muy cerca de ella, pero esta vez Lily no quiso retroceder.

—Todo eso es ridículo —dijo—. Y en cuanto a usted, acaba de desperdiciar toda posibilidad de que algún día me convierta en su mujer. Es usted una persona muy irrespetuosa.

Quiso pasar a su lado para volver al salón, pero él la cogió por el brazo.

—¿A dónde va? —preguntó, sorprendido.

—Vuelvo al salón —dijo ella, seca—. Sofía me está esperando.

—No se vaya todavía.

¿Acaso no entendía que ella no veía en él atractivo alguno, en ningún sentido?

—Suélteme, Richard.

—He dicho que todavía no.

En ese momento habló una tercera persona. Whitby. Lily conocía su voz como la suya propia.

—¿Va todo bien, Lily?

Ella miró hacia la puerta. Ahí estaba, apoyado contra el vano. Richard le soltó el brazo.

—Sí, lord Whitby —replicó ella, con voz temblorosa—. Gracias.

Él se quedó donde estaba un momento, observándolos, hasta que los dos empezaron a caminar en dirección al salón para volver a la fiesta. Whitby se apartó de la puerta para dejarlos entrar.

No dijo palabra. Lily lo miró fugazmente al pasar a su lado, rozándolo. Los tres entraron en el salón guardando un extraño silencio. Luego cada uno se alejó en una dirección diferente.

Capítulo 8

*M*ás tarde esa noche, después de la segunda representación de lady Stanton y sir Hatley, Lily se sentó sola cerca del hogar. Sin embargo, ese rato a solas no duró demasiado. La silla vacía a su lado fue ocupada casi enseguida por Whitby.

—No estaba seguro —dijo, entrando directamente en materia— de si debería haberte interrumpido allá afuera en el pasillo. Pensé que quizá te habías puesto de acuerdo con Richard para encontraros.

A Lily el corazón empezó a latirle con fuerza, y se maldijo por ello. Después de todas las lágrimas de aquel día, después de todas sus grandes intenciones de olvidar a Whitby, él sólo tenía que decirle dos palabras y ella volvía a derretirse.

Sacudió la cabeza.

—No, no lo había concertado. Me habrá seguido al ver que abandonaba el salón.

—Sí, eso hizo, y yo lo vi. Por eso lo seguí a él.

—¿Por qué?

Él vaciló un momento antes de contestar.

—Porque pensé que quizá no era una persona del todo fiable. Fue una corazonada.

Ella también había tenido una corazonada.

—¿Por qué no se lo dijiste a James?

—Porque James le habría dado una paliza hasta dejarlo hecho puré.

Ella no pudo evitar una sonrisa.

—Así que querías proteger a Richard. ¿Es eso?

—No, a Richard, no.

Lily sintió que la invadía un calorcillo agradable, sentada ahí a su lado. Pero entonces recordó que no deseaba que Whitby ejerciera ese poder sobre ella y, por eso, se dijo, que en esa ocasión se había preocupado por ella como se habría preocupado por su hermana Annabelle.

—Pues, me encuentro bien —dijo, lo cual no era del todo verdad. Pero Lily no iba a dejar que él se percatara de eso.

—Está bien. Pero ¿qué piensas hacer con respecto a Richard? ¿Me equivoco al pensar que no te agradan sus atenciones?

—No.

Whitby miró hacia el hombre, que en ese momento se encontraba en el otro extremo.

—Creo que podrías pensar en contárselo a James. Seguro que no te gustaría verte obligada a casarte con un gusano.

Lily tuvo que ahogar una risilla.

Whitby se inclinó hasta quedar más cerca de ella.

—En cualquier caso, no se le puede culpar al pobre hombre. Esta noche estás maravillosa, Lily. Es probable que haya perdido la cabeza.

Lily frunció el ceño mientras miraba a Whitby. ¿Qué hacía ahora? Cuando decía ese tipo de cosas, le hacía imposible su decisión de olvidarlo. Porque, si quería ser sincera, ahora mismo volvía a sentirse eufórica y esperanzada, y se dijo que quería a Whitby más que a la vida misma.

Qué poca cosa se necesitaba.

—Gracias por el cumplido —dijo, pero seguía enfadada con él. ¿Acaso no se daba cuenta de que jugaba con sus sentimientos?

—No hay nada que agradecer —dijo él y, tras dejarla, fue a sentarse junto a lady Stanton.

Whitby escuchó a lady Stanton hablar de Ascot poniendo en ello sólo la mitad de sus facultades. La otra parte, más reflexiva, pensaba en su conversación con Lily.

No sabía bien por qué le había dicho que estaba maravillosa. La verdad era que lo estaba, con ese vestido color crema y el cuello adornado de perlas, pero no era necesario que él se lo dijera. A mediodía, la había comparado con Annabelle para verla desprenderse de esos sentimientos de afecto no fraternales, porque él no era el hombre para ella. Y, justo ahora, después de ver a Richard insinuándose, lo había olvidado todo, hasta el punto de decirle algo que probablemente tendría el efecto contrario. Le había hecho un cumplido y lo había hecho con un aire de flirteo.

Ojalá no hubiera abierto la boca. Ojalá pudiera retirar lo dicho. No quería que Lily cultivara ilusiones románticas pensando en él. Ni quería agitar sus pasiones, por inocentes que fueran.

En realidad, Whitby ignoraba cuán inocente era Lily después de lo ocurrido tres años antes con aquel francés indeseable. Ella lo había acompañado a su pensión y había pasado una noche con él en un barco. Desde entonces, todos guardaban un estricto silencio sobre el episodio.

El hecho de que ahora sintiera curiosidad por esa inocencia, después de no habérselo preguntado nunca en los últimos años, no dejaba de llamarle la atención.

Le lanzó una mirada. Era curioso, pero no podía imaginársela entregándose a ese rufián, Pièrre. Ni a ese gusano, Richard. Con sólo pensar en ello, se enardecía y le entraban ganas de estrangularlos a los dos.

Sin embargo, a medida que iba comprendiendo su excesiva agitación, comenzó a darse cuenta, con no poca sorpresa y cierta incomodidad, de que Lily no le era tan indiferente como creía.

Se frotó el cuello y luego miró a James, su mejor y más viejo amigo.

El pulso comenzó a latirle de forma errática. Aquello no pintaba bien. Nada había salido bien esa semana. Era como si se hubiera desatado una espiral que ahora giraba fuera de control y nada se pudiera hacer para detenerla.

Al día siguiente, volvió a estar nublado. Sin embargo, hacía un calorcillo nada habitual para esa época del año, y muchos caballeros se habían despojado de su cazadora y vestían sólo camisa y chaleco, mientras avanzaban por los campos rasos del otoño, disparando al cielo por encima del lago cuando los patos alzaban el vuelo.

James apuntó y disparó, y se cobró una pieza más, que se desplomó en picado. Whitby estaba a su lado, con su rifle en el suelo y sirviéndose de él como apoyo.

—Buen disparo —dijo, apretando la culata de su rifle.

Un sabueso se lanzó al agua con un ruidoso chapuzón y nadó en busca del ave caída. Whitby lo vio nadar más allá de las espadañas, remando en silencio hacia lo más profundo.

—Sí, ¿no te lo ha parecido? —dijo James, sonriendo por encima del hombro. Su mirada se posó en el rifle en que se apoyaba Whitby—. ¿Por qué no disparas?

Whitby recogió su rifle y lo cargó.

—Me estaba tomando un descanso. —Esperó a que los ojeadores espantaran a otro grupo de patos, apuntó y disparó. Se escucharon otros muchos disparos de los cazadores en las inmediaciones.

—Bien hecho —dijo James, mientras veían a varios patos precipitándose en el agua.

Whitby bajó el arma mientras James recargaba la suya.

—Dime una cosa —dijo Whitby—, ¿estás al corriente de los planes para casar a Lily con lord Richard?

No tenía previsto hablar con James de aquello. De hecho, se había prometido esa misma mañana que no se entrometería. Hasta ahí llegaba la fuerza de sus decisiones.

James amartilló su arma.

—No, de eso se ocupa mi madre.

Whitby se sintió aliviado.

—Me alegro de saberlo.

—¿Por qué dices eso?

Voló una bandada de pájaros. James apuntó con gesto rápido y disparó.

—Maldita sea —masculló.

—Pues, resulta que anoche —dijo Whitby mientras recargaba— me los encontré en el pasillo, y observé que Richard se mostraba más bien indiscreto con las atenciones que le prodigaba a Lily.

James se giró de inmediato para mirar a Whitby. Su voz se volvió cortante.

—Explícate, por favor.

—No temas. No ha sido nada grave. Pero había algo en su manera de actuar que no me gustó.

—¿La tocó? —preguntó James.

—La cogió por el brazo para intentar que no volviera a la fiesta cuando ella quiso dejarlo. Para mí, era claro que Lily estaba contrariada. En tu lugar, yo no alentaría esa unión.

De pronto, Whitby pensó que quizá se estaba extralimitando. No le correspondía a él decirle a James con quién debería o no debería casarse su hermana. Pero, diablos, no podía evitarlo. No soportaba la idea de que presionaran a Lily para que se casara con Richard, y sabía que su instinto de protección no era sólo fraternal. Aquello comenzaba a ser francamente inquietante.

O, quizás, esa inquietud suya no fuera más que un síntoma de su estado de salud. Últimamente le preocupaba que Annabelle estuviera bien cuidada. Había dispuesto que le fuera entregada una mensualidad, de modo que no tuviera que depender de Magnus…

—¿Crees que a ella no le agrada? —preguntó James.

—Sé que no le agrada.

—¿Cómo lo sabes?

—Se lo he preguntado.

Otros tres patos se echaron a volar en medio de un ruidoso aleteo y James y Whitby apuntaron y dispararon. El resultado fueron sendas piezas al agua. Bajaron sus escopetas.

—Te agradezco que me lo cuentes —dijo James—. La verdad es que en los últimos días he tenido ganas de darle una paliza a Richard en más de una ocasión. No deja de jactarse de sus caballos. Pero he desistido pensando en que algún día podría convertirse en mi cuñado.

—Trata de impresionarte —dijo Whitby, como si no le prestara importancia.

—Sin duda. Pero no ha tenido demasiado éxito. Sobre todo después de lo que acabas de contarme.

La tensión en los hombros de Whitby se fue desvaneciendo mientras los dos miraban hacia el lago.

—Creo que ha llegado la hora de comer algo —dijo James—. ¿Qué te parece?

Whitby sólo atinó a encogerse de hombros.

—Supongo que podría comer algo.

James dejó descansar el arma sobre el hombro.

—Iré a hablar con Anderson y ver si ya tiene dispuesta la mesa —avisó. Comenzó a alejarse, pero de pronto se detuvo—. Ayúdame a vigilar a Richard esta noche, por una cuestión de cautela. Lily no necesita otra experiencia como la que ya vivió una vez.

—Claro que sí, James.

Whitby estaba más que contento de colaborar. Mucho más de lo que debiera.

Capítulo 9

*E*sa noche, el salón de baile estaba adornado con flores de todos los colores y toques de verde, con grandes helechos plantados en maceteros y arreglos con crespones color marfil en los marcos de puertas y ventanas. Los candelabros de bronce relucían bajo la luz de sus velas y todo el salón parecía girar en todo su esplendor con los movimientos circulares de las parejas.

Lily llevaba un vestido morado de seda, rematado con vuelos de encaje en la parte inferior, y el corsé tan apretado que apenas podía respirar. En el cuello lucía una gargantilla de perlas que le había prestado Sofía, y zapatos de satén de tacón alto.

Se sentía bella, más bella que cualquier otra noche, y también agradecida, ya que las jornadas de cacería acababan al día siguiente. Esa noche, al acudir al salón, Lily sabía que era la última vez que vería a Whitby antes de que llegara el largo invierno.

Esperaba un último encuentro con él, quizás un baile, o quizás una grata conversación entre amigos, sin ningún tipo de flirteo.

Había querido llegar a algo más con él y había fracasado. Whitby le había dado a entender sus sentimientos a propósito de su relación y ella daba el mensaje por recibido. Whitby no se sentía atraído por ella. Habiendo entendido eso, Lily se propuso dejar por fin de lado sus caprichos infantiles. Tampoco quería que él fuera a evitarla en el futuro creyendo que ella suspiraba por él. No podía imaginar peor suerte. No quería que las cosas entre ellos se torcieran.

Lily vio acercarse a su madre y fue hacia ella. Cuando llegó a su lado, abrió su abanico de plumas y lo agitó, ya que hacía calor en la sala.

—Has tenido unos cuantos días para conocer a lord Richard —dijo Marion, con una voz más bien neutra—. ¿Qué opinión te merece?

—¿Sinceramente? —preguntó Lily, y guardó silencio un momento, porque no le agradaba contrariar a su madre. Nunca era agradable, pero sabía que en ese asunto tenía que hacerlo. Sólo rogaba que su madre la comprendiera—. No creo que sea el hombre adecuado para mí.

Era palpable la desilusión en el larguísimo silencio que guardó su madre.

—Lily...

Lily se giró hacia ella.

—Ya sé lo que estás pensando, que soy demasiado caprichosa, pero no es verdad. Yo sólo...

—Lily, tienes que pensar en tu futuro.

—Pienso en ello. Por favor, entiéndeme, madre, no tengo afecto alguno por lord Richard.

Marion se llevó a Lily junto a la pared para hablar a solas.

—Lily, me estoy cansando de todo esto. Eres demasiado romántica para tus cosas. El matrimonio es un asunto serio, y creo que no has acabado de entender tu deber como miembro de esta familia. Eres la hija de un duque y tienes veintiún años. A tu edad, yo ya llevaba dos años casada.

—Pero no eras feliz. —Lily nunca le había hablado con tal franqueza a su madre. Apenas podía creer las palabras que acababa de pronunciar.

Marion se puso pálida y enseguida su semblante se tiñó de ira.

—¿Cómo te atreves a juzgarme a *mí* después de todo lo que he sufrido? ¿Crees que ha sido fácil?

Lily experimentó un estremecimiento interior y se arrepintió de lo que acababa de decir. Ojalá no hubiera pronunciado esas palabras tan hirientes. Lo único que su madre tenía era el orgullo de no haber abandonado jamás su puesto, sin importar lo difíciles que fueran las circunstancias. Habría querido desertar, como un soldado en las trincheras, pero no lo había hecho porque ponía el deber por encima de cualquier otra cosa.

Y solía irritarse con Lily por no tener ese acendrado sentido del deber. Ella cuestionaba sus órdenes. Seguía lo que le dictaba su corazón y sus deseos, y su madre eso no lo entendía. Eran dos personas muy diferentes.

—Lo siento, madre —dijo.

Lamentaba haberla criticado, y también lamentaba haberla desafiado y decepcionado, por todas las veces que había sucedido en el pasado y por las que vendrían en el futuro.

La orquesta empezó a tocar un minué, y la conversación se interrumpió, pero no por mucho rato.

—Sólo te pido que me des un poco más de tiempo —dijo Lily, queriendo a toda costa apaciguar a su madre—. Yo deseo tener un sentido del deber. Quiero complacerte, pero no me puedo casar con lord Richard. Tendré más éxito el próximo año, te lo prometo.

Marion no quería mirarla a los ojos. Respiraba con fuerza, estaba irritada y sacudida.

—Es evidente que no puedo obligarte. He aprendido que esos métodos no hacen más que provocar tu rebeldía. —Se giró en la otra dirección—. Tengo que ir a sentarme.

Se alejó dejando a Lily con esa herida que aquejaba a su alma desde que era niña: la dolorosa necesidad de tener el afecto de su madre, o siquiera su mera aprobación. Se llevó una mano al pecho para serenarse, y luego salió a tomar un poco de aire fresco.

Desde el otro lado del salón, Whitby observaba a Lily con su madre. Vio que su intercambio adquiría una visible intensidad, aunque intentó no mirar. Se preguntó si hablarían de Richard.

Su vista vagó por la sala en busca del hombre en cuestión, hasta que lo vio, no lejos de donde estaba Lily, probablemente esperando bailar con ella. Whitby recordó la promesa hecha a James de que los vigilaría, y decidió que haría exactamente eso. Vigilarlos muy de cerca.

En ese momento se acercó a él lady Stanton. Llevaba un vestido azul con una ristra de perlas en el pecho. Le tocó el brazo con un dedo elegante y enguantado.

—Buenas noches, Whitby. Espero que en algún momento tengas previsto bailar conmigo. Es la última noche y todos nos vamos mañana. Sin embargo, a ti casi no te he visto.

Comenzaron los compases de un vals y él le tendió una mano, sin importarle, porque no era propio de él decepcionar a una dama.

—¿Me concederás este baile?

—Creo que lo haré con mucho gusto.

Whitby la llevó hacia el centro y la tomó en sus brazos. Se integraron al baile y giraron suavemente por la sala. Hacían buena pareja bailando ya que lo habían hecho a menudo.

—Espero no haberte ofendido en algo —dijo lady Stanton, después de los primeros pasos.

Whitby fijó los ojos en su mirada inquieta.

—¿A qué te refieres, Eleanor?

—Pensé que quizá pasaríamos algún tiempo juntos esta semana. Que quizá vendrías a mi habitación pero me he llevado una decepción cada noche y he tenido que dormir sola.

Whitby la hizo girar en uno de los rincones apartados de la sala. Recordó las jornadas de caza del año anterior, cuando él y Eleanor se habían divertido lo suyo. Lady Stanton era una mujer exquisita. Whitby lo sabía en ese momento como lo había sabido un año atrás. Desde luego, ella no lo había ofendido a él.

Sin embargo, esa semana él no había sentido deseo alguno de pasar la noche con ella.

—Me disculparás, Eleanor. No me he sentido yo mismo estos días. No es nada que hayas hecho tú. Me he encontrado más bien débil debido a una maldita irritación de la garganta.

Fue como si Eleanor se relajara en sus brazos.

—¿No es más que eso? Qué alivio. Empezaba a temer que quizá

sufrías porque te habían roto el corazón, que quizás una mujer a mis espaldas te había cautivado y luego rechazado.

Él ahogó una risilla.

—No.

—Doy gracias al cielo —dijo ella, sonriendo.

Siguieron bailando y girando por la sala, hasta que Whitby empezó a sentir que le faltaba el aliento. Aquello era todo una contrariedad, porque la sensación de debilidad y mareo iba en aumento.

—Sabes, serás muy bienvenido si acudes a mi habitación esta noche —dijo Eleanor, con tono provocador—. Mi puerta estará abierta para ti, si deseas compañía.

Whitby tragó con dificultad, escuchando apenas lo que lady Stanton acababa de decirle, al tiempo que se esforzaba por seguir los pasos del baile.

Y entonces vio a Lily que cruzaba las puertas que daban a la terraza. Recorrió la sala con la mirada buscando a Richard, que, como era de esperar, no andaba lejos, y ahora la seguía al exterior.

De pronto, Whitby se sintió presa de un mareo y se vio obligado a detenerse en medio de la sala.

—Vuelvo a pedirte disculpas, Eleanor. Me temo que no puedo seguir —dijo, y se giró, buscando a James con la mirada.

Eleanor le tocó la mejilla.

—Dios mío, Whitby, estás ardiendo. ¿Por qué no me lo has dicho?

Él se secó el sudor de la frente.

—Me acaba de venir ahora, de repente. ¿Dónde está James?

Eleanor lo cogió por el brazo y lo condujo a un lado de la sala. Él se dejó llevar, y cruzaron la sala hasta donde estaba James bebiendo champán y riendo con Sofía.

—Richard acaba de seguir a Lily a la terraza —dijo Whitby, sin desperdiciar el poco aliento que tenía. Estaba a punto de perder el equilibrio.

James miró por encima del hombro de Whitby y salió inmediatamente en busca de su hermana.

Sofía miró a Whitby y lo cogió por el brazo.

—Dios Santo, ¿te encuentras bien?

Whitby se giró para asegurarse de que James iba en la dirección correcta, hacia la terraza por donde viera desaparecer a Lily. Al verlo salir por la puerta indicada, se relajó. Se giró hacia Eleanor y le susurró al oído:

—Me disculparás de antemano por no venir a verte esta noche. Creo que voy a necesitar un descanso bien merecido. —Se volvió hacia Sofía—. ¿Puedes llamar a un médico?

Sofía palideció.

—En seguida.

Dicho eso, Whitby abandonó el salón, subió por la escalera principal y alcanzó a llegar hasta la puerta de sus aposentos antes de desplomarse hecho un bulto en el pasillo.

Cuando llegó el médico, una hora más tarde, Whitby se encontraba en un estado semiconsciente. El doctor Trider entró en la habitación y dejó su maletín negro a un lado de la cama. Lo abrió, sacó el estetoscopio y auscultó a Whitby.

James y Sofía miraban desde ambos lados de la cama.

—¿Cómo está? —preguntó James.

El médico ignoró la pregunta mientras desplazaba el estetoscopio, auscultando corazón y pulmones. Se quitó las olivas de las orejas y le levantó un párpado, luego el otro, y le miró las pupilas. Le puso una mano en la frente.

—¿Cuánto tiempo lleva así?

—La fiebre le ha venido de repente, esta noche —explicó James—. Aunque ha tenido dolor de garganta toda la semana y consultó con un médico antes de venir.

El doctor Trider le presionó en ambos lados del cuello, justo por debajo de la mandíbula.

—Tiene los nódulos linfáticos inflamados.

—¿Qué significa eso? —inquirió Sofía.

—Podría tratarse de males diferentes, según los síntomas que haya tenido.

James se pasó una mano por el pelo.

—Ha perdido peso, y está siempre muy cansado. Sin apetito.

El médico asintió con la cabeza.

—Entiendo —dijo, y devolvió el estetoscopio a su maletín—. ¿Ha estado en contacto con alguien más que tenga esos síntomas?

—No lo sé. Él no lo ha mencionado. No parecía demasiado preocupado, pero ha estado bebiendo más de lo habitual.

—¿Bebiendo, dice?

El médico volvió a palparle el cuello y parecía muy concentrado en aquello que tocaba.

En ese momento, Whitby abrió los ojos. El médico se inclinó junto a él.

—Lord Whitby, soy el doctor Trider. ¿Sabe usted qué le ocurre? ¿Ha estado en contacto con alguien que haya estado enfermo?

—No, ningún contacto —dijo Whitby, sacudiendo la cabeza sobre la almohada a duras penas—. Lo que tengo no es contagioso.

—¿Cómo lo sabe? ¿Le han dado un diagnóstico?

—No, no es necesario.

Whitby volvió a cerrar los ojos y el médico le dio unas suaves palmaditas en las mejillas.

—Lord Whitby, despierte. ¿Qué cree usted que tiene?

Whitby abrió los ojos y miró a James.

—¿Encontraste a Lily?

—Sí, está con mi madre.

—Y ¿Richard?

—Richard ha tenido que ocuparse de su nariz que le sangra a chorros y, en este momento, está haciendo su equipaje.

Sofía le lanzó una mirada desde el otro lado de la cama.

—¿Le sangra la nariz? ¿James?

Él la miró sacudiendo la cabeza.

—No fui yo, sino Lily, que le dio su merecido cuando él intentó algo que no debería haber intentado.

—Son buenas noticias —balbuceó Whitby, antes de volver a caer en un sueño febril.

James dio un paso adelante y se inclinó sobre su amigo.

—¡Whitby! Despierta. El médico tiene que hacerte unas preguntas.

Pero Whitby no despertó.

James volvió a la silla junto a la cama y se dejó caer en ella.

—¿Qué puede ser, doctor?

El médico frunció el ceño.

—No puedo asegurarlo, pero los ganglios inflamados señalan unas cuantas posibilidades. Podría ser una gripe o una tuberculosis linfática, aunque eso no se presenta así de rápido. El tifus, por otro lado, se manifiesta con rapidez, pero lo del dolor de garganta desde hace más de una semana... —dijo, sacudiendo la cabeza—. No creo que sea tifus. Y él ha dicho que no es contagioso, al contrario de lo que ocurre con la gripe y la tuberculosis.

El médico parecía perplejo. Volvió a inclinarse sobre el paciente y a palparle los ganglios.

—La otra posibilidad es... —dijo, mirando a James—. ¿Los ganglios se le han ido hinchando en estos días?

—No lo sé.

El doctor Trider le presionó el abdomen a través del delgado camisón que le había puesto su criado.

—Tiene el bazo inflamado. ¿Saben ustedes desde cuándo tiene ese dolor de garganta? ¿Semanas? ¿Meses? ¿Más?

James fue a la habitación contigua y abrió la puerta.

—Jenson, ¿hace cuánto tiempo que lord Whitby se queja de dolor de garganta?

El criado salió de la habitación.

—Ha tenido unos cuantos episodios. El primero fue hace más o menos un mes.

El médico se apartó de la cama y se ajustó las gafas sobre el tabique nasal.

—¿Unos cuantos? ¿Es posible que se trate de un dolor permanente?

Jenson miró a James y Sofía con un dejo de confusión.

—Supongo que es posible.

El doctor Trider asintió, pensativo.

—Hay una enfermedad que se identifica por estos síntomas y que no es contagiosa. Se trata del mal de Hodgkins. Pero ¿cómo lo sabría él si no le han hecho un diagnóstico?

—¿Hodgkins? ¿Qué es eso?

El médico guardó silencio un momento, se giró y le habló lenta y calmadamente.

—Es una especie de cáncer, señora.

James y Sofía se lo quedaron mirando en silencio, ambos con cara de consternación.

—Es lo mismo que mató a su padre —dijo James.

Capítulo 10

*L*ily bailaba formando parte de una cuadrilla, aunque seguía sumamente molesta por lo ocurrido en la terraza con lord Richard, cuando vio que Sofía y James entraban en el salón de baile después de haberse ausentado un largo rato. Whitby tampoco estaba presente, y Lily estaba fuera de sí de inquietud. No era habitual que James y Sofía dejaran a sus invitados tanto rato. Algo había pasado.

En cuanto acabó la danza, dio las gracias a su compañero y se abrió paso rápidamente entre la pequeña multitud hasta donde estaba Sofía. Sus miradas se cruzaron, llenas de una visible intensidad.

—¿Qué ha pasado? —preguntó Lily—. ¿Dónde estabais?

Sofía la llevó a un lado.

—Whitby está enfermo.

Fue como si la música de la orquesta y las risas de los invitados hubieran pasado a un silencioso segundo plano, y Lily se preguntó si su corazón no habría dejado de latir.

—Oh, no.

—El médico acaba de verlo y no sabemos nada con seguridad. Pero tiene una fiebre muy alta y los ganglios inflamados.

—¿Puedo verlo? —preguntó Lily.

—Sí, pero está inconsciente. Y debo advertirte que el médico ha dicho que podría ser una enfermedad muy grave.

—¿Está seguro?

—No, todavía no. Pero tendrá que examinar a Whitby cuando vuelva en sí —dijo Sofía, mientras salía con Lily del salón—. Te llevaré donde está, pero luego tendré que volver a desempeñar mi rol de buena anfitriona. No quiero que nadie hable de esto. Preferiría que quede entre nosotros, si puede ser. No es asunto de nadie, sólo nuestro y de Whitby.

—Por supuesto.

Salieron discretamente del salón y mientras recorrían los largos pasillos de la mansión, Sofía le preguntó a Lily por Richard.

—¿Te ha hecho daño?

—No —dijo ésta—. Sólo intentó besarme, y no paraba de insistir cuando yo me negué. Es un hombre lujurioso, insoportable.

—James me ha dicho que lo golpeaste.

—No he podido evitarlo.

—Bien hecho —dijo Sofía, sonriendo.

Cuando llegaron a la suite Van Dekker, la puerta estaba cerrada, así que Sofía llamó suavemente y luego entró.

La habitación estaba apenas iluminada y en silencio, sólo el fuego que crepitaba en el hogar. Lily siguió a Sofía hacia el interior, pero se detuvo al ver a Whitby en la enorme cama.

Estaba empapado de sudor y la tez de su rostro había cobrado un tono ceniciento. Le habían puesto un camisón de dormir blanco, holgado y abierto en el cuello, ahora pegado a la piel sudada. Tenía casi el aspecto de un muerto.

Lily respiró temblorosamente, casi incapaz de aceptar que ése fuera su Whitby, el hombre que se había mostrado siempre tan fuerte y tan lleno de vida. Ahora yacía postrado, en silencio e inconsciente. No soportaba verlo en ese estado ni pensar que —Dios no lo quisiera— quizá no se recuperara.

Su mirada se posó en lady Stanton que, sentada a su lado, le tenía cogida una mano.

—Lily, has venido a ver al paciente —dijo.

Ella sólo asintió con la cabeza.

—Yo acabo de llegar hace unos minutos. Verás, le ha venido la fiebre mientras bailábamos. Pero, ven, siéntate —dijo lady Stanton.

Dejó la silla junto a la cama y se dirigió hacia Sofía, que esperaba en la puerta.

Lily se acercó lentamente a la silla y se sentó.

—Debería volver al salón —le dijo lady Stanton a Sofía—. ¿Me mantendrás informada?

—Claro que sí, Eleanor. Lily se quedará con él unos minutos, mientras te acompaño a la escalera.

Lily apenas oía lo que decían. Sólo se percató de que cerraban la puerta, y entonces sintió el efecto punzante de encontrarse a solas con Whitby, ahí en su habitación, mientras todo su ser se sumía en la tenebrosa desesperanza de pensar que estaba muy enfermo, y que podía tratarse de algo grave.

Dejó su mirada vagar por el antebrazo de Whitby hasta llegar a su mano, que descansaba sobre la sábana. Lily la tocó. Dios santo, estaba ardiendo. Le frotó la mano suavemente entre las palmas, luego dejó descansar su cabeza sobre ella, mientras pronunciaba una lagrimosa plegaria para que se recuperara.

Levantó la cabeza y apoyó la mano abierta sobre el pecho de Whitby, ahí donde tenía el camisón abierto. El corazón le latía a toda prisa bajo la piel caliente y húmeda.

Se oyó la cerradura de la puerta y Lily se enderezó bruscamente, mientras se secaba las lágrimas de las mejillas. Sofía entró y se acercó a la cama.

—¿Algún cambio?

—No. No se ha movido.

—¿Cómo estás tú?

Lily sopesó la pregunta un instante mientras miraba el rostro dormido de Whitby. Tuvo la sensación de que su cerebro no funcionaba demasiado bien.

—He conocido mejores momentos.

Sofía le apretó suavemente el hombro.

—¿Qué se puede hacer? —preguntó Lily—. Desearía hacer algo.

Sofía asintió con la cabeza.

—El médico tenía otra visita que hacer esta noche, pero volverá por la mañana. Hasta entonces, alguien tiene que quedarse aquí y mantener a Whitby fresco con paños húmedos. —Le tocó el brazo a Lily, con expresión grave—. Y el médico dijo que deberíamos darle una cucharada de coñac cada seis horas. Pero no más, aunque nos lo ruegue.

Lily entendía. Lo había observado durante la semana. Sabía...

—Deja que me quede yo —pidió—. Yo sabré ocuparme de todo.

—Se lo diré a tu madre —dijo Sofía, asintiendo con un gesto de la cabeza.

—No le gustará.

—Yo hablaré con ella —dijo Sofía—. Estoy segura de que querrá saber que hacemos todo lo posible por Whitby.

—Eso espero —dijo Lily—, porque nada podría obligarme a abandonar esta habitación esta noche.

Después de volver a su habitación para cambiarse y ponerse un vestido de muselina marrón para estar más cómoda, Lily pasó la noche junto a Whitby. Estuvo la mayor parte del tiempo sentada, sosteniéndole la mano y observándolo a la luz del fuego del hogar, esperando y rogando que volviera en sí. Sin embargo, Whitby dormía profundamente, y no se movía, salvo en momentos, a ratos, cuando los párpados le temblaban o cuando volvía la cabeza hacia un lado con un gemido o un suspiro.

Lily se alegró de que no despertara para pedirle un trago de coñac. Le habría costado mucho decirle que no.

Abajo, la música del baile siguió hasta después de las dos de la madrugada, hora en que James y Sofía subieron a ver a Lily antes de retirarse a dormir. Después, la casa quedó sumida en silencio.

Lily se durmió sólo una vez, muy brevemente, y permaneció el resto de la noche despierta. En una ocasión abrió las ventanas de la habitación para dejar entrar un poco de aire fresco, pero el viento era demasiado fuerte y frío. Tuvo que cerrar la ventana y luego volvió a su lugar junto a la cama.

La noche se le hizo oscura e interminable, y hubo momentos en que se sintió perdida en un túnel, incapaz de ver la luz al final. Era la única persona despierta en toda la casa. ¿Cómo podía dormirse? Se llevó una mano a la espalda, se estiró y bostezó, y luego rezó para que la fiebre de Whitby remitiera.

Sin embargo, la fiebre no remitió en toda la noche. Tampoco remitió a la mañana siguiente, cuando finalmente abrió los ojos.

El sol empezaba a despuntar y Lily se despertó de un ligero sueño junto a la ventana. James estaba sentado junto a la cama.

La habían despertado las voces. Se incorporó, medio dormida, pero guardó silencio porque no quería interrumpir su conversación.

—Hemos enviado un telegrama a Annabelle —decía James, que estaba sentado en la silla con los codos apoyados en las rodillas y las manos entrelazadas.

Whitby permaneció un momento sin moverse, luego se humedeció los labios y murmuró:

—Me gustaría tomar una copa, James.

James sacudió la cabeza.

—El médico ha dicho que no.

Whitby dejó escapar una risilla amarga.

—¿Qué pretendes? ¿Dejarme en dique seco, eh? ¿De qué serviría?

—Lo que pasa es que has bebido demasiado últimamente.

Whitby siguió callado un momento, mirando el dosel de la cama con rostro inexpresivo.

—Me estoy muriendo, James.

Lily se enderezó de golpe, como si una lanza le hubiera atravesado el corazón. Aguzó el oído para oír la respuesta de James.

—No —dijo éste con voz firme, y le tocó el brazo a Whitby—. Eso no lo sabemos. Puede que no sea nada.

—Me siento como si me estuviera muriendo. Me he sentido así durante semanas.

James se quedó anonadado con aquellas palabras, algo que no le pasaba a menudo ya que siempre era dueño de sus emociones.

—Me dijiste que era sólo un dolor de garganta.

Whitby volvió a humedecerse los labios, y tardó una eternidad en reunir la fuerza suficiente para hablar.

—Te he mentido. Cada vez me siento más débil.

—Dijiste que habías visto a un médico. ¿Qué te dijo?

—También mentí acerca de eso. No he visto a nadie. Quería aplazar esa visita. Pensé que me quedaba más tiempo.

James tardó un rato en asimilar la noticia.

—¿Es por eso que bebes tanto últimamente?

—Supongo que sí. El coñac aplaca los recuerdos.

Lily vio que su hermano inclinaba la cabeza. Sintió una punzada en el corazón al verlo así, porque él también había tenido una vida difícil con su padre y sabía que, cuando eran jóvenes, Whitby había sido la única persona en el mundo en quien había confiado, el único amigo fiel cuando James no tenía a nadie, ni siquiera una madre en cuyo amor encontrara alivio.

—No tienes nada de qué arrepentirte, Whitby.

Whitby movió la cabeza de lado a lado en la almohada.

—Siento tener que disentir. Tendría que haber madurado hace ya tiempo, y luego casarme, como tú. Pero creí que sería joven para siempre. Y ahora es probable que me esté muriendo y Annabelle estará… —balbuceó, e intentó sentarse—. Tengo que verla. ¿Vendrá?

James consiguió impedir que Whitby se incorporara.

—Hoy tomará un tren.

—Bien. Tengo que verla, James.

—Lo sé.

—He dispuesto que se le entregue una mensualidad, de modo que no tenga que depender de Magnus, pero no quiero que viva sola. ¿Puedo confiar en que tú le procures un techo?

—Claro que sí.

En ese momento, Lily se dio cuenta de que Whitby no se había percatado de su presencia. Quizá debería hacerle saber que estaba ahí. También tenía curiosidad por saber por qué estaba tan preocupado por su hermana, y quién sería ese tal Magnus.

—Si algo me ocurriera —dijo Whitby—, prométeme que cuidarás de ella.

—Lo haré. Pero no te ocurrirá nada.

Lily carraspeó para anunciar su presencia. Se incorporó lentamente y se alisó las arrugas del vestido mientras se acercaba al pie de la cama.

—Buenos días —dijo, algo nerviosa.

Whitby pestañeó ligeramente al encontrar su mirada. Ella se dio cuenta de que tenía ganas de volver a dormir.

—Buenos días.

—Lily ha pasado la noche aquí, Whitby —dijo James—. Ha sido tu devota enfermera.

Lily esperó a que Whitby dijera algo, pero éste sólo atinó a mirarla durante un momento agónicamente largo.

Supo enseguida con absoluta claridad que Whitby sabía que ella lo amaba. Lo sabía sin duda alguna.

Y luego vio la chispa de algo diferente en sus ojos…

¿Pena?

¿Era la pena de saber que se estaba muriendo y que le destrozaría el corazón? ¿O era que él no le correspondía en esos sentimientos? ¿Acaso le inspiraba compasión?

Lily desvió la mirada. Parecía que las decepciones no acabarían nunca. Siempre sería así.

O quizá sí acabarían pronto. Aquel pensamiento hizo que volviera a alzar la mirada, como presa de un pánico repentino. Whitby seguía mirándola. Hasta que por fin habló, con voz cansada y una expresión sombría.

—Gracias.

Lily sintió que su ánimo, ya bastante deprimido, se derrumbaba del todo. No podía soportarlo. No soportaba la idea de perderlo, aunque nunca hubiera sido suyo.

—El médico llegará pronto y vendrá a verte —dijo James—. Es un médico excelente, Whitby, y podrá decirnos qué mal sufres.

—De acuerdo —murmuró Whitby, y cerró los ojos. Enseguida volvió a abrirlos.

—¿Estás seguro de que no puedo echar un trago?

—Sí.

Whitby asintió con la cabeza y cerró los ojos.

—Esto no va a ser nada agradable.

James miró a Lily, que seguía al pie de la cama. Ella vio la preocupación en la mirada de su hermano, casi como una plegaria desesperada. Nunca lo había visto mirar así, ni siquiera cuando habían nacido sus hijos. Entonces James estaba preocupado, pero también tenía esperanza. Se notaba la ilusión en su mirada, como si supiera que todo acabaría bien.

No era la mirada que tenía esa mañana, y Lily acabó pensando que ella también se moría con Whitby.

A la mañana siguiente, pasando del sueño a la vigilia, y de vuelta al sueño, Whitby tuvo unos sueños extraños, y le pareció que flotaba. También escuchó conversaciones en su cabeza. Creyó oír a Magnus riendo...

Sin embargo, al despertar no vio a nadie en la habitación. Sólo estaba Jenson, atareado, plegando camisas que probablemente ya habían sido plegadas.

Whitby temblaba entero y se oía el castañeteo de sus dientes. Por mucho que intentara relajarse y estarse quieto, el temblor no paraba. Él no sabía si era la fiebre o si era la necesidad del brandy, pero no importaba. Estaba enfermo. A su padre le había ocurrido exactamente lo mismo.

Cada vez que empezaba a temblar, Jenson se acercaba, le acomodaba las sábanas por debajo del mentón y le decía:

—Es la fiebre, milord. Intente dormir.

Y Whitby volvía a hundirse en el sueño, sólo para volver a delirar. Luego se despertaba de nuevo y empezaba a temblar.

Sintió que Jenson le arreglaba las sábanas y abrió los ojos.

—¿Qué día es hoy?

—Es domingo, milord. La fiesta ha terminado y la mayoría de los invitados se han marchado.

—¿Excepto nosotros?

—Sí, excepto nosotros. Nos iremos en cuanto usted se recupere.

Whitby se humedeció los labios resecos.

—Eso es querer demasiado.

Su criado bajó la voz hasta convertirla en un susurro.

—No me gusta que hables así, Eddie.

Eddie. Su nombre de la infancia en labios de Jenson le trajo recuerdos de otros tiempos, cuando Whitby todavía no era conde y sus padres estaban vivos. Recordó a su madre riendo y persiguiéndolo por los pasillos de la casa. Ahora oía su risa, y se sintió transportado.

Qué extraño, cada vez que pensaba en ella la veía vestida con su camisón de dormir blanco y descalza. Quizá fuera porque los mejores momentos que había vivido con ella ocurrieron por la noche, cuando ella se acurrucaba junto a él en la cama.

Y cuando él fue a verla morir, ella estaba en la misma cama, y con el mismo camisón. Aunque esa vez, tras el parto, había manchas de sangre.

Volvió a sufrir repentinos temblores, y aunque intentaba controlarlos, no lo conseguía. Lo único que podía hacer era soportar el malestar y esperar que pasara pronto.

Capítulo 11

M ás tarde aquel día, cuando el doctor Trider hubo examinado exhaustivamente al paciente, Lily lo acompañó hasta el estudio de James. Cuando la puerta se cerró a sus espaldas, ella se quedó un rato mirando, con el corazón desbocado, ansiando desesperadamente alguna información. De pronto comprendió que había llegado el momento de dejar de lado su timidez y, sabiendo que el tiempo era sumamente valioso, llamó a la puerta.

Sofía abrió, vio la cara de Lily y se apartó sin hacer preguntas. Lily entró en la habitación, donde James estaba sentado a su escritorio frente al médico, que sostenía su maletín negro sobre las rodillas.

—Lily también querría escuchar lo que va a decir —dijo Sofía, y ofreció a Lily la silla junto al médico.

Llena de ansiedad y aprehensión, con la tensión del pánico apretándole el vientre, Lily se sentó. Intuía los ojos de James fijos en ella, pero no dejó de mirar al médico.

—Y bien —dijo éste—, aún no puedo decirle con absoluta certeza qué mal aqueja al conde, pero si su padre murió del mal de Hodgkins, me preocupa.

—¿Es una enfermedad hereditaria, doctor? —preguntó Sofía.

El doctor Trider se frotó la frente, sin poder disimular la tensión en su mirada.

—Ha habido casos recientes en que se ha aludido a la herencia como causa posible, pero no sabemos lo bastante de la enfermedad como para decirlo con certeza. Pero, cuidado, es posible que el conde sufra de algún otro mal.

—De modo que quizá no se esté muriendo —acotó Lily.

Sofía le cogió la mano, y Lily intuyó que su cuñada no quería que alentara ninguna esperanza.

—Si es el mal de Hodgkins —dijo James—, ¿hay algún tratamiento? Recuerdo haber leído acerca de una operación hace un par de años.

—Se han llevado a cabo operaciones muy exitosas. El mal de Hodgkins es un tipo de linfoma, y los linfomas se extienden a la sangre y a la médula espinal —dijo el doctor Tride, sacudiendo la cabeza—. Me temo que la prognosis no es buena… si es que se trata de la enfermedad de Hodgkins. Debo insistir en que no sabemos con certeza si es el mal que aqueja al conde.

—Si lo es, ¿cuánto tiempo le queda a lord Whitby? —preguntó James.

El doctor Trider reflexionó.

—Por los casos que yo he visto, pueden ser tres meses como puede ser un año, e incluso más, en casos crónicos. Depende de la rapidez con que progrese la enfermedad.

—¿Le ha dicho todo esto a Whitby? —preguntó Lily.

Justo en ese momento llamaron a la puerta y Sofía se levantó a abrir. Cuando Lily se giró en su silla, vio a Sofía que abría los brazos y decía:

—Annabelle, gracias a Dios. —Abrazó a la hermana de Whitby, que también la estrechó con fuerza—. Precisamente estábamos hablando con el médico en este momento. Entra.

Lily había oído hablar de Annabelle, pero nunca la había conocido. Ahora la vio entrar en la habitación. Tenía el pelo color miel, como Whitby, pero el parecido era una mera coincidencia, ya que Annabelle Lawson era hija adoptiva. Su madre había sido la mejor amiga de la madre de Whitby, pero Annabelle vivía con ellos desde la infancia.

Llevaba un vestido de viaje de color azul oscuro, y tenía los ojos azules, una nariz pequeña y un poco respingona. Era una mujer de una belleza singular, aunque no parecía consciente de ello. No se comportaba con la seguridad de una mujer que se sabe bella. Miss Lawson parecía más bien tímida y Lily sintió una simpatía espontánea hacia ella.

También tenía una gran curiosidad por saber por qué Whitby estaba tan preocupado por ella.

James se levantó y desplazó una silla para dejarla junto a Lily.

—Annabelle —dijo—, te presento a mi hermana, Lily.

Annabelle le estrechó la mano a Lily.

—Me alegro de conocerla, por fin. He oído hablar mucho de usted, y he tenido ganas de conocerla desde que era niña.

Bastante desconcertada, Lily le respondió con una sonrisa. ¿Había oído hablar mucho de ella? ¿De parte de quién? ¿De Whitby?

James volvió a su silla y se sentó. Se inclinó hacia delante y dejó descansar las manos sobre la mesa.

—Precisamente ahora el médico nos estaba contando qué es, en su opinión, lo que tiene Whitby, aunque todavía no puede estar seguro.

El doctor Trider repitió su prognosis para informar a Annabelle, que se llevó un pañuelo a los ojos y empezó a llorar. Lily se le acercó y le acarició la espalda.

—Todos esperamos lo mejor —dijo Lily.

—Claro que sí, Annabelle —dijo Sofía, dando un paso adelante—. No pierdas la esperanza. Whitby es joven y fuerte.

Ella recobró la compostura y bajó el pañuelo.

—Gracias por todo lo que habéis hecho. Ya sabes, James, que siempre te ha considerado su mejor amigo.

James asintió.

—¿Cuándo puedo verlo? —preguntó Annabelle.

—Ahora mismo —respondió James—. Lily, ¿podrías acompañar a Annabelle hasta la suite Van Dekker?

—Por supuesto —dijo ella, disimulando el hecho de que se alegraba de volver a ver a Whitby, aunque sólo fuera por un momento.

Lily se incorporó y llevó a Annabelle por los pasillos anchos e interminables de la casa. Cuando llegaron a la habitación de Whitby, lo encontraron durmiendo, y a Jenson también, con la cabeza echada hacia atrás en la silla, con la boca abierta y roncando ruidosamente.

Annabelle y Lily cruzaron una mirada, y Lily fue hasta el anciano criado. Le sacudió suavemente el hombro.

—¿Qué, qué? —preguntó Jenson, despertando con un sobresalto. Miró a Lily y se incorporó rápidamente de la silla.

—Le ruego me perdone, milady, no la oí entrar.

—No tiene importancia, Jenson —le aseguró ella, con una sonrisa—. Yo también me quedé dormida, igual que usted varias veces durante la noche. —Con un gesto, señaló hacia Annabelle, que esperaba junto a la puerta—. Mire quién ha venido.

La expresión de Jenson se relajó.

—Señorita Annabelle. Bendita sea. Ha preguntado varias veces por usted.

—Me alegro de que haya estado con él —dijo Annabelle, dando unos pasos hacia el criado—. ¿Cómo está ahora?

—Ha conocido mejores días —dijo Jenson—. Me temo que tiene el ánimo por los suelos, y se ha puesto a pensar en muchas cosas de las que se arrepiente, cosas que le preocupan. Pero seguro que eso a usted no le sorprende.

—No. Por eso he venido.

Annabelle se acercó lentamente a la cama y le tocó la mejilla a Whitby.

—Todavía está muy caliente. ¿No hay nada que podamos hacer?

Ni Jenson ni Lily contestaron la pregunta, porque no había respuesta. Al menos nada que Annabelle quisiera oír.

De pronto, Lily sintió que su presencia ahí era la de una intrusa.

—Debería dejarla —dijo, pero Annabelle la detuvo.

—No, no se vaya. Quédese y cuénteme qué ocurrió y cómo cayó enfermo. Verá, no lo he visto en semanas, ya que él estaba en Londres, y yo nunca voy a Londres. Está muy delgado.

Jenson se retiró a la habitación contigua y las dejó para que hablaran a solas. Annabelle se sentó en la silla junto al enfermo y Lily se sentó en el banquillo acolchado a los pies de la cama, mirándola a ella. Lily le contó a Annabelle qué aspecto tenía Whitby al llegar, que estaba siempre cansado, que no parecía el mismo de siempre y que bebía más que nunca.

En los ojos de Annabelle asomó una mirada de reproche. Quizá pensaba en el padre de Whitby. Era un hecho sabido que el conde había bebido desaforadamente antes de morir.

Años atrás, James le había contado a Lily que el conde sólo quería luchar contra el dolor. Lily era demasiado joven para entenderlo en aquel entonces, pero lo recordaba, como recordaba casi todo lo que tuviera que ver con Whitby. Cada recuerdo. Cada experiencia. Ahora que era mayor, entendía que algunas personas prefieran ir por la vida olvidándose de ciertas cosas.

—Ha sido muy amable al quedarse con él esta noche —dijo Annabelle, interrumpiendo las cavilaciones de Lily—. Él siempre ha dicho que era usted una persona maravillosa.

—¿Eso decía? —preguntó Lily.

—Sí, años atrás, cuando él y James todavía iban a la escuela, Whitby solía llegar a casa y me contaba los juegos que inventaban, y luego los jugaba conmigo. Debo reconocer que me daba una envidia terrible oírlo hablar tanto de usted. Siempre pensé que usted era más inteligente e interesante que yo y durante un tiempo ni siquiera quería conocerla.

Lily frunció el ceño, asombrada.

—No puedo creer que haya pensado eso.

Annabelle le sonrió.

—Sólo era una niña, echaba de menos a mi hermano cuando salía, y tenía celos del tiempo que no pasaba conmigo. Después, se hizo mayor y dejó de hablar de lo creativos que eran los juegos que usted inventaba cuando no era más que una niña. Supongo que él empezaría con otros juegos, sus propios juegos, que probablemente usted ni yo inventaríamos.

Lily entendió la insinuación de Annabelle. Eran juegos que tenían que ver con las mujeres y el whisky. Y, desde luego, Lily y Whitby habían tomado distintos caminos al dejar ella de ser una niña. Los juegos habían acabado entonces.

Sin embargo, le sorprendía saber que Whitby hablaba de ella tan a menudo con Annabelle, o que ella había seguido ocupando sus pensamientos cada vez que volvía a su casa después de visitarlos.

Whitby se movió y Annabelle se inclinó hacia él.

—Estoy aquí, Whitby —dijo—. Soy Annabelle.

Él abrió los ojos, la miró y dijo:

—Gracias a Dios. —Se quedó un momento con los ojos cerrados, y luego volvió a abrirlos—. Lo siento mucho, Annabelle, debería haberte hecho caso.

Ni Whitby ni Annabelle miraron hacia Lily, así que se quedó donde estaba, sentada y observando en silencio.

—No sabías que iba a ocurrir esto —dijo Annabelle.

—No, tienes razón. Siempre he creído que viviría para siempre, y que tenía todo el tiempo del mundo. Estaba equivocado.

—De eso no estamos seguros. Puede que te repongas por completo cuando remita la fiebre.

—Quizá —dijo él—. Aún así, no justifica mi fracaso por no haberte protegido a ti y nuestras propiedades, o por no evitar una gran injusticia.

—Te pondrás bien, Whitby. Tienes que ponerte bien.

Lily volvía a ser testigo de una conversación en la que no participaba, como si estuviera escuchando secretos ajenos, mientras permanecía invisible para los que conversaban. Sin embargo, siempre había sido invisible para Whitby, ¿no? En fin, según acababa de enterarse, puede que no siempre.

Se movió para incorporarse e irse, pero sus movimientos atrajeron la atención de Whitby, que la miró con ojos somnolientos.

—Lily, no sabía que estabas aquí.

Ella miró con añoranza ese rostro tan atractivo, disfrutando al oír su nombre pronunciado por él, y quiso encontrar algo que decir en su cerebro embotado. Sin embargo, no había dormido demasiado la noche anterior, y todavía intentaba reprimir ese dolor que sentía de saberlo enfermo. Sencillamente no le daba tregua. No era extraño que estuviera tan agitada.

—No quería interrumpir —dijo—. Debería irme.

Él no se opuso.

Una parte de ella quería que Whitby dijera algo, por ejemplo, que ella podía quedarse todo el tiempo que quisiera o, incluso mejor, que quería que se quedara. Pero, por desgracia, Lily sabía lo poco importante que era para él.

Le sonrió a Annabelle al salir, pero en cuanto abandonó la habitación, se sintió peor, no mejor. No quería ser ajena a lo que ocurriera con la vida de Whitby. En ese momento, no. Necesitaba algo más tangible.

Decidió que volvería a ofrecerse para cuidar de él esa noche.

Capítulo 12

—¿Cómo está? —preguntó Sofía levantándose cuando, al cabo de unas horas, Annabelle entró en el estudio.

Lily también se incorporó, ansiosa de enterarse del giro que habían cobrado los acontecimientos.

—Ahora está durmiendo —dijo Annabelle.

—Y ¿la fiebre?

—Todavía muy alta. Me ha pedido coñac.

Las dos cruzaron una mirada, preocupadas.

—Está muy contrariado —dijo Annabelle—, pero no discute cuando se le dice que no.

Sofía le señaló la silla que tenía enfrente.

—Ven y siéntate. Debes estar agotada después del día que has pasado. Pediré que traigan té.

Annabelle se sentó con ellas y charlaron de su largo viaje desde Bedfordshire y de otras minucias hasta que llegó el té. Annabelle miró con expresión de pedir disculpas.

—Puede que os preguntéis por qué Whitby quería verme. Y, Lily, tú has oído nuestra conversación antes.

Lily y Sofía no indagaron más allá. Esperaron a que ella continuara.

—No sé si estáis al corriente de la «mala sangre» que hay en la familia. De los problemas que hemos tenido con un primo de Whitby llamado Magnus.

Sofía se inclinó para servir el té.

—En una ocasión, Whitby mencionó algo acerca de un primo muy desagradable, pero no dio más detalles. ¿Tú sabías algo, Lily?

Lily dijo que no con la cabeza.

—Y bien —continuó Annabelle, vacilante. Aceptó la taza humeante que le pasó Sofía y la sostuvo sobre su regazo—, el padre de Magnus fue aislado social y económicamente de la familia cuando era sólo un niño. Y con fundadas razones. Era un niño odioso y celoso y en diversas ocasiones intentó hacer daño a su hermano mayor, el heredero.

—Dios mío, no tenía ni idea —dijo Sofía.

—Su hijo, Magnus, es un hombre igual de amargado a propósito de la herencia, y envidia a Whitby de la misma manera que su padre envidiaba a su hermano. Pero ahora, si algo le ocurre a Whitby, Magnus heredará el título y la propiedad.

—¿Tan malo es? —inquirió Lily.

Annabelle guardó silencio antes de responder.

—Vosotros dos sabéis que Whitby es un buen hombre. No le negaría a un miembro de la familia lo que se le debe. Sin embargo, en este caso, sus sentimientos son bien fundados. Magnus siempre ha codiciado el título de conde, y hay sospechas de que él sea el culpable de la muerte del hermano mayor de Whitby, que era conde antes que él. Ése es el motivo del odio de Whitby.

—Santo cielo —dijo Sofía—, suena tan espantoso.

—Eso ocurrió hace muchos años, cuando Whitby tenía diez años. —Annabelle cogió la taza y tomó un sorbo.

Lily sintió el peso de la tensión en los hombros.

—¿Whitby cree de verdad que Magnus mató a su hermano?

—Nadie jamás ha podido probarlo y, desde luego, Magnus lo niega. Pero lleva encima un gran resentimiento.

—¿Es por eso que Whitby se preocupa tanto por ti? —preguntó Lily—. ¿Piensa que Magnus podría hacerte daño? Pero ¿por qué? Tú no podrías aspirar a heredar el título.

Annabelle tardó un buen rato en contestar. Quizá dudara de la conveniencia de explicarlo todo. Al final, se decidió. Volvió a dejar la taza y el plato sobre su regazo.

—Magnus me ha hecho daño en el pasado, sólo para herir a Whitby. Como he dicho, lleva el odio y la venganza en las venas.

Sofía y Lily se quedaron mirando a Annabelle en silencio, llenas de asombro.

—¿Qué te hizo?

Ella bajó la mirada y sacudió la cabeza. Volvió a hacer una pausa antes de contestar.

—Me sedujo hace cinco años, manteniendo en secreto su verdadera identidad. Y luego me abandonó de la peor manera, todo para hacerle daño a Whitby. Yo era joven y muy insensata.

Sofía le puso una mano en la rodilla.

—Lo siento mucho. —Miró a Lily con cara de impotencia—. No me extraña que Whitby sufra tanta ansiedad ahora.

Annabelle asintió con la cabeza.

—¿Qué hizo Whitby cuando se enteró? —preguntó Lily, mientras dejaba su té en la mesa. Se sentía demasiado sacudida y molesta para beberlo.— ¿Se enfrentó a Magnus?

—Sí, y Magnus pagó su precio. Lo que me hizo no quedó sin castigo. —Annabelle levantó el plato para coger la taza, pero temblaba tanto que plato y taza empezaron a entrechocar.

Ni Lily ni Sofía le hicieron más preguntas. Guardaron un silencio pesado durante un par de minutos, y Annabelle miró hacia la ventana.

—Whitby tendría que haberse casado hace años y ahora tendría un heredero. Si tuviera que morir, al menos moriría en paz. Es triste ver cómo la muerte trae consigo inevitablemente el arrepentimiento.

—Por cosas que no hicimos cuando tuvimos la oportunidad de hacerlas —dijo Lily, y de pronto se dio cuenta de que estaba hablando sola. Sabía que llevaba demasiado tiempo dejándose llevar sin rumbo por la corriente de la vida.

Sofía y Annabelle la miraron con una sonrisa triste.

—Sí, exactamente —dijo Annabelle—. Es exactamente eso, Lily.

Aquella noche, Lily se quedó con la oreja pegada a la puerta de la habitación de Whitby, intentando oír lo que el médico les decía a

Whitby y James. Por lo que logró entender, el médico no había observado cambios en el estado del paciente, y su futuro seguía siendo igual de incierto.

Al cabo de un rato, el médico salió de la habitación y se alejó por el pasillo en penumbra. Lily lo siguió en silencio hasta el vestíbulo y, desde lo alto de la escalera, vio que recogía su abrigo y su sombrero de manos del mayordomo. En cuanto salió el médico, cerró la puerta y abandonó el vestíbulo. Lily bajó a toda prisa y salió corriendo.

—¡Doctor Trider! —llamó, justo cuando éste acababa de subir a su coche. Corrió hasta él y puso las manos en la puerta para impedir que partiera.

—Lady Lily —dijo él, algo sorprendido por su carrera desesperada.

Ella tardó unos segundos en recuperar el aliento.

—Sé que lord Whitby no ha mejorado mucho, pero, dígame... —dijo, y guardó silencio. Estaba nerviosa, pero se obligó a buscar en sí misma la valentía para hablar sin tapujos—. ¿Un hombre con una enfermedad como la que él padece... puede concebir un hijo?

El médico se la quedó mirando desde el interior, sin habla, bajo la débil luz de las linternas del patio. Frunció los labios y sopesó la pregunta con aire pensativo.

—Supongo que sí. No hay nada que afecte a su capacidad de reproducción. A pesar de que la fiebre lo ha debilitado.

—¿Y si alguien... le *ayudara*?

En realidad, ni siquiera sabía qué preguntaba. Ella no sabría qué hacer para *ayudar* a Whitby en nada relacionado con actos tan íntimos. Pero sin duda podría cumplir con instrucciones si alguien se las daba.

Dios mío, todo eso era muy raro.

El médico volvió a vacilar.

—Supongo que sería posible.

—¿El hijo sería sano? —preguntó ella.

El doctor Trider se reclinó en su asiento con cierta expresión de incomodidad ante el giro que cobraba la conversación pero, aún así, contestó:

—Nunca hay garantías de que un bebé nacerá sano, milady, pero si su pregunta es si la enfermedad se transmitiría al vástago… La ciencia actual nos dice que el mal de Hodgkins no es contagioso, y si es hereditario o no todavía está por demostrarse.

—Pero ¿piensa usted que el mal de Hodgkins es lo que tiene, doctor? ¿No podría ser otra cosa?

El doctor Trider se la quedó mirando algo confundido.

—Por favor, sea sincero conmigo. ¿Cuál es su verdadera opinión?

—No se lo puedo decir con seguridad, lady Lily. No hasta que haya hecho las pruebas correspondientes.

—Por favor, doctor.

—Creo —dijo el doctor Trider, con un largo suspiro—, teniendo en cuenta sus síntomas, que el mal de Hodgkins es lo más probable. Pero, vuelvo a insistir, no puedo estar seguro de ello.

Lily asintió y dio por buena la explicación del médico de la familia. Dio un paso atrás y se apartó del coche.

—Gracias.

Él cogió las riendas, las hizo restallar sobre el lomo de los caballos y luego chasqueó con la lengua.

—Venga, vamos. —El carro dio un brinco hacia delante y las ruedas crujieron al rodar sobre la grava—. Buenas noches, lady Lily.

—Buenas noches, doctor.

Lily no estaba del todo segura de que el médico supiera qué le había preguntado. Seguro que lo entendería todo antes de recorrer un kilómetro.

Sólo esperaba que no se estrellara contra un árbol.

A medianoche Lily llamó suavemente a la puerta de Whitby para reemplazar a Annabelle, que había pasado toda la noche con él.

La habitación sólo estaba iluminada por el fuego en el hogar y una vela solitaria junto a la cama. Whitby estaba tendido de lado y de espaldas a la puerta. Con sólo adivinar su silueta masculina debajo de la ligera sábana, a Lily se le aceleró el corazón. Cómo anhelaba estar a su lado.

Annabelle estaba reclinada en una silla, pero se incorporó en cuanto entró Lily. Bostezó y estiró los brazos por encima de la cabeza.

—Pensé que nunca llegarías. Lleva horas durmiendo y yo estoy agotada.

Lily se acercó a la cama. Esa noche, Jenson había lavado y afeitado a Whitby temprano así que éste tenía el pelo limpio pero totalmente despeinado de tanto estar en cama. Vestía un camisón de noche blanco recién puesto, abierto por el cuello, y Lily vio la línea dura y musculosa de su pecho.

¿Cuántas veces había soñado con verlo durmiendo? Y ahí estaba ahora, por fin contemplándolo, comprendiendo que había algo muy íntimo en ver a alguien durmiendo. Un dormitorio, por la noche, casi a oscuras, era seguramente el lugar más privado del mundo.

Aunque Lily nunca habría querido que su sueño se cumpliera a ese precio.

Miró a Annabelle, que la observaba. Lily sonrió, intentando actuar con toda naturalidad. En realidad, temblaba por dentro, ya que estaba a punto de intentar lo impensable, y sin duda todos creerían que había perdido la razón.

—Tú lo estimas mucho, ¿verdad? —susurró Annabelle mirando a Lily. Era una pregunta inesperada.

Lily pensó un momento en lo que debía responder. Su primer impulso fue negarlo, porque era su costumbre. Luego pensó que se había acabado el tiempo de la negación. Ya no tenía sentido.

—¿Cómo lo has sabido? —inquirió finalmente.

Annabelle le cogió una mano.

—Lo veo en tu manera de mirarlo.

—Supongo que he renunciado a seguir ocultándolo —dijo Lily, suspirando—. Sí, es verdad, Annabelle. Lo estimo. Y mucho.

—¿Cuánto tiempo hace que te sientes así?

—Desde siempre.

Annabelle le apretó suavemente la mano.

—No me sorprende.

—¿No?

Annabelle negó con la cabeza.

—No, porque siempre has estado presente en su vida.

—Presente como una hermana —dijo Lily.

—¿Por qué dices eso?

—Él mismo me lo confesó hace unos días —dijo Lily, con una mirada triste—. Que me quiere de la misma manera que a ti.

Whitby respiró profundamente y se giró hasta quedar de espaldas. Annabelle bajó la voz.

—Whitby nunca ha vivido mucho tiempo con una mujer, Lily, excepto conmigo, y creo que como te ha conocido casi toda su vida y te estima mucho, no sabe cómo interpretar esos sentimientos. Sólo atina a definirlos comparándolos con lo que siente por mí. Eso no significa que no te encuentre atractiva como mujer.

Ninguna de las dos habló durante un rato, mientras Lily se debatía pensando cómo expresar con palabras sus sentimientos y deseos. Amaba a Whitby. Jamás había amado a otro hombre, y no imaginaba que eso pudiera suceder. Quería formar parte de su vida, aunque sólo fuera por un leve espacio de tiempo.

Si algo había aprendido en los últimos días, era que la vida era demasiado breve, y que debía aprovechar al máximo cada día que pasaba. Ella quería amar a Whitby, darse por entera a él y no ocultar nada, porque no quería que un día llegara a arrepentirse de no haber tenido el valor de decir o hacer algo. Sabía demasiado bien que no podía volver atrás las manecillas del reloj.

—Annabelle —susurró Lily—, hay algo que quisiera ofrecer, y necesito contarte de qué se trata. Ven y siéntate conmigo.

Lily llevó a Annabelle hasta el canapé a los pies de la cama. Entrecruzó las manos sobre el regazo y dijo, en voz baja.

—Esta noche he hablado con el médico y me ha dicho que no sería imposible para Whitby… concebir un hijo en este momento.

La mirada de Annabelle dio a entender que había comprendido enseguida, pero guardó silencio. Se quedó muy quieta, esperando que Lily le explicara con más detalle.

—Yo podría intentar darle un heredero —se atrevió a decir Lily, y aquellas palabras le parecieron osadas incluso a ella.

Annabelle siguió mirándola con rostro inexpresivo bajo la luz huidiza que proyectaba el hogar.

—Lily, eso es ofrecer demasiado, demasiado que dar de ti misma.

—Ya sé que eso es lo que parece —dijo Lily, sacudiendo la cabeza—, pero debo confesar que no es sólo por ser generosa o desprendida que quiero ayudarte a ti y a Whitby, aunque es verdad que quiero ayudarte. El verdadero motivo de mi deseo es menos caritativo. Lo *deseo*, Annabelle, lo deseo desesperadamente. Lo he deseado toda mi vida y, últimamente, mis sentimientos se han vuelto cada vez más intensos, tanto que no puedo soportar la idea de no llegar a tocarlo o besarlo o a decirle que lo quiero. Ahora mismo me siento como en el infierno, estando tan separada de él, temiendo que quizá lo pierda para siempre. Quiero llevar un hijo suyo en mis entrañas después de que él se haya ido, sin que importe si Dios decide llevárselo ahora o dentro de muchos años. Lo amo, Annabelle.

Annabelle inclinó la cabeza.

—Siento tanto que sufras, Lily, y te entiendo. Sinceramente, te entiendo. Si de mí dependiera, te diría que sí. Hazlo. Cásate con él y ámalo y lleva su hijo. No dejes que nada tuerza tu decisión. Pero no depende de mí. Depende de Whitby, y él nunca estaría de acuerdo. Jamás aceptaría valerse de ti de esa manera si cree que no vivirá para cuidar de ti y de su hijo.

—No se estaría valiendo de mí —dijo Lily—. Me daría un bellísimo regalo y me haría feliz para el resto de mi vida. —Lily se dio cuenta de que sonaba como una romántica ridícula e idealista.

Annabelle le cogió las manos.

—Ya sabes, no depende de mí. Es a él a quien tienes que convencer.

Lily asintió. Sabía que era verdad, aunque quizás una parte de ella, intensa y atemorizada, esperaba que Annabelle lo viera como un plan maravilloso y se decidiera a convencer a Whitby. Así le ahorraría a Lily tener que mostrarse tan vulnerable al abrirle su corazón a Whitby, que tendría el poder de destrozarlo. Al fin y al cabo, lo más probable era que él se negara y la rechazara. Ya la había rechazado una vez, al insinuar ella algo, ¿verdad?

Quizá ya había perdido la razón, pensó de pronto, como si el corazón se le hundiera en la desesperanza cual piedra en el agua. Quizá debiera pedirle a Annabelle que olvidara esa conversación y que se quitara aquella idea absurda de la cabeza.

Annabelle se incorporó.

—Debo retirarme a dormir un poco. Ahora que sé que estás aquí con él, podré dormir tranquila.

Lily sólo atinó a asentir con la cabeza. Se incorporó y acompañó a Annabelle hasta la puerta, pero ésta se detuvo en el pasillo antes de despedirse.

—Habla con él esta noche, Lily. Pase lo que pase, él te respetará por tu valentía y te querrá por haberle ofrecido un regalo tan bello.

Lily se imaginó hablando con Whitby esa noche acerca de aquello y pensó que, aunque no fuera más que eso, era una oportunidad para hablar íntimamente con él, de sentimientos profundos y muy íntimos. Aunque nada saliera de ello, era más de lo que tenía ahora. Sería algo que recordar.

Miró a Whitby, que dormía profundamente, y luego se giró y vio la mirada comprensiva de Annabelle.

—Hablaré con él —dijo, finalmente—. Se lo contaré todo y trataré de convencerlo. Aunque no haya esperanzas.

Capítulo 13

*L*ily se quedó mirando a Whitby, escrutando sus atractivas facciones, mientras él dormía, y sintió un amor tan profundo y conmovedor que dejaba en segundo plano todo lo demás en su vida, a saber: la desaprobación de su madre, sus propios deberes hacia la familia, e incluso su miedo a hablarle de su propuesta. Nada de eso importaba. Lo único que importaba era que ella lo deseaba más que nada en el mundo. ¡Qué no daría por meterse en esa cama con él y sentir sus brazos estrechándola, y poder sostenerlo a él cerca de su cuerpo y su corazón! Daría cualquier cosa por una noche en sus brazos. Pagaría el precio que fuera.

Le apartó suavemente el pelo de la frente, y le tocó la mejilla. No estaba tan caliente como la noche anterior, aunque todavía tenía fiebre. También le tocó la frente y el cuello.

Se preguntó, presa de los nervios, si tendría el valor de confesar sus sentimientos más profundos e íntimos. Luego pensó en lo que haría si él se despertaba en ese momento.

No tuvo que preguntárselo largo rato porque Whitby se movió y abrió los ojos. Se humedeció los labios resecos.

—Lily —murmuró con voz ronca, aunque no débil. Bien podía tratarse de un enfermo, pero se notaba su vigor, y ella pensó que ésa era la fuerza y el talante que lo definían. Por muy enfermo que estuviera, Whitby seguía siendo un hombre atractivo.

Lily se inclinó hacia él.

—Sí, estoy aquí.

—Quiero agua.

Ella se giró rápidamente y le sirvió agua de la jarra que tenía junto a la cama. Él se apoyó sobre un codo y cuando ella intentó sostenerle el vaso e inclinarlo para que bebiera, él lo cogió amablemente de sus manos.

—Ya puedo solo —dijo. Tomó unos tragos y se lo devolvió.

Ella lo dejó en la bandeja.

—¿Cómo te sientes?

—Muy mal —dijo él, y se dejó caer hacia atrás—. Odio estar así.

—Me lo imagino —dijo ella, y guardó silencio un instante—. Annabelle me ha contado lo de vuestro primo.

Él se pasó la mano por el pelo, intentando peinarlo.

—¿Te lo ha contado? Es un asunto odioso, en realidad… mi trágica familia. Es todo un estímulo para ponerse bien, ¿no te parece?

Ella apenas sonrió.

—Sí, y me alegro de oírte decirlo.

Él entrecerró los ojos con cara de intrigado.

—¿Por qué? ¿Acaso pensaste que me iba a rendir y que moriría?

Sabiendo que el médico había dicho que una de las posibilidades era que Whitby muriera en tres meses, Lily intentó responder con tacto.

—Has estado muy enfermo. Pero esta noche parece que no tienes tanta fiebre —dijo, y volvió a ponerle la mano en la frente.

Él no dejó de mirarla. Se quedó como estaba, con la mirada alzada hacia ella.

A ella le sorprendió constatar que la enfermedad no había disminuido en nada su poderosa masculinidad, ni la conciencia que despertaba en ella, por inapropiada que fuera, precisamente en ese momento. Para ser sincera, sentía vergüenza de sí misma por pensar en sus deseos cuando lo que Whitby necesitaba eran cuidados, pero no podía ignorar lo que sentía cuando miraba de reojo la abertura del cuello de su camisón, y las sábanas arrugadas que le ceñían las caderas. Incluso en ese momento, Whitby la excitaba sexualmente y la agitaba, con sólo estar ahí tendido, húmedo de sudor y con la mirada fija en ella.

Guardaron silencio un momento, hasta que Lily hizo acopio de valor para decir lo que había venido a decir:

—Whitby, tengo que hablar contigo de algo.

Él la miró a la tenue luz del hogar, pero ella no levantó la vista, porque intentaba controlar el cosquilleo desenfrenado en su estómago, tan intenso que empezaba a marearla.

Tragó con dificultad, temiendo que le temblaría la voz al hablar, o que le estallaría el corazón. Se sentía como un cartucho de dinamita a punto de explotar.

¿Cómo le iba a hablar de aquello, en nombre de Dios?

—¿Qué pasa, Lily? —preguntó él, mientras pasaban los segundos y los minutos.

Ella se aclaró la garganta y, bajando la mirada, supo que no había una manera adecuada de decirlo. Seguro que si ella hablaba, él se le reiría en la cara. Era un plan del todo descabellado. En primer lugar, Whitby nunca estaría de acuerdo y, aunque lo estuviera, nada garantizaba que ella concibiera un hijo. E incluso si lo concebía, no podía estar segura de que sería un hijo varón y solucionaría todos sus problemas. Dios mío, el pulso se le había disparado.

Sacudió la cabeza, dando a entender con ese gesto que no podía hablar.

—Dímelo, querida —dijo él, con una voz suave que la hizo derretirse como la mantequilla. *La había llamado querida*—. No tengas miedo.

Cuando pasó un rato y ella seguía sin poder hablar, Whitby preguntó:

—¿Es algo que ha dicho el médico? ¿Son malas noticias?

Cuando ella se dio cuenta de que le estaba dando motivos para inquietarse, alzó rápidamente la mirada y, antes de que pudiera saber lo que hacía, le cogió la mano.

—No, no, no es eso.

No le soltó la mano caliente, y rozó sus firmes nudillos con el pulgar, una vez más gozando del hecho de encontrarse ahí a solas con él, mirándolo a los ojos. Lily jamás había sentido un deseo tan poderoso en toda su vida. Era como si algo le arrancara dolorosamente las entrañas. Ansiaba desesperadamente tocarlo por todas partes.

Él le acarició la mano a su vez y se incorporó ligeramente con una mirada de curiosidad.

—Whitby —murmuró ella.

Y entonces algo en la mirada de él cambió. Porque supo lo que Lily estaba sintiendo, de pronto lo vio. La aprehensión que lo embargó fue tan poderosa que le cambió la expresión como una ráfaga de viento frío.

—No, Lily —dijo, y ella advirtió una tierna advertencia en su voz. Le estaba diciendo que no lo hiciera. Que no expresara lo que se había propuesto expresar.

No sólo eso. También le estaba diciendo que no lo sintiera.

A Lily se le llenaron los ojos de lágrimas, y cuando miró en la profundidad de sus ojos, sólo vio la misma advertencia, diciéndole que no.

—No puedo evitarlo —dijo, firme—. Nunca he podido evitarlo. Y te aseguro que lo he intentado. Sinceramente, lo he intentado.

—Yo no soy el hombre para ti. Soy un canalla, un hombre que no vale nada.

—Eso no es verdad.

—Sí que lo es. Nunca le he sido fiel a ninguna mujer, bebo demasiado y juego demasiado. No he asumido mis responsabilidades como terrateniente, mis propiedades son un desastre y, en este momento, es probable que me esté muriendo. Yo no soy el hombre para ti, Lily. Te mereces a alguien mejor.

Ella inclinó la cabeza hasta dejarla descansando sobre su mano.

—No quiero a nadie más. —*Apenas creía que hubiera pronunciado esas palabras.*

Él le acarició suavemente el pelo y, en ese contacto, ella sintió su arrepentimiento.

—¿Por qué nunca me lo habías contado?

Ella levantó la cabeza para mirarlo.

—No podía. Siempre me has visto como una niña, y siempre estabas con otras mujeres y casi ni te dabas cuenta de mi presencia.

—Eso no es verdad. Siempre te he tenido afecto.

—El afecto de un hermano —dijo ella, con el corazón quemándole el pecho.

—Sí —dijo él, con tono firme.

Ahora Lily respiraba con fuerza, como si escalara un monte muy empinado. Pero no se daría por vencida.

—¿Esta semana también? ¿Cuando hablamos en el salón? Sentí que había algo más que la mirada de un hermano. Comencé a tener la esperanza…

—No —la interrumpió él.

Lily se quedó sentada en silencio un buen rato, intentado aceptar aquella realidad, pero no podía. Ella lo amaba.

Respiró hondo, procurando calmar la intensidad de sus emociones y la violenta necesidad que tenía de él. Cerró los ojos y volvió a apoyar la mano en la mejilla, entendiendo que el amor mezclado con el deseo sexual era una energía feroz y poderosa capaz de arrasar con sus enseñanzas y su moral. En ese momento, Lily se habría conformado con ser una más de las muchas mujeres con que Whitby solía acostarse.

Pero sabía que él nunca la trataría de esa manera.

Mientras permanecía sentada, con la mejilla apoyada en su mano acariciándole el dedo índice con el pulgar, Lily temblaba entera, poseída por un deseo de fuego y pasión. Entonces recordó lo que tenía intención de decirle antes de venir y que aún no había dicho. Había acudido para ofrecerse a darle un heredero.

Ahora le parecía imposible. Y una tontería. Él nunca se prestaría a ello.

La esperanza se desvanecía como una flor arrastrada por las aguas, y Lily apoyó los labios sobre el dorso de la mano de Whitby. La besó lenta, dolorosamente, una y otra vez, hasta que se oyó a sí misma emitir un suspiro, un ligero soplo de placer sensual. Siguió besándole la mano, dejándole un reguero de besos hasta llegar a su muñeca y luego, lentamente, subió siguiendo el músculo de su antebrazo.

Él no la detuvo, y eso la sorprendió, así que siguió tomando todo lo que podía de aquel goce extraño y desesperado, besándolo, por fin, después de tantos años de soñar con ello.

—Lily —murmuró él, con voz apenas audible.

Pero ella no quería oír. Ella lo amaba.

Su boca hambrienta llegó hasta el interior del codo, y entonces deslizó una mano por dentro para subirle la holgada manga del camisón. Con los ojos cerrados, besó su piel suave y sintió que a Whitby se le ponía la piel de gallina al contacto con sus labios.

Esperaba oír la palabra «Basta» y, cuando la oyera, pararía. Renunciaría a todas sus absurdas pretensiones y aceptaría que Whitby no correspondía sus sentimientos.

Porque una cosa no podía hacer, y era obligarlo a amarla.

Sin embargo, él no le dijo que parara. En realidad, no dijo palabra alguna.

Al ver que no había rechazo, Lily se sintió como si le hubieran concedido un regalo, un momento más que prolongaba aquella dicha.

Se sintió cálida y flexible, toda ella encendida por un placer sensual que sólo había conocido cuando se encontraba sola en su cama, soñando con él. Soñando con hacer eso y mucho más.

Tuvo la osadía de separar un poco los labios y saboreó el interior de su brazo con la punta de la lengua. Besó sus tendones y los chupó con suavidad, justo en el recodo donde se unen antebrazo y brazo.

De pronto, lo oyó murmurar.

—Dios mío, Lily. De verdad, tendrías que parar de hacer eso.

Ella alzó la mirada y lo vio con la cabeza echada hacia atrás y los ojos cerrados. Al percatarse de que Lily había parado, Whitby levantó la cabeza y ella vio sus ojos empañados por el deseo. Era una mirada que nunca había visto. En nadie.

Sorprendida, anonadada, Lily siguió con la mirada fija en él, sintiendo que su pecho se agitaba debido a su propio deseo incontenible, con el corazón acelerado por la excitación ardiente y desbocada.

Se quedaron mirando intensamente unos segundos, y Lily de pronto tuvo la certeza de que entre ellos se imponía la distancia de un enorme precipicio.

Se humedeció los labios ya húmedos y los dejó entreabiertos. Él se la quedó mirando, y se incorporó en la cama para sentarse. Luego, con un gesto rápido pero tierno, le cogió la cara entre las manos y tiró de ella hacia él, cubriéndole los labios con su propio beso.

Capítulo 14

No debería estar haciendo esto, pensó Whitby, sumido en una nebulosa desconcertante y absurda, mientras metía la lengua entre los dulces labios de Lily y devoraba su boca. Pero ¡Dios mío! ¡No podía detenerse! Sentir sus labios y su lengua en el interior de su brazo casi lo había hecho enloquecer de un deseo palpitante y feroz.

Whitby jamás se había imaginado haciendo el amor con Lily, pero ahora sí lo quería, maldita sea, cómo lo quería. Tras una mirada a sus grandes ojos azules, había visto el deseo latiendo en sus profundidades, y no podía evitar acariciarla, ni podía detener aquella marea ardiente de deseo que, arrasando con todo, se lo llevaba por delante en ese mismo instante.

Inclinó la cabeza de un lado y otro, besándola profunda y agresivamente, sintiéndose rejuvenecido, como si acabara de poner fin a su fiebre con un poderoso puño de hierro.

Ella se levantó y se encaramó en la cama, gimiendo suavemente y sin interrumpir la íntima conexión del beso. Se montó a horcajadas sobre él y lo empujó contra las almohadas de atrás. Whitby se dio cuenta de que Lily era una amante agresiva, y luego recordó los juegos y luchas de su infancia. Ya entonces, siempre había sido ingeniosa y físicamente dominante.

Le sostuvo la cara mientras la besaba, preguntándose cómo era posible que estuviera haciendo eso y por qué no procuraba ponerle fin de una vez por todas. Sin embargo, lo único que le importaba en ese momento era sentir su cuerpo suave y delicioso encima de él, y el sabor dulce de su boca mareándolo.

Lily se sentó sobre su erección debajo de la sábana y hundió las caderas, presionando y frotándose contra él. Él también avanzó la pelvis, siguiendo su ritmo mientras le hundía la lengua en la boca.

La cogió por la cintura para ayudarla a moverse, obligándola a deslizarse hacia uno y otro lado, procurando obtener el máximo placer posible a través de la sábana.

—James me mataría si nos sorprendiera —dijo Whitby, cuando Lily interrumpió el beso y lo besó en el cuello. Su erección se endureció aún más, convirtiendo su verga en una piedra.

Whitby alzó las caderas, estrechándose contra los suaves pliegues de su feminidad a través de las sábanas.

—Yo no se lo permitiría —dijo ella, volviendo a encontrar sus labios y metiéndole toda la lengua en la boca.

Dios, aquello se había descontrolado por completo.

Antes de que pensara en lo que hacía, Whitby hizo girar a Lily hasta tenderla de espaldas y se apretó contra su entrepierna y entre sus muslos, tirando de las sábanas enredadas para quitarlas de en medio. Volvió a besarla con fuerza, presionándola con las caderas y deslizando la mano por el exterior de su pierna para cogerle el vestido y tirar hacia arriba. Se alzó ligeramente para pasarle el vestido y las enaguas alrededor de la cintura y luego se apoyó en las manos para meterse entre sus piernas.

Volvió a pensar: ¿Lily era virgen?

—¿Qué pasó entre tú y Pièrre? —preguntó, directamente. Finalmente—. ¿Te entregaste a él, Lily?

No quería que dijera que sí. No quería oírlo. Sin embargo, si Lily lo hubiera hecho…

—No —dijo ella, sin aliento—. No lo hice. No fui capaz.

Él cerró los ojos y empujó con fuerza, dejando caer todo su peso sobre ella. Le besó el cuello y le sopló en la oreja.

—Entonces, ¿todavía eres virgen? —preguntó, en un susurro de voz, sólo para poder retenerse y ponerle freno a su deseo.

Ella lo abrazó por los hombros y se aferró con fuerza.

—Sí.

Él asintió, aceptando el final necesario de aquel placer tan inesperado como breve.

Se sentía decepcionado, insatisfecho y un poco confundido al saber que Lily no tenía experiencia. Si no hubiera sido virgen...

Pero no, ella seguía siendo su dulce y virginal Lily. Una parte de él —su corazón y su cabeza— se sentía aliviada.

Disminuyó suavemente la fuerza de su empuje, recuperando poco a poco el control, cerrando los ojos, recordando quiénes eran y qué estaba ocurriendo allí. Él estaba enfermo. Su conducta no era nada racional. La de Lily tampoco.

—Me alegro de que no te hayas entregado —dijo, con voz queda. Y era verdad. Se quedó muy quieto—. Pero tenemos que parar.

—No, yo no quiero parar —respondió ella—. Estoy dispuesta, Whitby. Te lo ruego.

Más que sorprendido, y todavía duro como una piedra, Whitby tuvo que controlarse y buscar la fuerza para actuar de manera responsable. No resultaba fácil. Lily era tan suave y cálida y bella. Si fuera cualquier otra mujer...

—No sabes lo que dices —le susurró al cuello.

—Sí que lo sé. Te amo, Whitby.

Si alguna vez hubo dos palabras más certeras para enfriar el deseo de un hombre como Whitby, habría que descubrirlas. Ni siquiera la frase «en casa de mi marido» en boca de una mujer tenía un efecto tan devastador.

Whitby respiró hondo y se separó de ella, bajándole discretamente los vestidos para cubrirle los muslos. Se reclinó en la cabecera, cerró los ojos y se dio un par de veces en la cabeza contra la madera, pensando que le haría falta más de un golpe para recuperar algo de sensatez.

Lily también se sentó en un lado de la cama, tirando de su vestido hacia abajo y carraspeando como presa de cierta incomodidad. Whitby se pasó una mano por el pelo. De pronto se sintió muy irritado.

—Estás enfadado —dijo ella.

Con la cabeza todavía apoyada en la cabecera de la cama y los ojos cerrados, Whitby negó con un gesto de la cabeza.

—Contigo, no.

—Y entonces, ¿qué pasa? Porque se ve que estás enfadado.

Él suspiró y la miró a los ojos.

—Estoy enfadado conmigo mismo. Eres la hermana pequeña de James.

—Soy una mujer, Whitby.

Sí, Whitby ya había adquirido plena conciencia de eso. Y Lily era el tipo de mujer con la que haría gustoso el amor. Era apasionada, bella, agresiva...

Pero también era inocente. Y ¡era la hermana de James! Y decía que lo amaba. ¡Que lo *amaba*! Estaba metido en un buen lío.

Lily se volvió lentamente hacia él.

—Cuando entré en la habitación —dijo—, no tenía la intención de que ocurriera esto. Sólo quería hablar contigo de algo, y no alcancé a hacerlo.

—Creí que habíamos hablado —dijo él, recordando que ella le había hablado de sus sentimientos. Y así había comenzado todo.

De pronto, Lily se sonrojó, como si estuviera nerviosa. Él esperó, algo incómodo, a que siguiera.

—Quería hablar contigo a propósito del problema que tienes con tu primo.

—¿Magnus? —preguntó él, más que perplejo. Sin duda se habían alejado del tema si era eso lo que le interesaba tratar a Lily.

—Sí. Te he dicho que Annabelle me explicó la situación, y sé lo preocupado que has estado desde que caíste enfermo porque no tienes heredero.

Whitby sintió que se le helaba la sangre con un terrible presentimiento. ¿A dónde quería llegar Lily con eso? Él no quería enterarse. Lo único que atinó a hacer fue mirarla con un ánimo de anticipación que lo paralizó, como si su cerebro fuera incapaz de enviar pensamientos a su lengua para formar palabras...

—Whitby, sé que esto te parecerá una idea descabellada, pero si de verdad estás preocupado por tu salud y tu futuro, yo podría darte un heredero. El médico dijo que era posible y, a juzgar por lo que acaba de ocurrir, tenía razón.

Santa Madre de Dios.

Él se la quedó mirando, atónito. Ella seguía sentada en la cama, y vio que Whitby abría desmesuradamente los ojos al tiempo que palidecía. Lily. ¿Darle un heredero? ¿Acaso había perdido la cabeza?

Tragó con dificultad. El estómago le pesaba, como si fuera de plomo. No sabía qué diablos decirle.

Tardó un momento en sobreponerse al impacto, y en recordarse a sí mismo que, seguramente para ella, habría sido difícil hablar de aquello, y que lo más probable era que ya estuviera preparada para su rechazo.

Al menos esperaba que así fuera. Y si no estaba preparada, sería mejor decírselo enseguida, porque pensaba hablar, por Dios que pensaba hablar.

—Lily —dijo, intentando conservar la calma y mostrarse amable a propósito de aquello cuando en realidad quería saltar fuera de la cama y poner una buena distancia entre ambos, como si Lily acabara de convertirse en una patata caliente en sus manos. Dios santo, el corazón estaba que se le salía por la boca.

—Lily —volvió a decir—, es muy amable de tu parte ofrecerlo, pero tú sabes que yo no puedo hacer eso.

—¿Por qué? ¿Porque soy la hermana de tu mejor amigo?

Whitby vio en su mirada que Lily estaba decidida a discutir del asunto y a intentar convencerlo.

Pero él no quería discutir. Sólo quería que Lily se marchara.

—No es sólo eso —contestó, sabiendo que debía hablarle con mucho tacto. Estaba hablando con Lily, que creía estar enamorada de él—. Es complicado. Tendría que casarme contigo. Pero estoy enfermo. Ya sé que piensas que esto podría ser un ingenioso plan para solucionar los problemas de mi familia pero ¿qué pasará si muero? No puedo casarme contigo para luego convertirte en viuda.

—No me importaría —dijo ella, y sacudió la cabeza—. Ay, eso no suena nada de bien. Desde luego que me importaría si murieras, pero me importaría mucho más si no pudiera hacer esto por ti y estar cerca de ti. Y no me digas que no has disfrutado de lo que acaba de ocurrir.

Lily no tenía ni idea del malestar que sentía Whitby. Aquello era una locura.

—Eres demasiado joven para sacrificar tu vida de esa manera, Lily, sobre todo con un hombre como yo. Te mereces algo mejor. Mereces casarte con un tipo decente y tener muchos hijos y una vida larga y feliz —dijo, sacudiendo una mano en el aire—. Y, además, estás dando por supuesto que me voy a morir. ¿Qué pasa si me recupero? Entonces estaremos atrapados, ¿no?

—¿Quieres decir, atrapados en un matrimonio sin amor?

—Pues, sí.

—Sólo sería sin amor en tu caso.

Dios mío, ahora lo hacía sentirse como un sinvergüenza.

—No quiero hacerte daño, Lily.

Ella alzó los hombros en un largo respiro. Parecía derrotada.

—¿No hay ninguna posibilidad de que me ames? —preguntó ella—. He tenido la impresión de que estabas disfrutando de lo que acabamos de hacer.

—Ha sido algo físico —intentó explicar él—. ¿Qué puedo decir? Soy un hombre, y me he excitado. No significa que esté enamorado de ti. Lo siento si te parezco demasiado franco. Te aprecio, Lily, tú sabes que te aprecio.

—Sí, lo sé, pero quiero más. Quiero darte más. Podría hacerte feliz.

Lo de Whitby no era una indiferencia absoluta. Con sus palabras, Lily había llegado a su corazón. Él la estimaba, era verdad, la estimaba mucho, y bien lo sabía. Estiró una mano para cogerle el mentón.

—Eres una mujer bella —murmuró—. Y un día harás a alguien muy feliz. Pero no puedo ser yo, Lily. No soy el hombre adecuado para ti, y no me serviré de ti para solucionar mis problemas, aunque eso sea lo que quieras… o crees querer.

Ella mantuvo la mirada clavada en el suelo, y él deseó que lo mirara. Necesitaba saber que Lily estaría bien.

—Lily —murmuró, intentando levantarle el mentón con un dedo.

Hasta que, por fin, Lily levantó la mirada. No tenía los ojos llenos de lágrimas, como él esperaba, pero había en ellos un dolor indeleble. Había hecho algo más que decepcionarla, le había destrozado el corazón.

—Lo siento, querida —dijo, sin apenas darse cuenta de la ternura que había en sus palabras. Nunca le había hablado a una mujer de esa manera. Tampoco había albergado jamás un sentimiento tan profundo por una mujer con la que hubiera tenido relaciones íntimas. Desde luego, con otras, había experimentado el ardor sexual. Con Lily, era más que eso.

Ella asintió con un gesto de la cabeza, y él se alegró. Se alegró de que Lily estuviera dispuesta a aceptar la realidad y que no intentara seguir discutiendo con él.

—Quizá deberías irte —dijo, con voz queda—. Yo estaré bien. Al parecer, me ha bajado la fiebre, y eso es buena señal.

Aunque todavía le dolía la garganta.

Ella volvió a asentir en silencio, e incluso consiguió mirarlo con una gran sonrisa con que le decía que no estaba enfadada con él. Al parecer, aceptaba las cosas como eran.

—Lo siento, Lily —volvió a decir Whitby—. Lamento haberte hecho daño.

—Está bien —dijo ella—. Estaré bien. Ya sabía yo que era una idea descabellada, pero tenía que decírtelo. Tenía que intentarlo.

La tensión que Whitby había sentido un momento antes se disipó, y la miró sonriéndole.

—Para mí significa mucho que lo hayas hecho. Nunca lo olvidaré. Nadie jamás ha querido hacerme un regalo tan valioso.

Whitby seguía sosteniéndole el mentón. No soportaba hacerle daño.

—¿Estarás bien?

—Sí. —Lily le cogió la cara entre las manos y lo besó en los labios, apenas un roce, como el de una pluma. Un beso tierno. De despedida. No un beso sexual.

Sin embargo, él sintió que le llegaba hasta la entrepierna.

La besó a su vez, también un beso ligero como una pluma.

Ella le sonrió, parpadeando con sus grandes ojos azules. Y volvió a besarlo, esta vez dejando que el contacto de los labios se prolongara unos segundos.

Él le separó los labios y le cogió la nuca, dándose cuenta —¡otra vez!— de que volvía a besarla, aún después de explicarle que él no podía amarla de esa manera. Pero no podía quitarle las manos de encima. ¡No podía dejar de besarla!

Separó los labios de su boca y dejó descansar la frente en la de ella, intentando no sucumbir a otra erección. Fue un acto que requería una voluntad de hierro, pero lo consiguió.

—Será mejor que te vayas, Lily —dijo.

¿Porque no quería hacerle más daño?

No, no era sólo eso. Tenía que irse porque, de otra manera, sería responsable de una gravísima falta al honor.

Por eso, se sintió más que agradecido cuando ella asintió, se incorporó y salió de la habitación.

Capítulo 15

A la mañana siguiente, el doctor Trider volvió a examinar a Whitby. Se alegró de que le hubiera bajado la fiebre, pero le preocupaba que todavía tuviera la garganta irritada.

Se inclinó sobre la cama y le palpó el cuello, luego el abdomen. Lo auscultó con el estetoscopio y le pidió que respirara y espirara profundo, tras lo cual devolvió el instrumento a su maletín negro.

—El corazón suena bien —dijo.

—¿Pero? —replicó Whitby, plegando la rodilla por debajo de la sábana.

James también esperaba la respuesta del médico junto a la ventana.

—El hecho de que todavía tenga el bazo y los ganglios inflamados no es un buen síntoma —avisó el médico—. Sus ganglios están… Es difícil explicarlo. Están más que inflamados. Están duros y gomosos.

Whitby lanzó una mirada a James.

—Sea sincero, doctor —dijo James, apartándose de la ventana.

El médico vaciló un momento antes de hablar.

—He palpado ganglios así. Esto indica que las probabilidades de que se trate del mal de Hodgkins son mayores.

Whitby encajó la noticia con calma y en silencio, aunque por dentro era como si acabara de caerle un enorme peso sobre el pecho y ahora le apretara los pulmones. Tuvo que hacer un esfuerzo para tragar una bocanada de aire.

—Pero ¿hay alguna posibilidad de que algo cambie? —preguntó James, y Whitby agradeció que su amigo tuviera ánimo suficiente para pensar y hablar en su nombre.

—Desde luego, siempre hay una esperanza.

—¿Cómo puede determinarlo con seguridad?

El doctor Trider recogió el maletín al pie de la cama y lo sostuvo con ambos brazos.

—Una biopsia nos lo diría.

—Y ¿eso qué implica? —preguntó Whitby, que por fin conseguía hablar.

—Habría que extraerle una muestra de los ganglios. No es un procedimiento complicado, pero es cirugía, y toda cirugía tiene sus riesgos. Siempre existe la posibilidad de una infección. Por desgracia, he visto que a veces ocurre así. El paciente de un colega...

—¿Cuándo puede hacerla? —preguntó Whitby.

El médico se removió en su sitio, incómodo.

—Preferiría esperar al menos unos días para asegurarme de que se ha recuperado completamente de la fiebre y que vuelve a estar fuerte.

Whitby no había vuelto a estar fuerte desde hacía más de un mes. Pero quería saberlo. Tenía que saberlo.

—Si después de hacer la biopsia llega a la conclusión de que se trata, efectivamente, del mal de Hodgkins, ¿tendrá una idea más precisa del tiempo que me queda?

—En realidad, no —contestó el médico—. Mi opinión sobre el asunto seguiría siendo la misma. Podría pasar un tiempo que varía entre un mes y un año. Quizás incluso más, si tiene suerte.

—El otro día dijo que me quedaban al menos tres meses —dijo Whitby, que tenía la impresión de que el reloj se había acelerado.

El médico le lanzó una mirada tímida.

—Dije que depende de la velocidad a la que progrese la enfermedad. Sin embargo, al ritmo que observamos en este caso...

—Entiendo —dijo Whitby, y guardó silencio.

El médico buscó en su maletín y sacó una botella, que entregó a Whitby.

—Por ahora, mientras esperamos la biopsia, sería prudente que se tomará este tónico de hierro y aceite de hígado de bacalao.

Whitby se quedó mirando la botella sin decir nada.

—Y ojalá que tenga presente —advirtió el doctor Trider—, que todavía no estamos seguros de nada. Es importante que no pierda la esperanza. Podría tratarse de una infección muy tenaz que yo no conozco.

Whitby no estaba tan convencido.

De pronto pensó en Lily y en lo que le había ofrecido. Era una oportunidad para dejar una huella tras su paso por la vida, algo que lo trascendiera. Sintió el impulso, tan poderoso como irracional, de llevarlo a cabo, pero logró conservar la calma y la cabeza fría. Conseguir que Lily o cualquier otra mujer quedara embarazada no lo salvaría ni le daría la inmortalidad. De todas formas, moriría. Puede que no fuera el mes siguiente, pero algún día tenía que ocurrir.

Alguien llamó a la puerta. James fue a abrir y encontró a Sofía esperando en el pasillo. Saludó al médico, que le contestó con una reverencia y se despidió. Sofía entró en la habitación con una carta para Whitby.

—Acaba de llegar esto —dijo, y se la entregó. Él la cogió, la examinó por el dorso y rompió el sello. Era una carta de su capataz, el señor Gallagher.

Milord,

Todo el personal doméstico desea expresarle sus más profundos deseos de bienestar para usted, así como su sincera esperanza de que se recuperará pronto y volverá a casa. Todos queremos hacerle saber que lo tenemos en gran estima y que nadie tiene recuerdos de un mejor amo. Le rogamos que se mejore.

George Gallagher

Whitby plegó la carta y se la quedó mirando. Era posible leer entre líneas y ver que la nota era más que una mera comunicación de buenos deseos. En primer lugar, Whitby no era un buen amo y todos lo sabían. Pasaba demasiado tiempo lejos de sus propiedades, y durante esas ausencias se dedicaba a la buena vida en Londres.

No, aquello era una súplica, una súplica desesperada para que volviera a casa e impidiera que llegara un nuevo amo a adueñarse de las propiedades, un amo que todos temerían y despreciarían.

Dejó la carta a un lado.

—¿Qué pasa? —preguntó James.

—Es sólo una nota de Gallagher —replicó Whitby—, deseándome que me restablezca.

Los dos amigos cruzaron una mirada cómplice. Como de costumbre, James entendía.

—Entonces será mejor que te pongas a ello —sugirió.

Annabelle estaba en su habitación, a solas y en silencio, mirando la pared. La tristeza que sentía a menudo cuando se encontraba a solas con sus pensamientos y recuerdos no estaba ausente ese día. Planeaba sobre ella como una nube negra.

Sin embargo, en esta ocasión no pensaba en sí misma, sino en Lily.

Se inclinó hacia delante, dejó descansar el codo en el brazo de la silla y se frotó el mentón. ¿Qué había ocurrido anoche?, se preguntó, inquieta. Y ¿qué estaría haciendo Lily en ese momento? ¿Acaso se arrepentía de sus actos, a solas, en su habitación, y se castigaba por haber hecho o dicho algo que ya no tenía vuelta atrás?

O quizá no había hecho nada. Ni siquiera encontrar el valor para contarle a Whitby lo que sentía. Si no lo había hecho…

Annabelle suponía que, en cualquiera de los dos casos, habría algo que lamentar.

A menos que, desde luego, Whitby hubiera dicho que sí a su propuesta. Sin embargo, Annabelle sabía demasiado como para ponerse a especular sobre el asunto. Conocía demasiado bien a su hermano.

Ignoraba si el médico había acabado de examinar al enfermo, pero se levantó y salió de la habitación. Al cabo de un rato, llamaba a la puerta de Whitby.

—Adelante —dijo él, desde el interior, y ella entró.

Whitby estaba en la cama, sentado entre un montón de almohadas apoyadas en la cabecera, y leyendo un libro. Annabelle se acercó.

—¿Ha venido el médico?

Él dejó el libro a un lado.

—Sí. —No dijo más, así que Annabelle, deseosa de saber qué pasaba, se vio obligada a preguntar.

—¿Qué te ha dicho?

Whitby la miró fijamente a los ojos.

—No me ha parecido demasiado optimista.

Annabelle se sintió como si una mano gigantesca acabara de cerrarse sobre su pecho. Se dejó caer lentamente en la silla y tuvo que hacer un esfuerzo para hablar con voz serena.

—Tiene que haber alguna esperanza —aventuró.

—Siempre hay esperanza —dijo Whitby, arqueando una ceja—. Es lo que ha dicho el médico. —Tenía una carta sobre la cama y cuando Annabelle la miró con curiosidad, él se la pasó—. Es de Gallagher.

Annabelle leyó la nota.

—Es un buen hombre —dijo.

—Sí, y es evidente que están preocupados. Me imagino lo que estará ocurriendo en las dependencias de los criados. Mientras nosotros estamos aquí hablando, lo más probable es que estén todos buscando algún nuevo empleo. Al menos Magnus verá que no le ponen las cosas tan fáciles.

—Ay, Whitby, no digas eso. No soporto la idea de que pueda ocurrirte algo, como tampoco soporto pensar que el enemigo de tu familia lo herede todo, después de las cosas horribles que ha hecho. Ese hombre es un demonio, Whitby. Debes ponerte bien. No puedes dejar que esto ocurra.

De pronto se dio cuenta de que le pedía a su hermano que cambiara el curso de cosas que no podía alterar. Sólo Dios tenía el poder para cambiar el destino de Whitby.

Pero no, eso no era del todo verdad. Whitby todavía poseía ciertas facultades, todavía tenía alternativas.

Annabelle le devolvió la carta.

—¿Lily cuidó bien de ti anoche? —preguntó, como si no le prestara demasiada importancia.

Su hermano le lanzó una mirada cargada de suspicacia.

—Sí, pero le dije que no tenía que quedarse. Me encontraba bien.

Annabelle no pudo disimular un dejo de decepción en su voz.

—¿Le dijiste que se fuera?

Él se encogió de hombros con un suspiro.

—Por lo visto, estabas al corriente de lo que iba a decirme.

—Sí.

—¡Por Dios, Annabelle! —exclamó Whitby, enfadado—. ¿No habrás sido tú la que la empujó a esto?

—No —balbuceó ella—. Fue todo idea suya. Yo estaba tan sorprendida como lo debiste estar tú.

—Al menos podrías haber intentado disuadirla.

Annabelle le lanzó una mirada furiosa.

—¿Por qué habría de disuadirla? Lily es una mujer maravillosa. Cualquier hombre se tendría por afortunado si la tuviera como esposa. Tú no podrías aspirar a nadie mejor.

La ira de Whitby iba en aumento.

—No me cabe la menor duda, Annabelle. Tienes toda la razón. Pero, por otro lado, ella podría escoger mucho mejor, y te olvidas de que yo podría acabar postrado en mi lecho de muerte.

Ella lo miró como diciendo *No seas tan dramático*.

Annabelle estaba perdiendo la paciencia. Se inclinó hacia adelante.

—¿Quién eres tú para decidir eso? Lily es toda una mujer, y puede tomar sus propias decisiones acerca de lo que quiere. Es su vida, y te ama. Déjala que te entregue su amor. Si se lo niegas, nunca podrá reponerse del golpe. Se sentirá frustrada e insatisfecha toda su vida.

Whitby desvió la mirada. Annabelle entendió que su hermano no quería discutir más el asunto, pero ella no podía abandonar sin más. Todavía no.

—Podría darte un hijo, Whitby.

Él le lanzó una mirada de animosidad.

—¿Acaso vosotras dos habéis perdido la chaveta? Jamás podría aprovecharme de ella de ese modo, sólo para que mi título no caiga en manos de un hombre al que desprecio.

—¿Por qué no? Ella *quiere* tener un hijo tuyo. La haría feliz.

La frente arrugada de Whitby era una mezcla de ira y confusión.

—No consigo entender tu propia motivación en todo esto, Annabelle. Me da la impresión de que piensas como una romántica redomada, porque quieres que Lily tenga su propia versión de «y vivió para siempre feliz…» Una cosa te puedo decir, y es que no sé lo feliz que estará cuando me vea en mi ataúd.

—Whitby —pidió Annabelle.

Él no dejó que lo interrumpiera.

—¿O estás pensando en ti misma y en las propiedades? ¿Acaso estás tan desesperada que harías lo impensable con tal de impedir que Magnus consiga satisfacer la ambición más grande y más perversa de su vida?

Annabelle miró a su hermano, incómoda, pensando en lo que acababa de decir. No podía negar que sentía una pizca de vergüenza.

—Puede que sea una mezcla de las dos cosas.

—Nunca has conseguido sobreponerte a lo que te hizo, ¿verdad?

No era una pregunta. Su hermano lo decía como una cruda realidad.

—No, no lo he conseguido. —Annabelle tuvo que hacer un esfuerzo para reprimir las lágrimas, pero no era fácil, ya que Whitby decía la verdad. No había conseguido sobreponerse a la humillación de haber sido tan necia como para dejarse seducir por un hombre a quien ella jamás le importó, un hombre que la engañó y la utilizó como un peón para hacerle daño a su hermano, un hombre que no albergaba en su corazón otra cosa que odio y venganza.

El arrepentimiento era un sentimiento poderoso.

—No es demasiado tarde, Whitby. —Lo había dicho sin darse cuenta—. Tú mismo has dicho que ojalá te hubieras casado y no lo hubieras aplazado una y otra vez. ¿Quién sabe? Puede que te quede un año. O veinte. Quizás el médico se equivoca. Y nunca es demasiado tarde para comenzar algo nuevo.

Whitby miró por la ventana, y Annabelle supo que pensaba en todo lo que había dicho. Tuvo que resignarse, porque era lo único que podía pedirle.

Capítulo 16

*A*quella noche, Whitby se despertó y volvió a encontrar a Lily junto a su cama, sentada en silencio, con la cabeza descansando sobre los brazos apoyados en el borde de la cama.

Alzó una mano y la mantuvo en alto unos segundos por encima de la cabellera negra y lustrosa de Lily, queriendo tocarla. Al final, se resistió al impulso, porque no quería darle falsas esperanzas.

¿Tan falsas eran las esperanzas?, se preguntó.

La incómoda verdad era que no había podido dejar de pensar en ella durante todo el día. La echaba de menos y, arrepentido de haberla herido con sus palabras, deseaba decírselo. Pensó en todo lo dicho entre ellos la noche anterior, en lo agradable que había sido estar con ella en la cama, besarla y estrecharla en sus brazos. Aunque no lo suficiente.

En el transcurso de aquel día, Whitby también incursionó en recuerdos del pasado. Le vinieron a la memoria las numerosas conversaciones que habían sostenido a lo largo de los años, y los juegos con que se divertían.

Recordó que, en una ocasión, cuando Lily era una niña, él le había abrochado la capa por debajo del mentón. Le sonrió y ella le devolvió la sonrisa. Siempre se trataba de sonrisas de complicidad, llenas de picardía, como si ella hubiera tenido la absoluta certeza de que Whitby sabía lo que ella pensaba y sentía.

Cuando eran más jóvenes, Whitby siempre creía entender a Lily y saber quién era, en lo más profundo. Y sabiendo siempre que ella conocía esa certeza. Un vínculo intangible los unía y, esa semana, cuando ella volvió a mirarlo de esa manera, con sus ojos pícaros y comunicativos, él creyó recuperar el mismo vínculo de antes. Como si hubiera transcurrido sólo un instante desde los días en que estaban unidos de esa extraña manera, cuando él era un joven y ella sólo una niña.

Tragó con dificultad, resistiendo con toda su voluntad el deseo de tocarla, hasta que no aguantó más.

Al final, dejó reposar la mano sobre su cabeza, ahí donde tenía recogido el pelo en un moño flojo. Acarició la textura suave y sedosa, hasta que Lily acabó despertándose.

Levantó la cabeza y lo miró pestañeando, los ojos aún adormecidos.

—¿Te encuentras bien?

—Estoy bien —dijo él—. Me siento del todo bien.

Salvo por el dolor de garganta, que seguía irritada y le provocaba molestias al tragar. Pero al menos ya no tenía fiebre.

Lily se enderezó y carraspeó, nerviosa.

Después de lo ocurrido entre ellos la noche anterior, a Whitby no le sorprendió que Lily estuviera nerviosa. En realidad, le sorprendía que hubiera venido.

Sin embargo, se alegraba.

Y eso era otra sorpresa.

—No esperaba que vinieras esta noche —dijo él, disculpándose de forma más o menos vaga por lo sucedido.

—No he podido evitarlo —dijo ella—. Quería saber cómo te encontrabas.

Él se giró sobre el costado para mirarla.

—Estoy mejor. ¿Tú estás bien?

—Un poco avergonzada, por desgracia —dijo ella, sonriendo y encogiéndose de hombros.

—No tienes por qué avergonzarte —dijo él.

—¿Cómo evitarlo? Me he portado como una tonta.

—Eso no es verdad.

—Es muy amable de tu parte intentar que me sienta mejor. Pero me temo que tendré que cargar con esa vergüenza el resto de mi vida.

—Tú siempre te castigas, Lily —dijo él, riendo entre dientes.

—Sí, supongo que siempre me siento como si todo lo hiciera mal.

Será porque su madre siempre le ha dicho eso, pensó él. Desde luego, no lo dijo.

—Lily, no seas tan dura contigo misma. Lo de anoche también fue culpa mía. No estabas sola en la cama.

—No es sólo eso —siguió ella, bajando la vista—. Es lo que dije, lo que propuse. Es como si hubiera perdido la noción de las cosas.

—¿Por qué?

—Me ofrecí a darte un heredero. Era como una idea salida de una mala obra de teatro.

Él volvió a reír.

—A mí me ha conmovido. Todavía me conmueve.

—¿Ah, sí? —preguntó ella, con una sonrisa más bien juguetona.

Él volvió a sentir esa conexión que le era tan familiar, y percibió la corriente subterránea de calor en su intercambio, y supo que se estaban prestando nuevamente a un discreto flirteo, como habían hecho antes esa semana.

—Sí —respondió él—. He pensado en ti todo el día. No podía dormir esta noche.

Ella se lo quedó mirando, asombrada, frunciendo el ceño.

—¿En qué pensabas, si se puede saber?

Whitby decidió que había llegado el momento de ser franco y abierto con ella. Al fin y al cabo, ¿qué sentido tenía seguir jugando? Quizá no habría segundas oportunidades para contar la verdad.

—Recordaba todas las cosas que han pasado entre nosotros hace años… conversaciones, secretos que compartíamos… Supongo que quería darles un sentido.

—¿Lo has conseguido? —preguntó ella, que parecía decididamente sorprendida.

—No, sigo sintiéndome *desplazado*, a falta de una palabra más adecuada. Y más bien sacudido. Lo que me dijiste anoche y lo que me propusiste me ha impactado mucho. No sabía que tenías esos sentimientos respecto a mí. O quizá sí lo sabía y tú me has obligado a reconocerlo, a ver lo que somos el uno para el otro, y lo que fuimos. He tardado un poco en caer en la cuenta de que te has convertido en toda una mujer.

Ella le buscó la mano.

—Sí, es verdad.

Se quedaron mirando un momento agónicamente largo. Agónico porque él quería algo más que tomarle la mano. Whitby pensaba en la propuesta de Lily, una propuesta que no quería considerar y, aún así, ahí estaba, haciendo precisamente eso. Imaginaba que la invitaba a meterse en la cama, que la besaba como nunca la había besado. Quería estrecharla, tenerla cerca de sí.

Ahora que miraba su vida como un comienzo, un medio y, muy posiblemente, un fin, tenía la impresión de que ella cabía perfectamente, como la pieza de un rompecabezas.

O, quizá, más como un par de sujetalibros. Desde el comienzo, Lily siempre había estado unida a él por un vínculo y, en ese momento, si había llegado la hora del final, ella volvía a estar a su lado.

Experimentó el deseo desconcertante de volver a un tiempo en que su vida había sido real. A su juventud. Porque, siendo joven, todo era sencillo y abierto. Entonces no sentía el hastío o, al menos, no tanto como ahora. No, lo que ahora experimentaba era la necesidad de cerrar un círculo. Lily era la única mujer en su vida que siempre había estado presente, aunque la naturaleza de esa presencia había pasado de ser asexuada a sexuada. Si tuviera que unirse a alguien en la vida antes de dejarla, Lily era sin duda esa persona, porque el vínculo natural ya existía. Sólo que no estaba cabalmente explorado.

Whitby estaba anonadado. Jamás se habría imaginado pensando en eso dos semanas antes. Ni siquiera dos horas antes.

Lily le apartó un mechón de pelo de la frente.

—Eres muy buena conmigo —murmuró Whitby.

Algo raro estaba ocurriendo. Aquella no era su conducta habitual con las mujeres en su habitación. Solía estar más tranquilo, y su actitud era mucho más calculadora y menos sensible.

Pero sabía que esos días él no era el que solía ser. O quizá fuera más él mismo que nunca. Sencillamente no había descubierto quién era ese otro Whitby.

Era extraño cómo la muerte podía llevar a un giro tan radical de las cosas en un instante. Eliminaba de un soplo el polvo que cubría tesoros, despejaba las nebulosas de nuestra visión y prescindía de las fachadas. En ese momento, Whitby deseaba mirar en sí mismo con sinceridad y ganas de comprender quién era y qué pretendía. Y saber qué estaba destinado a dejar como legado.

—También he venido —dijo Lily— para que sepas que no estoy enfadada contigo. Entiendo que mi ofrecimiento era ridículo, y que hiciste bien en rechazarme.

Él seguía mirándola a la luz titilante de la vela, mientras se oía el tic-tac del reloj y el fuego crepitando en el hogar. Los carnosos labios de Lily estaban húmedos, su piel era de color crema marfil, su cabello más oscuro que la noche. Estaba deslumbrante. Lily era extraordinariamente bella.

—Y, sin embargo —dijo él, con voz queda—, he estado pensando todo el día en ese rechazo.

Lily se incorporó en su silla, asombrada por las palabras de Whitby. ¿Había pensado todo el día en su rechazo?

El solo hecho de que hubiera pensado en ella era asombroso. Pero, además, había reflexionado sobre su oferta.

—Pareces sorprendida —dijo él, que se había sentado en la cama y ahora se apoyaba contra la cabecera. El camisón de Whitby estaba abierto en el cuello, y Lily tuvo una visión de su hombro fornido cuando la tela se deslizó a un lado. Él no se tapó. Permaneció tranquilamente sentado, mientras ella debía hacer un esfuerzo para que no se le desviara la mirada hacia el breve trozo de su piel dorada junto a la clavícula.

Lily pensó que Whitby estaría acostumbrado a ese tipo de situaciones, a solas con una mujer en su habitación, él ligeramente vestido.

—Debo confesar que sí estoy sorprendida —dijo ella—. Anoche te mostraste muy duro.

Él frunció los labios con una sonrisa seductora, inclinando un poco la cabeza. Lily sintió un estremecimiento, como si despertara su ardor sexual.

—No era eso lo que quise decir —se corrigió ella, con una sonrisa igualmente seductora.

—¿No? Sin embargo, es un hecho. Me mostré duro. Tal como estoy ahora. —Plegó la rodilla bajo la sábana y se la cogió con ambas manos.

Muda, con la boca semiabierta en un gesto de incredulidad, Lily se removió en su silla.

—La verdad —dijo él, recuperando cierta seriedad en el tono—, todavía no estoy del todo preparado para aventurarme en un matrimonio, Lily, y empezar a tener hijos. Pero no quería que pensaras que no estuve tentado. Quiero que sepas que fuiste muy persuasiva y que tu idea no deja de ser meritoria. Es lo que pensaba Annabelle, desde luego. Por lo visto, la tienes de tu lado.

—¿Has hablado con Annabelle de esto? —inquirió Lily.

—Sí, lo cual me lleva a mi siguiente pregunta. ¿Has hablado con alguna otra persona de esto? ¿Con James? ¿Con Sofía? ¿Con tu madre?

—Cielos, no —dijo Lily—. Pensarían que me he vuelto loca. Sobre todo mi madre. Me encerraría. Sin ánimo de ofender.

—No me siento ofendido. Pensaba que no lo habrías contado a nadie, pero quería preguntarte, en caso de que *todos* estuvieran de tu lado y juzgaran que, al rechazarte, mi actitud es poco caballeresca.

Permanecieron callados un momento intenso y estremecedor, mientras sus miradas se cruzaban y quedaban fijas en los ojos del otro. A Lily se le disparó el corazón con un ritmo errático y sintió una necesidad irreprimible de tocar al bello Whitby, tan relajado y sexualmente atractivo en la cama. Jamás en su vida había experimentado un calor tan exagerado en sus venas, tal necesidad de entrega y placer físico.

Lily tampoco tenía una idea muy clara de lo que sucedía entre un hombre y una mujer en el tálamo. Sólo sabía lo que había hecho con Whitby la noche anterior, aunque intuía que todavía le quedaba mucho por descubrir. Mucho más. Anoche todo había acabado demasiado rápido.

—Hoy te vuelvo a desear —dijo, sin ambages, y su franqueza la sorprendió incluso a ella—. Tengo ganas de volver a ponerme encima de ti.

Vio el destello de algo en la mirada de Whitby. ¿Era sorpresa? ¿O era el instinto depredador de un hombre que sabía exactamente qué esperar de una mujer en la alcoba, y cómo manejarla a la perfección?

Cuando Whitby tragó, se le notó en la nuez de la garganta.

Lo más probable es que lo hubiera escandalizado. Se había escandalizado a sí misma. Pero no podía evitarlo.

Whitby comenzó a respirar a un ritmo más acelerado. Lily, pendiente de cada movimiento suyo, veía el pecho subiendo y bajando.

Seguían mirándose y ella se enderezó en la silla, rígida, esperando que algo sucediera. Estaba temblorosa y presa del pánico.

Un tronco cayó en el hogar y ella dio un respingo.

Whitby respiró lento y profundo antes de hablar.

—Entonces, ven y ponte encima —dijo, con voz seductora, con la rodilla todavía plegada bajo la sábana.

Lily sintió que el estómago le giraba como una peonza y, a pesar de estar sentada, le vino un leve mareo. Intentó controlar la respiración, y quiso dejar de temblar. Tardó unos segundos en serenarse y luego dejó la silla. Apoyando una rodilla sobre la cama, lentamente, se levantó el vestido.

Capítulo 17

*L*ily clavó la mirada en Whitby al encaramarse en la cama y quedar a horcajadas sobre él, ambos separados sólo por la sábana. Estaba grande y duro, y ella hizo girar el pubis con leves movimientos circulares, frotándose contra él.

Él la cogió por las caderas con sus enormes manos, sin dejar de retorcerse bajo ella, sin dejar de moverla, apretándose contra ella a través de la sábana y del fino tejido de sus calzas.

Ella ansiaba aquello, aunque había llegado a creer que nunca ocurriría. Y, sin embargo, ahí estaba, tocándolo y sintiéndolo una vez más. Era como un sueño.

Se volvió hacia él con la mirada vidriosa, y dijo:

—Espero que no pienses que intento seducirte para conseguir lo que quiero. Sinceramente, no es lo que pienso en este momento. No tengo ninguna estrategia. Lo único que deseo es tocarte y yacer contigo.

Él empujó una vez más hacia arriba.

—Y, aún así, me preocupa.

Ella hizo girar su entrepierna encima de él.

—Por favor, no te preocupes. Pararé cuando tú digas que debemos parar.

—Y ¿si no digo que paremos? Y ¿si no puedo parar?

—¿Existe esa posibilidad?

—Francamente, sí.

Ella sonrió, satisfecha consigo misma.

—¿Quieres decir que quizá no puedas resistirte a mí?

Él la movió de un lado a otro, arriba y abajo, y la hizo moverse en círculos sobre él.

—Si pudiera resistirme a ti, ya lo habría hecho.

Lily se inclinó hacia delante y acercó los labios a su boca, le metió la lengua y lo besó largo y profundo. Era como saborear el cielo.

Lily jamás había imaginado ese placer erótico que la recorría entera, como un cosquilleo, como una ola, a partir de algo tan básico y elemental como un beso. Sin embargo, aquél era el más sublime de los besos. La boca de Whitby era húmeda y caliente, y acogió su lengua con una destreza instintiva, buscándola y saboreándola y gimiendo suavemente con un placer que le aceleraba la sangre en las venas.

Whitby la cogió por el lado del cuello, acercándola más y profundizando el beso. Siguió por la mejilla y hacia la oreja, y le mordisqueó el lóbulo, respirando con su aliento caliente y húmedo, hasta que Lily sintió que la piel de todo el cuerpo se le erizaba de placer.

—Whitby —murmuró, y se arrimó a él, hundiéndose más con sus caderas, aunque sin darse cuenta.

Whitby volvió a encontrar sus labios y deslizó una mano sobre un pecho, aunque el corsé le impedía sentir el roce de su dedo pulgar en su pezón. Whitby le fue dejando un reguero de besos por el cuello, luego la hizo tenderse de espaldas y se apoyó en un codo junto a ella, mirándola desde arriba.

—¿Te das cuenta de que soy un calavera sin honor? Un caballero de verdad se casaría contigo antes de todo esto.

—Tú puedes, si quieres.

Él la miró con un dejo de inquietud.

—Pero no estás obligado —se apresuró a decir ella, liberándolo de toda obligación—. No es por eso que estoy aquí.

—Eres una chica muy traviesa, Lily —dijo él, y suspiró—. Me estás volviendo loco. No debería haberte invitado a mi cama. Debería decirte que vuelvas a tu habitación como hice anoche. Pero no puedo.

Ella le acarició una mejilla.

—Me alegro, porque no quiero irme.

—No pretendo ser tu ruina —le aseguró él—. Quiero que tengas un futuro. Esta noche podemos hacer otras cosas.

—Yo sólo deseo estar contigo. No me importa nada más.

—Pero debería importarte. Eres joven. Tienes toda la vida por delante.

Lily no quería pensar en toda una vida sin él. Ahora él estaba ahí y ella se sentía como si ese momento fuera toda una vida. Sería la cumbre, el asidero al que estaría sujeto todo lo demás. Lo mediría según ese rasero.

Siguió mirándolo fijo a los ojos, pestañeando, preguntándose, alarmada, si acaso su comportamiento no era demasiado romántico. Quizá tanta intensidad acabaría por desvanecerse. Quizá se estaba dejando llevar por su pasión física, una pasión más poderosa de lo que jamás había imaginado. Y entonces todo aquello se esfumaría cuando él desapareciera de su vida, ya fuera porque Dios se lo llevara o porque se recuperara y decidiera evitarla en el futuro.

Lily intuía que algún día lo entendería todo, cuando se le despejaran las ideas y todo volviera a la normalidad. Sin embargo, por ahora, se dijo, aceptaría y disfrutaría de aquella noche gloriosa en sus brazos. Lo había soñado demasiadas veces como para renunciar a ello en ese momento.

Whitby buscó su boca y volvió a besarla, esta vez con menor intensidad. Whitby mantuvo los ojos abiertos y ella hizo lo mismo, observándolo bajo la luz dorada. Luego, él se montó encima y le besó el cuello y bajó hasta sus pechos, mientras le desabrochaba lentamente el canesú.

Cuando lo abrió, deslizó la mano sobre la superficie del corsé con gesto suave, arriba y abajo, y siguió hasta su cadera y su muslo, sin apartar la mirada del deambular de sus manos, como para detenerse a admirar cada punto que tocaba.

Lily permanecía tendida en silencio, observando su bello rostro. *Haría cualquier cosa por él en este momento*, pensó. *Le daría todo lo que tengo.*

Él volvió a mirarla a los ojos y luego le miró los pechos, una mirada breve. Ella vio una chispa seductora en esa mirada, familiar y animal, que siempre la hacía derretirse, y supo perfectamente en qué pensaba. Whitby quería que se quitara el corsé.

Ella sonrió, y empezó a desabrochar las presillas de delante, mientras él observaba. Cuando desabrochó la última, Lily se sentó y se lo quitó de debajo del canesú y lo lanzó al suelo. Sus pechos quedaron libres, sólo cubiertos por la fina blusa de algodón.

Whitby le levantó la blusa y le besó un pezón, siguió chupándolo y jugando con su lengua. Lily respiró más deprisa, hundió sus manos en el pelo de Whitby y le sujetó la cabeza con fuerza.

—Oh, Whitby —murmuró, mareada por el deseo—. Sabes lo que haces, ¿no?

—Tengo alguna idea —dijo él, juguetón, mientras seguía.

No supo cuánto rato estuvo dándole placer de esa manera. El tiempo se hizo eterno, con su lengua demorándose con un pecho, luego, cuando ella pensaba que se desmayaría de placer, apoderándose del otro. Era una sucesión de pulsaciones de placer que la hacían retorcerse en la cama.

Whitby volvió a besarla en la boca y ella lo abrazó por el cuello y lo apretó. Él volvió a deslizarle la mano por la cadera y le recogió las capas del vestido en un puño. Las levantó lentamente y le acarició el exterior del muslo a través de las calzas. En un instante, deshizo el lazo de su cintura y deslizó la mano en el interior.

Lily quedó sin aliento ante esa mano masculina que le tocaba los rizos y se aventuraba más abajo. Una ola de calor tórrido y húmedo la bañó de arriba abajo, bajo el diestro roce de su dedo, moviéndose en breves círculos, mientras seguía besándola. Su movimiento tenía algo rítmico, sus labios y su lengua, sus manos y su cadera.

Lily devolvió su beso con furor, sosteniéndole la cabeza, deslizando su propia mano bajo la sábana hasta encontrar su muslo duro y musculoso.

—Adelante —dijo él.

Lily le levantó el camisón y palpó entre sus piernas, impresionada por lo que tenía en la mano, la parte íntima de su anatomía, caliente al tacto, suave en ciertos lugares, dura en otros. Lo envolvió con la mano y frotó, sin saber si lo hacía bien, pero suponiendo que no se equivocaba cuando lo oyó gemir.

—Ay, Lily, no dejas de sorprenderme. Es como si tuvieras un talento natural para ciertas cosas.

—¿De verdad? No entiendo nada de lo que estoy haciendo.

—No tienes que entenderlo. Sigue haciéndolo.

Y eso hizo...

Al cabo de un rato, él tiró de sus calzas hasta dejárselas por debajo de las caderas. Lily acabó de quitárselas de una patada y Whitby se encaramó sobre ella para acomodarse entre sus piernas.

Tenía el vestido arremangado alrededor de la cintura. Todavía tenía el canesú y la blusa puestas, aunque todo estaba abierto o fuera de su sitio. Él se quitó el camisón por encima de la cabeza y lo lanzó a un lado.

Ahora estaba totalmente desnudo sobre ella, y Lily sólo podía imaginar qué aspecto tenían. Lo acarició de arriba hacia abajo, siguiendo el duro contorno de sus músculos y nalgas.

Lo sintió entre las piernas, ante su abertura humedecida, y quiso frotarse contra él. Echó las caderas hacia delante.

—Sabía que esto iba a ser difícil —murmuró Whitby, apoyándose en un brazo para mirarla—. Y, sin embargo, no he parado, ¿no es cierto?

Ella volvió a empujar con las caderas.

—Ten cuidado —dijo él.

—No quiero tener cuidado. Sólo quiero que me des más.

Whitby apoyó la frente en la de Lily y cerró los ojos.

—Y yo quiero más de ti. Casi no puedo creer cómo te deseo, Lily. Y, de pronto, me siento muy sano.

—Quizá sea yo tu remedio —dijo ella, sonriendo.

—Desde luego eres un remedio para algo.

Ella lo besó con pasión sentida en lo más profundo.

—Quiero sentirte dentro de mí —murmuró—. Te lo ruego, Whitby, no pediré más que eso. Hazme el amor. Hazme una mujer feliz.

Lily percibió que el deseo de Whitby iba en aumento. Éste gimió al besarle el cuello y los hombros.

—Tendría que casarme contigo —dijo—. Te querría como mujer, Lily.

—No tendrías por qué hacerlo, pero yo lo haría, si es eso lo que quieres.

—Pero estoy enfermo.

Ella le cogió la cara con las dos manos.

—Razón de más para aprovechar al máximo el tiempo que tenemos. Aunque sólo te quede un mes de vida, gocemos de él. Podríamos hacer el amor todos los días y yo... Ya sé que no me amas como yo a ti, pero puedo vivir con ello. Sólo quiero que me des una oportunidad para intentar hacerte feliz.

Él se acomodó en la posición adecuada, empujó suavemente, provocándole cierta incomodidad. Pero ella lo quería. Quería el dolor y el placer y cualquier otra cosa añadida a ello.

Whitby se detuvo.

—Esto es una locura, Lily. He perdido la cabeza. Creo que me porto como un egoísta.

—Yo también me siento como una egoísta.

Él se quedó quieto y en silencio un momento. Y luego la besó en la mejilla.

—Cásate conmigo. Quiero casarme contigo. —Volvió a empujar, no demasiado, no todo lo que podría.

Ella volvió a sentir la incomodidad, y respiró con el aliento entrecortado.

—¿Estás seguro?

—Sí. Di que sí, Lily. Date prisa, porque voy a hacerte el amor.

—Sí —contestó ella, tan embargada por el deseo que apenas era capaz de pensar.

Sin vacilar ni un segundo más, Whitby la penetró, suave pero firmemente, dejando escapar un gruñido de alivio, mientras Lily lanzaba un grito de dolor.

Fue un dolor que se convirtió inmediatamente en placer, la sensación física más intensa de toda su vida y, con ello, experimentó un sentimiento de goce y orgullo. Whitby era suyo, y ella era de Whitby y, además, él la deseaba. Le daría un hijo. Quería concebirlo esa noche.

Él le hizo el amor, al principio pausadamente. Y de pronto se apoyó en un codo y la miró a los ojos.

—¿Estás bien?

Ella asintió con la cabeza y sonrió.

—Oh, sí.

—¿No te hago daño?

—No, es delicioso.

Él se apoyó con las dos manos en la cama y miró hacia el punto donde permanecían unidos.

—¿Cómo lo sientes? —preguntó, mientras cambiaba su manera de moverse, utilizando su miembro para frotar el punto más sensible de todos, ahí donde todo el cuerpo le quemaba.

—Jamás he sentido nada igual.

Él seguía mirando cómo se movía, aunque tuvo que apartar los vestidos para ver. Y entonces murmuró:

—¿Qué te parece esto? ¿Mejor?

—Sí. —Lily estaba a punto de comenzar a delirar con aquella sensación.

Cuando Whitby pareció dominar la posición y el ritmo, acercó sus labios a su boca y la besó, sin dejar de darle placer con su miembro endurecido, manteniendo un ritmo regular.

Al poco rato, los huesos y los músculos de Lily se fueron transformando en una sustancia líquida, y sintió que volaba. La sacudió todo tipo de sensaciones, y arqueó la espalda y buscó aire, hasta que su gemido se convirtió en un grito de placer en medio del silencio.

Luego se relajó y se sintió embargada por un amor tan inmenso que las lágrimas le bañaron los ojos. Whitby seguía haciéndole el amor, moviéndose más deprisa hacia el final, y empujó una última vez con tal fuerza que Lily lo notó hasta en lo más hondo.

—¡Dios! —masculló, apretando los dientes.

Lily lo abrazó con fuerza hasta que él dejó descansar todo su peso sobre ella. Pesaba tanto que Lily apenas podía respirar.

—Peso ¿demasiado? —preguntó, como si le adivinara el pensamiento.

—No. Sí.

Él rió y se retiró. Se tendió lentamente a su lado y se quedó mirando el dosel de la cama.

—Lily, eres toda una mujer. Y, debo decir, una mujer deliciosa.

Ella le cogió la mano y se la sostuvo.

—Pensé que nunca te darías cuenta.

Él giró la cabeza en la almohada.

—No cabe duda de que esta noche sí que me he dado cuenta.

Ella sonrió. Se quedaron mirando un momento, todavía sumidos en el placer. Y luego sus sonrisas se desvanecieron y los dos se quedaron mirando el dosel.

Se quedaron quietos y en silencio un rato largo, mientras sus cuerpos recuperaban su ritmo normal y la realidad volvía a adueñarse de todo. Lily sintió el aire frío en las piernas. Se estremeció. Se sentía muy desnuda.

—Ha sido una locura —dijo, con un dejo de humor, queriendo llenar el silencio y la incomodidad con algo, cualquier cosa, mientras se bajaba los vestidos con una mano.

Él le apretó la otra mano.

—Ya lo creo que sí.

Siguieron tendidos lado a lado sin decir nada.

Lily se humedeció los labios. Respiró hondo, con la sensación incómoda de que la observaba. No sabía qué decir. ¿Qué le decía una dama a un caballero después de algo así?

Y ¿Whitby? ¿Acaso también se sentía incómodo, o se arrepentía de lo que habían hecho?

—No estás obligado a casarte conmigo —dijo Lily, de pronto, sin pensarlo dos veces—. No es por eso que he hecho esto.

Él volvió a girar la cabeza sobre la almohada, pero ella siguió mirando el dosel.

—Quiero hacerlo, Lily. Debo hacerlo.

Ella cerró los ojos. Deseaba creer que Whitby de verdad quería casarse con ella, como lo había creído en los segundos antes de que se adueñara de su virginidad. Whitby la había convencido porque la había deseado de verdad. La *había* deseado.

¿O quizá era sólo sexo lo que buscaba? Y ¿había perdido la cabeza por eso? Ella, desde luego, había perdido la suya.

—No quería que esto sucediera —dijo ella—. No quería obligarte a nada. Ni tenderte una trampa.

—No me has obligado. Fui yo el que te lo pedí, ¿recuerdas? Y tú no parabas de decir que no.

—Pero no pensábamos con la cabeza.

Él le soltó la mano y se sentó en el borde de la cama con la cabeza inclinada. Lily le miró la espalda bañada en sudor, suave y musculosa, y tuvo ganas de acariciarlo y frotarlo hasta relajar la tensión de sus hombros. Sin embargo, se quedó donde estaba porque no quería de ninguna manera influir en su decisión. Eso ya lo había hecho, y bien que se había aplicado.

—Es una situación poco común —dijo—. Nunca le he propuesto matrimonio a nadie. He pensado en ello muchas veces porque siempre he sabido que tenía que casarme pero, hasta ahora, nunca había dado el paso. Siempre había algo que me detenía, supongo que una especie de pánico, como si me estuviera sofocando. —Se giró para mirarla—. Esta noche no me he sentido así, Lily. No he sentido miedo, y todavía estoy anonadado. Creo que esta enfermedad me ha hecho algo.

Al final, ella se enderezó y le puso una mano en la espalda cálida y húmeda. Dejó descansar el mentón en su hombro.

—Te mejorarás —dijo.

—¿Eso crees?

—Sí. —Era evidente que él no creía lo mismo.

Whitby se levantó y fue hasta la ventana. Se detuvo, desnudo como estaba, junto a las cortinas cerradas, de espaldas a Lily.

—Me casaré contigo y no te dejaré convencerme de lo contrario. Te estimo, Lily, siempre te he estimado, y no he dejado de ser un hombre con sentido del honor. Te has entregado a mí, y podríamos decir que quizá desde esta noche lleves a mi hijo en las entrañas.

—No pretendía tenderte una trampa —volvió a decir ella.

Whitby se volvió para mirarla.

—No me has tendido ninguna trampa. O quizá sí, pero sólo porque yo quería que me atraparas. He estado solo toda mi vida, y últimamente he comenzado a sentir la necesidad de estar… digamos, de no estar solo. —Guardó silencio un rato largo—. A menudo he oído decir que a la gente no le gusta morir en soledad.

Dándose cuenta de que aquel asunto tenía más bemoles de lo que ella entendía, Lily se puso las calzas deprisa y se ató el lazo. Dejó la cama y fue hasta él.

—Tú no te vas a morir.

—Todos mueren, al final.

Eso era algo que no se podía discutir.

Lily todavía llevaba sólo el vestido y el canesú, aunque abierto por el medio. Apoyó las manos en el pecho desnudo y suave de Whitby y subió poco a poco hasta llegar a sus hombros.

—Ahora no estás solo. Yo estoy contigo y espero llevar tu hijo en mis entrañas. Déjame amarte, Whitby. Déjame compartir tu cama todas las noches. No importa si no te casas conmigo. En este momento, nada importa, pero si quieres hacerlo, puedes. Seguro que sería lo mejor, sobre todo si hay un hijo.

Él le puso las manos en la cintura.

—Me casaré contigo.

—Eso es lo que has dicho —dijo ella, sonriendo.

Él la miró, como fascinado por su rostro, y luego la besó suavemente en los labios.

—Pero si vamos a ser marido y mujer, creo que tenemos que conocernos mejor.

—¿Ah, sí? —dijo ella—. Y ¿por dónde te gustaría empezar?

Él se quedó pensando un momento.

—Creo que me gustaría empezar por tu pelo —dijo Whitby, y empezó a quitarle las horquillas del pelo—. Me gustaría saber qué aspecto tienes cuando te lo sueltas.

Le desanudó el moño y, con un solo movimiento de la cabeza, la cabellera se derramó sobre la espalda de Lily. Él hundió los dedos en su pelo hasta dejárselo hecho una maraña de rizos.

—¿Qué te parece? —preguntó ella.

—Es exquisito.

—¿Qué más te gustaría conocer?

A Whitby le brilló la mirada a la luz del hogar.

—Todavía tienes la ropa puesta, y debo disculparme por ello. Estaba demasiado impaciente, pero ahora que las aguas se han calmado, me gustaría verte como eres y acariciarte desnuda.

La cogió de la mano y la llevó de vuelta a la cama. Le ayudó a quitarse el canesú y luego le quitó la camisa por encima de la cabeza. Unos segundos más tarde, sus vestidos y enaguas cayeron al suelo en un montón vaporoso y ella se quitó las calzas.

—Así está mejor —murmuró él a su oído, antes de tenderla en la mullida cama. Los dos tenían los cuerpos calientes y pegajosos cuando volvieron a unirse, desnudos sobre las sábanas.

—Quizá podamos hablar de nuestros pasatiempos e intereses más tarde...

Capítulo 18

James,

¿Puedo pedirte que me recibas esta mañana a las diez?
Hay un asunto de suma importancia que debo tratar contigo.

Whitby

*A*unque a la mañana siguiente Whitby se encontraba sumamente cansado, consiguió levantarse y vestirse de la manera más apropiada para una reunión con un duque. Un duque que, sin duda, habría de oponerse al matrimonio de su querida hermana menor. Porque, ¿qué caballero casaría a una mujer de su familia a sabiendas de que el marido morirá pronto y, además, es un conocido libertino? Y nadie conocía mejor que James el alcance de las fechorías del libertino que era Whitby, porque había participado en casi todas aquellas fechorías durante muchos años antes de que lo domesticara Sofía.

Whitby se abrochó el último botón de la chaqueta y suspiró ruidosamente. Aquello no iba a ser nada agradable.

Le entregó la carta a su criado, que se encargó de llevarla a James. Al cabo de un rato, se sintió débil y fue a sentarse en la butaca de orejas junto a la ventana. Se secó el sudor de la frente.

Intentaba idear una manera adecuada de expresarse, y escoger las palabras apropiadas. ¿Cuál era la mejor manera de notificarle a su amigo que había desvirgado a su hermana? ¿Cómo decirle que tenía la intención de casarse con ella, antes de convertirla en viuda, cosa que probablemente ocurriría antes de un año?

Sacudió la cabeza. Desde luego, aquella reunión no iba a ser nada agradable.

Lily se puso su vestido de día de rayas blanquiazules, el preferido de su madre y, no sin cierta aprensión, bajó al comedor donde desayunaban para dar la noticia. Sí, iba a casarse con un hombre que su madre detestaba, un hombre con una acendrada reputación de irresponsable, un vividor de mala fama que, además, yacía prácticamente en su lecho de muerte.

Se llevó una mano al vientre, intentando deshacer los nudos de los nervios, sin por eso renunciar a su firme decisión. Tenía que ser fuerte, por muy graves que fueran los giros que cobrara el asunto. No podía echar pie atrás.

Cuando entró en el comedor, Annabelle y Sofía estaban sentadas a la mesa de mantel blanco, tomando café, frente a Marion.

—Buenos días, Lily —dijo Sofía—. ¿Has dormido bien?

Con el corazón golpeándole como una piedra, Lily se sirvió el desayuno en el aparador y se sentó junto a su cuñada.

—Sí, gracias. Y ¿tú?

—Como un bebé.

Marion apartó el periódico y alzó la vista. Lily vio la dura mirada de su madre y experimentó una sensación de vivo terror, que no tardó en reprimir. No podía dejar que su madre la intimidara. No en un día como ése.

Dejó su tenedor.

—Quisiera hablar con vosotras —dijo, con voz temblorosa—, acerca de algo muy importante para mí. Debo preparos para algo.

Annabelle dejó lo que hacía para mirarla y Lily sospechó que ya sabía de qué se trataba. Sofía esperaba, sentada pacientemente, mirándola con curiosidad, mientras su madre la observaba con el ceño fruncido.

—Sé que esto puede ser muy impactante para vosotras —dijo Lily—, pero debo deciros que estoy preparada para casarme.

Su madre se inclinó hacia delante.

—Eso no tiene nada de impactante, Lily. Por supuesto que estás preparada.

De tanta ansiedad, Lily empezó a sonrojarse. Se removió, incómoda, en su silla.

—No, quiero decir que me he enamorado.

Todas guardaron silencio, exceptuando el criado presente en el comedor, de pie contra la pared, que carraspeó.

Annabelle la miró con expresión de cariño. A Sofía se le iluminó el semblante con un brillo de esperanza. Seguramente adivinaba lo que se estaba tramando.

Lily sabía que las dos mujeres jóvenes la apoyarían. Su madre, por el contrario, ya empezaba a crear un clima amenazante de reprobación. Lily la percibía como una densa niebla flotando en la sala.

—¿De quién? —preguntó Marion, con voz grave y exigente.

Lily se enderezó en su asiento.

—De alguien que he amado durante mucho tiempo.

Su madre abrió desmesuradamente los ojos.

Sofía la interrumpió para felicitarla alegremente.

—Oh, Lily —dijo, y la abrazó.

Marion observó ese intercambio con mirada inquieta.

—¿Alguien tendrá la amabilidad de decirme qué está ocurriendo? Por lo visto, soy la última en enterarse.

Sofía y Lily se sentaron aparte. Lily lanzó a Annabelle una mirada llena de aprensión, y luego se giró hacia su madre.

—Estoy enamorada de lord Whitby —dijo, con una voz sin inflexiones—, y me ha propuesto matrimonio.

Sofía y Annabelle se taparon la boca y soltaron una exclamación de alegría. Y entonces un nuevo y pesado silencio se hizo en la sala cuando todas miraron, preocupadas, a Marion, que se había quedado boquiabierta.

Annabelle llenó deprisa el silencio.

—¡Qué maravilloso!

—Perdón —dijo Marion—, ¿piensas que es maravilloso?

Ya empezamos...

—Si están enamorados —dijo Annabelle, vacilante.

Marion se volvió hacia Lily.

—¿Te ha propuesto matrimonio?

—Sí.

—¿Cuándo? ¿Cuándo ha hecho eso?

—Anoche.

Las arrugas de su cara se hicieron más gruesas y oscuras. Para Marion sin duda la noticia había sido impactante.

—¿Anoche? En nombre de Dios, ¿qué fue lo que ocurrió anoche? No tenías por qué estar en su habitación. Ya no tenía fiebre.

—Sólo quería estar con él.

—¡Sólo querías estar con él! Con un hombre como Whitby. Dime que no es verdad, Lily. No es posible que creas haberte enamorado de ese hombre.

—Me he enamorado, y es un buen hombre, madre.

Marion se volvió hacia Annabelle.

—Perdóname, querida, no ha sido mi intención ofenderte en ningún sentido. Pero incluso tú estarás de acuerdo en que tu hermano es un marido menos que ideal. No es un hombre respetable. Bebe en exceso, es aficionado al juego, tiene sus propiedades abandonadas porque es un irresponsable y porque descuida sus deberes como terrateniente. Por otro lado, debo decir que es muy difícil no estar enterada de la comidilla sobre sus relaciones con las mujeres. Todo esto sin mencionar el hecho de que está enfermo, y ¡que podría morir en menos de un mes!

—¡Madre! —interrumpió Lily, incorporándose al otro lado de la mesa—. ¡Basta! Lo amo y pienso casarme con él, con o sin tu consentimiento.

Lily temblaba de pies a cabeza, presa de la intensidad de sus emociones, y el corazón le latía con tanta fuerza que la pobre creía que estaba a punto de estallar. Había desafiado a su madre en muchas ocasiones, pero nunca con tanto ímpetu como ahora, ni en un asunto tan importante. Suponía que siempre había pensado que ese día llegaría, que acabarían chocando frontalmente sin que hubiera acuerdo posible.

Lily de pronto temió que aquello significara una completa disolución de los lazos con su madre, aunque eran lazos de por sí ya bastante frágiles.

Un nudo de fría desesperanza se apoderó de ella y se llevó la mano al vientre, para no dejarse perturbar por aquello que le destrozaba el corazón. ¿Por qué tenía que importar lo que pensaba su madre, esa mujer fría e insensible? ¡Debería sencillamente decirle que se ocupara de sus asuntos!

Sin embargo, no podía. Deseaba poder hacerlo, pero no podía. Incluso en ese momento, con la rabia acumulándose en ella como una carga de dinamita, lo que Lily deseaba de su madre era amor. O al menos apoyo. Era un deseo imposible que la había perseguido toda la vida, un deseo nunca superado. Era su debilidad, su verdadero talón de Aquiles.

Apretó los puños con fuerza.

—Te hará infeliz —vaticinó Marion, con la voz temblando de ira—. De una manera u otra.

En realidad, Whitby tenía el poder para hacerla infeliz, y Lily lo sabía, pero no podía doblegarse ante ese miedo. En ese momento, no.

—Es el hombre que quiero.

Su madre respiraba con el aliento entrecortado. Parecía casi desesperada.

—¿Acaso no tienes ningún respeto por mis deseos?

—Y ¿tú no tienes respeto por los míos? —preguntó Lily, esta vez gritando.

Las dos se quedaron mirando como dos gatas furiosas.

—¿Has hablado con James acerca de esto? —preguntó Marion.

—Todavía no —respondió Lily—. Creo que Whitby se lo está contando en este preciso momento.

Sofía también se puso de pie.

—¿Ahora mismo? ¿De eso se trataba la nota?

—Sí.

—Dios mío —dijo—. Pobre Whitby.

—Pobre Whitby —dijo Marion—. ¡Espero que le den lo que se merece! ¡Espero que James le dé su merecido! Sin ánimo de ofender, Annabelle.

Sofía miró a Lily con la aprensión pintada en la cara.

—Es posible que haga precisamente eso. Sólo espero que esta mañana Whitby haya recuperado parte de su fuerza.

—Pues, por lo visto, ya la ha recuperado —dijo Marion, con semblante amargo—. Si ha tenido energía suficiente para seducir a una joven...

—¡No me ha seducido! —exclamó Lily, con la cabeza dándole vueltas de tanta rabia—. ¡Si algo ocurrió, fui yo quien lo sedujo!

Su madre le lanzó una mirada fulminante.

—¡Lily!

Lily se mantuvo firme, reprimiendo las ganas de llorar.

—Estoy enamorada de él, madre. No hay nadie más en el mundo para mí. Preferiría morir sola a tener que casarme con otro hombre. Sólo quiero que aceptes eso. *Por favor.*

Lily veía la censura y el enfado patentes en la expresión de su madre. Durante mucho rato, ésta se la quedó mirando, como si intentara concebir una manera de hacerle cambiar de opinión. Al final, empero, tuvo que reconocer que no, que nada haría a Lily cambiar de opinión. Ni siquiera su fuerza de voluntad, que tenía fuerza intimidatoria. Lily ya no era una niña. Era una mujer y tomaría sus propias decisiones, estuviera equivocada o no. Y Marion finalmente tuvo que renunciar. Renunciar a la esperanza de que Lily la hiciera sentirse orgullosa.

—No tendrás mi bendición —dijo Marion—. Nunca.

—Madre, te lo ruego... si al menos intentaras alegrarte por mí.

—¿Alegrarme? —preguntó su madre, exhalando con fuerza algo que parecía una risa amarga.

Siguió un momento largo y tenso hasta que Marion se apartó de la mesa.

—Me niego a hablar de esto —dijo—. Ve y cásate con él, Lily. *No me importa la decisión que tomes.*

Lily sintió aquel desaire como una puñalada en el corazón.

Marion miró a Annabelle y Sofía como si quisiera hacerles un último y mudo reproche.

—Me voy a Londres. No me esperéis hasta que Lily y Whitby se hayan ido.

Marion abandonó el comedor y dejó a Lily al borde de las lágrimas, deseando que por una vez en la vida su madre comprendiera el anhelo de su corazón, aunque aquello significara ver cómo ella cometía un error.

Y aunque ella se hubiera enfrentado a su madre, ésta había vencido, porque la dejaba con el corazón destrozado. Ese día, de todos los días, cuando lo único que deseaba era estar feliz.

Marion entró en su dormitorio, situado en el ala de sus aposentos, y cerró la puerta. Fue hasta la ventana y corrió las cortinas. La habitación quedó a oscuras y se dejó caer en el sillón frente al hogar.

Hincó las uñas en los brazos del sillón y apretó con fuerza una y otra vez. ¿Por qué su hija no atendía a razones? ¿Por qué insistía en ser tan insolente, ignorando los consejos de una persona mayor y más sabia que ella?

A Marion jamás se le habría ocurrido tener una actitud tan díscola con sus padres. Ellos habían elegido un marido para ella y ella nunca había cuestionado sus deseos ni los había contrariado. No había sido fácil, pero había soportado las dificultades de su matrimonio porque era su deber. ¡Su deber!

¿Qué pasaba con los jóvenes de hoy en día que no asumían sus responsabilidades?, se preguntó. La sangre le hervía con una rabia reprimida que le latía en las sienes. Era como si sólo vivieran para satisfacer sus pasiones e impulsos, ignorando sus obligaciones. El deber era algo con que había que cumplir. Era una realidad de la vida.

Respiró hondo, con el aliento entrecortado y se quedó mirando el hogar vacío y apagado. De pronto recordó una noche en los primeros tiempos de su matrimonio. Su marido, el duque, se había puesto a gritar y acabó dando un portazo. Había entrado impetuosamente en su habitación impregnado del perfume de otra mujer y le había lanzado su diario de la infancia al fuego. Ella se quemó las manos intentado rescatarlo pero, al final, tuvo que resignarse y ver cómo se convertía en cenizas.

Lily, serás muy desgraciada con un hombre como Whitby...

Pero no, Lily la desafiaba. Si algún día llegaba a ser desgraciada, sería capaz de marcharse. Si Lily hubiera estado en el pellejo de Marion, habría dejado al duque. De hecho, ni siquiera se habría casado con él.

No, no. No podía empezar a cuestionar todo aquello ahora. Sentía una punzada en el corazón con sólo pensar en cuestionarlo. Le sería imposible vivir con esa idea. No podía ponerse a especular ahora sobre cómo habría sido su vida si hubiera tomado sus propias decisiones.

Me casé con el duque porque era una hija obediente, y permanecí a su lado porque era una duquesa y tenía un sentido del deber. Nunca me desentendí de mis obligaciones. Hice lo correcto.

Acto seguido, la duquesa comenzó a sollozar inconsolablemente.

Capítulo 19

Whitby entró en el estudio de James a las diez en punto. James estaba sentado a su mesa, pero se levantó para saludarlo.

—Has recuperado el color —dijo.

Whitby asintió con un gesto de la cabeza, aunque le era imperativo sentarse antes de que se desplomara. Con sólo recorrer el pasillo había quedado exhausto.

—La fiebre ha pasado.

—Pues, es buena señal —dijo James, haciendo un gesto hacia el sofá—. En qué puedo ayudarte.

Whitby se debatía buscando la manera adecuada de contarle a James lo que tenía en mente aunque, al final, supuso que no había manera adecuada de decirlo. Tendría que abordarlo lo más directamente posible, sin más.

Se sentó en el sofá y James se sentó en una silla frente a él.

—Me temo que no será fácil para ti escuchar lo que voy a decir.

—Parece ser algo muy serio —dijo James, inclinando la cabeza a un lado.

—Lo es.

Seguramente James creía que tenía algo que ver con la enfermedad, o con los últimos deseos de Whitby. Era evidente que la noticia le caería como un mazazo.

Whitby se inclinó hacia delante, dejó descansar los codos sobre su rodilla y cruzó las manos.

—¿Tú eras consciente, James, de que Lily albergaba cierto afecto por mí en el pasado?

James se echó hacia atrás.

—Ha habido ocasiones a lo largo de los años en que he intuido que estaba prendida de ti.

—Sí, pues, se ha convertido en algo más que eso. Ahora Lily es una mujer y...

—¿Es ella quien te ha expresado estos sentimientos? —preguntó James, con gesto de preocupación.

Whitby se lo quedó mirando con expresión vacía.

—Sí

James arqueó las cejas, se puso de pie y dio unos cuantos pasos por el estudio. Whitby le concedió un momento, esperando que su amigo sacaría tranquilamente sus conclusiones sin necesidad de su ayuda.

—Y bien —dijo James, finalmente—, en realidad, es una situación bastante incómoda. Me pregunto si no ha tenido que ver con la presión que nuestra madre ha ejercido sobre Lily para que se case con lord Richard. A veces Lily reacciona ante las cosas rebelándose y arrancando en la dirección totalmente opuesta lo más deprisa posible. Y quizá contigo, estando tú tan enfermo, un interlocutor cautivo, por así decir... Lo siento, Whitby, si esto te ha causado alguna contrariedad. ¿Quieres que yo hable con ella?

Whitby se apretó el tabique nasal y sacudió la cabeza. Aquello no estaba saliendo como él esperaba. No iba a ser fácil explicárselo.

—No, James, no será necesario. Lily y yo ya hemos hablado de ello y la razón por la que he venido es sólo para pedir tu bendición... —Whitby hizo una pausa, incapaz de darle un giro final a su frase. Se propuso volver a empezar y decidió ponerse de pie, pensando que sería más fácil hablar con él al mismo nivel. Pero aquello no era más fácil. No tenía fuerzas...— para que pueda casarme con ella.

El rostro de James se torció con el arqueo de sus cejas.

—Perdón. ¿Te he oído correctamente?

—Sí, James.

Estaban los dos de pie, dos hombres altos, con las manos a los lados, aunque aquello le demandaba a Whitby un esfuerzo enorme, porque sus fuerzas lo abandonaban.

—Quieres casarte con mi hermana —dijo James.

—Sí, eso quiero.

James entrecerró los ojos en un gesto de rabia, o quizás era confusión. Whitby no estaba seguro.

—¿Por qué? —preguntó James.

Era una pregunta para la que Whitby no estaba preparado, aunque debería haberlo estado. Supuso que la respuesta correcta era «porque la amo», pero no llegó a pronunciar esas palabras en voz alta. James jamás le creería si lo dijera.

Para ser sinceros, Whitby no sabía si amaba a Lily. La estimaba, eso era innegable, y se sentía atraído por ella. Pero hablar de amor... Aquello era algo que quedaba más allá de su experiencia, y James lo sabía.

—Porque la estimo —dijo—, y porque ella quiere ser mi esposa.

—A lo largo de los años, muchas mujeres han querido ser tu esposa —dijo James, con una voz cargada de rencor—, pero nunca has conseguido comprometerte ni convertirte en el marido de nadie. ¿Qué ha cambiado ahora? ¿Es porque estás enfermo y quieres aferrarte a una última oportunidad para vivir?

Whitby no podía mentirle a James. Era un amigo demasiado querido, aunque no sabía cuánto duraría esa amistad después de que acabara aquella conversación.

—Eso es sólo parte del asunto.

—Y ¿la otra parte? ¿Quieres evitar que tu título pase a manos de Magnus? En una ocasión me dijiste que la única razón por la que consentirías en llevar las cadenas del matrimonio sería para tener un heredero.

Whitby no respondió al comentario. Sabía que, en realidad, aquello era un elemento más entre las complejas motivaciones que explicaban su actuación la noche anterior con Lily. Una parte de él, era verdad, quería concebir un hijo.

Pero no sólo por lo de Magnus.

—Debes entender —dijo James, con voz gélida—, que nunca permitiría que a mi hermana la utilicen y luego la abandonen de esa manera. No se lo consentiría a nadie.

—Yo nunca la abandonaría.

—Puede que no esté en tus manos.

Whitby no podía discutírselo. Parecía que con aquella frase se ponía fin a la conversación. James respiró varias veces, profundamente, dueño de sí mismo.

Whitby sentía la necesidad acuciante de darle seguridad. James tenía que saber que él jamás le haría daño intencionadamente a Lily.

—La estimo, James y, tienes razón, no sé cuánto tiempo me queda. Podría ser un mes, podrían ser años. Solo sé que deseo pasar ese tiempo junto a tu hermana.

James se lo quedó mirando con expresión de incredulidad, y luego se giró y fue hasta la ventana.

—No sabes lo que dices. En este momento, no eres el mismo de siempre. De aquí a unos días, te acordarás de esto y te preguntarás qué diablos te ocurrió. Te conozco, Whitby. Es imposible que quieras casarte con Lily. *¡Lily! ¡Con mi hermana!*

—Lo siento, James. Sé que esto debe ser muy impactante para ti, pero voy a casarme con ella.

James se giró de golpe y le lanzó una mirada de ira.

—Pero tú nunca has sido fiel a mujer alguna.

—Hasta ahora, no —respondió Whitby—, pero siempre hay una primera vez. Tú deberías saber eso. Le has sido fiel a Sofía.

James cuadró los hombros.

—Sí, es verdad, pero Sofía es Sofía. En este caso estamos hablando de Lily.

—Ya no es una niña, James.

—Diablos, ¿en qué momento te has dado cuenta de eso?

—Me he dado cuenta hace ya mucho tiempo —dijo Whitby, suspirando.

Aquello no era del todo verdad, pero era lo que James necesitaba oír.

—Sin embargo, a mí no me habías dicho nada.

—¿Cómo podría haberte hablado? Me habrías dado una paliza, como la que me quieres dar ahora.

Whitby percibía que la tensión de James iba en aumento. Su amigo siempre había protegido a su hermana, sobre todo desde el episodio de París, del que se culpaba a sí mismo. En todo ese tiempo, no había acabado de perdonarse por lo ocurrido.

—Es absolutamente cierto que deseo darte una paliza, aunque no fuera más que para que recuperes la sensatez. Estás enfermo, Whitby. No estás en condiciones de proponerle matrimonio a nadie.

Whitby sabía que no podía seguir evitando lo inevitable. Lo hecho, hecho estaba. Él iba a casarse con Lily en cuanto pudieran disponer lo necesario. Nadie, ni siquiera James, podría detenerlo. Él no lo permitiría.

—Me temo que es un poco tarde para todas esas consideraciones —dijo—. La verdad es que ya le he propuesto a Lily casarse conmigo y ella ha aceptado. Te recuerdo que ya es mayor de edad.

James se lo quedó mirando durante un rato largo e intenso.

—¿Dices que es demasiado tarde?

Whitby vio en sus ojos que comenzaba a entender la realidad de la situación. No quería que James se enterara de lo que había ocurrido entre él y Lily fuera del matrimonio. Esperaba que nadie fuera a enterarse de eso. Sin embargo, James tenía cierto don para ver más allá de las cosas.

Pero si era necesario que se enterara para que diera su consentimiento, Whitby estaba dispuesto a contárselo todo. No tenía tiempo para rodeos con James ni con nadie. Tenía que conseguir un sacerdote antes de que acabara la semana.

El semblante de James se oscureció con una sombra de rabia y desprecio.

—Dime que no lo has hecho.

Whitby tragó con dificultad a causa de su garganta irritada.

—Lo siento, James —dijo, y vio el impacto y la devastación en la cara de su amigo, y se sintió barrido por una violenta ola de remordimiento. Dios mío, aquello era horrible.

Whitby dio un rápido paso adelante.

—James, nunca tuve la intención de...

No pudo seguir.

James se dejó caer en la silla.

—*Tú*. Tú me acompañaste a París para traerla de vuelta a casa. Todos estábamos tan preocupados pensando que aquel francés despreciable había abusado de ella y causado su ruina. Y ahora, tú, mi mas viejo y fiel amigo, entras en mi casa y la pierdes, bajo mi propio techo, a sabiendas de que podrías estarte muriendo.

A pesar de un repentino brote de vergüenza y arrepentimiento que Whitby sintió como un desgarro del corazón, viendo que su amigo perdía toda confianza en él, y con buenos motivos, se obligó a defender su propósito.

—Seré bueno con ella, James. La haré feliz.

Sin embargo, en cuanto pronunció esas palabras, le asaltó una duda sobre sí mismo que casi le quitó el aliento. ¿A quién intentaba engañar? James tenía razón. Él era responsable de haber perdido a Lily y, con ello, le había arrebatado toda posibilidad de felicidad en el futuro.

Un pánico enorme se apoderó de él por lo que había hecho. Debería haber sido más firme con ella, ordenarle que volviera a su propia cama. No debería haber pensado sólo en su apetito. Él no era el tipo de marido que ella se merecía. Whitby le había arrebatado la inocencia sin consideración alguna y de la manera más egoísta, y ahora era demasiado tarde para cambiar nada.

—¿Cuánto tiempo la harás feliz? —inquirió James, seco, haciéndose eco de lo que Whitby ya sabía.

Sin embargo, no tenía sentido contestar a esa pregunta. No haría nada por remediar las cosas.

Guardaron silencio un momento, mientras Whitby dejaba que la noticia calara en el pensamiento de James. Permaneció atento al tic-tac del reloj, se arrepintió y deseó no haber acudido a tener esa conversación.

Acto seguido, cuadró los hombros y se sorprendió al escucharse plantear con tanta convicción su siguiente demanda, teniendo en cuenta su estado de salud en ese momento.

—Tendremos que disponer lo necesario lo más pronto posible. —Lo único que explicaba la firme determinación de Whitby era que sabía que no tenía adónde ir salvo hacia adelante. No había alternativas—. Nos conformaremos con una boda discreta.

James volvió a lanzarle una mirada de mudo aborrecimiento, y luego alzó y dejó caer los hombros con un suspiro profundo. Se inclinó hacia delante y se pasó una mano por el pelo, como derrotado.

—Nunca te perdonaré por esto, Whitby, por lo que le has hecho a Lily.

Whitby respiraba a duras penas y sentía un dolor en el pecho. Jamás se había sentido como si fuera a morir, como en ese momento, mientras reflexionaba sobre las frías palabras de James y pensaba en Lily, su querida y dulce Lily, que sólo aspiraba a gozar de su amor verdadero y único.

Sin embargo, Whitby era un hombre que no había vivido más que para sí mismo.

Tragó con dificultad, soportando el dolor en la garganta. No quería decepcionar a Lily, claro que no. Pero, con el perdón de Dios, James tenía razón. Él simplemente no tenía lo que hacía falta para que Lily fuera verdaderamente feliz, y sin duda la haría sufrir por ello.

Capítulo 20

*E*nfrentarse a James en su estudio esa mañana había requerido una fortaleza mucho mayor de la que poseía Whitby, así que se vio obligado a retirarse de inmediato a su habitación. Al llegar, se dejó caer en la cama, donde se quedó tumbado.

No se quitó la chaqueta y se tendió de espaldas mirando el techo, pensando en lo que acababa de hacer, con la sensación de que su vida se desenvolvía en una realidad alterada, como si aquella no fuera, realmente, su vida. Era, más bien, una vida que corría paralela a la suya, una vida sobre la que no ejercía control alguno.

Acababa de abrir una grieta en su amistad con James y, además, se había comprometido a casarse con Lily. Con *Lily*.

De pronto, la noche anterior quedaba a un universo de distancia. La mujer con la que había hecho el amor era, seguramente, otra persona, muy diferente de la niñita con trenzas que había conocido desde siempre. No era la hermana pequeña de su mejor amigo.

Cerró los ojos y se llevó una mano al pecho. Era como si una ola se lo hubiera llevado por delante y ahora estuviera a punto de romper en la orilla, pulverizarse en millones de pequeñas gotas de agua que se filtrarían y hundirían en la arena. Una vez que la ola se retirara, él no podría darle un sentido a todo lo ocurrido. No habría nada a qué darle sentido.

Quizá por eso había aceptado pasar ese trance. Ahora era como si su vida entera fuera a romper en la orilla y desaparecer para siempre. De esa manera, no habría futuro que temer. Ni siquiera enemistarse con James parecía importante.

Sólo una cosa le había importado de verdad esa mañana. Aunque ahora yacía ahogándose en un mar de dudas acerca de sí mismo, atenazado por el arrepentimiento, como una pequeña brasa que arde en un montón de cenizas, añoraba pasar con Lily hasta el último de los preciados momentos que le quedaban. Y tenía que asegurarse de que alguien cuidaría de ella más adelante.

Alguien llamó a su puerta. Consiguió sentarse apoyándose en un brazo.

—Adelante.

Se abrió la puerta y entró Lily. Llevaba un vestido de rayas blanquiazules con mangas de encaje y el cuello subido. A él le gustaban otros vestidos, algo diferentes. Aquél le daba un aire más joven.

Lily se detuvo junto a la puerta, no sin antes cerrarla. Whitby se percató de inmediato de su agitación. Estaba nerviosa e insegura por lo que sucedería entre ellos esa mañana, ahora que debían plantar cara a lo que habían hecho.

Él también estaba incómodo. Todo aquello era muy extraño.

—Quería saber cómo te sentías —dijo Lily.

Whitby pensó impulsivamente que lo mejor era tranquilizarla. Más le valía, ya que el resto de su mundo se estaba desmoronando. Al menos le quedaban facultades para hacer *algo*.

Le sonrió de esa manera que siempre tenía éxito con las mujeres, una gesto provocador que consistía en inclinar ligeramente la cabeza a un lado.

—Sospecho que el verdadero motivo de tu visita es asegurarte de que en este mismo momento no esté haciendo mi equipaje y planeando mi huída.

Por suerte, Lily reconoció el humor latente en su voz, y desapareció la tensión de su rostro. Respiró hondo y lo miró sonriendo.

Él se alegró de haber disipado sus preocupaciones, aunque todavía tenía las propias con que lidiar. Sin embargo, eso no se lo contaría.

Whitby sonrió a su vez y le tendió una mano.

—Ven aquí.

Ya más relajada, Lily se acercó a él, se sentó en el borde de la cama y le cogió la mano.

—¿Se lo has contado a tu madre? —preguntó.

—Sí. No se ha alegrado con la noticia —dijo Lily, bajando la vista—. En realidad, está bastante disgustada conmigo.

Whitby intentó darle un toque de ligereza.

—¿Qué madre no lo estaría, sabiendo que su hija ha caído en las garras de un hombre irresponsable, de un imprudente como yo?

—Tú no eres un imprudente —dijo ella, sonriendo.

Él asintió, como diciendo *gracias por el sentimiento*, aunque los dos supieran que no era verdad.

—¿Estarás bien? —preguntó él, después de unos segundos de pesado silencio.

—Por supuesto —aseveró ella, levantando el mentón y afirmando la voz—. Ya no me importa lo que piense mi madre. Estoy harta de hacer lo imposible por complacerla. Puedo prescindir de ella. Ha dicho que se marcha a Londres, furiosa, y me alegraré cuando se haya ido.

Whitby la miró un momento largo, sospechando que Lily no se mostraba del todo sincera con él. Y luego, cuando le acarició la mejilla y la miró a los ojos, entendió que en lugar de convencerlo a él Lily intentaba convencerse a sí misma. En realidad, en ese momento estaba sufriendo un gran dolor.

Querida, querida Lily. Cerró los ojos un momento. Lily había desafiado y decepcionado a su madre, a la que siempre había querido complacer, y lo había hecho por él.

Sintió que de pronto recaía sobre sus hombros un gran peso. Tendría que satisfacer tantas expectativas de Lily, y él quería satisfacerlas. De verdad, lo quería.

Con todo el dolor de su corazón, esperaba que al menos ese problema con su madre tendría una solución, porque seguramente habría otros episodios.

—Y ¿qué hay de Sofía? —preguntó Whitby—. ¿También has hablado con ella?

—Sí. Se puso muy contenta por mí, y Annabelle también.

—Me alegra saberlo.

—¿Qué ha ocurrido con James? —inquirió Lily—. Veo que todavía puedes caminar, de modo que no habrá ido tan mal.

Sin dejar de acariciarle las suaves mejillas, Whitby le contó lo sucedido en el estudio de su hermano y lo que éste había dicho.

—No tenía ningún derecho a tratarte de esa manera —dijo Lily—. Él tampoco es perfecto. Además, ya no soy una niña y él no puede controlar mis sentimientos. Soy capaz de tomar mis propias decisiones.

Se quedaron sentados un momento, mientras Lily reflexionaba sobre todo lo que estaba ocurriendo. Luego, empezó a hablar, con un ligero toque de humor, sin duda por la necesidad de animarse o de llenar el silencio.

—Al menos me alivia saber que no te ha roto las piernas. En el estado en que te encuentras, ya será bastante difícil llevarte hasta el altar.

Whitby se echó a reír.

—Sí, pero si tengo las piernas entablilladas al menos no podré salir huyendo por la campiña cuando el reverendo me pida que diga «Sí, acepto».

Ella sonrió con él, pero volvió a ponerse seria.

—Supongo que estamos bromeando —dijo.

Él le cogió el mentón en una mano.

—Claro que sí. Nada podría impedir que llegue hasta el altar contigo, Lily, aunque tuviera que arrastrarme.

Sin embargo, él sabía, los dos lo sabían, que existía un fondo de verdad en su juego. En el pasado, él nunca se había sentido cómodo pensando en el matrimonio. Tampoco se sentía del todo bien ahora, pero la decisión ya estaba tomada.

—Pareces cansado —dijo Lily.

—Lo estoy. —Whitby se notaba torpe y afiebrado, y necesitaba dormir.

Lily se llevó su mano a los labios y se la besó. Luego se apartó de la cama.

—Debería dejarte descansar.

—Sí.

Lily fue hacia la puerta pero se detuvo antes de llegar y dijo, vacilante:

—A menos que quieras compañía. Podría tenderme a tu lado.

Whitby se arrastró hasta las almohadas de la cabecera, pensando sólo en cerrar los ojos y dormir. Había empezado a sudar.

—No creo que sea buena idea —dijo él—. Es probable que tu madre te vigile muy de cerca hasta el momento de su partida.

Ella se encogió de hombros, dando a entender que no le importaba.

Whitby adoptó una posición más cómoda, tendido de espaldas, dejó escapar un largo suspiro y se tapó la cara con un brazo.

—La verdad, Lily, es que estoy muy cansado. Ha sido una mañana muy difícil, y necesito dormir.

No podía ni seguir pensando. Estaba completamente exhausto.

Lily, que seguía junto a la puerta, se apresuró a responderle.

—Por supuesto. Lo entiendo. Tienes que descansar. No te molestaré.

Whitby se aflojó la corbata, se la quitó y la lanzó al suelo. Luego se preguntó por qué todavía no se había marchado, ya que tenía muchas ganas de dormir.

Miró en su dirección y enseguida se dio cuenta de que Lily se sentía insegura e intranquila y... *Dios mío*. Había herido sus sentimientos.

Tragó con dificultad, sabiendo que no se estaba comportando como debiera con ella. Quería que ella se sintiera amada pero, maldita sea, no tenía la energía para ponerse a ello en ese momento. Estaba agotado. En ese momento era pedirle demasiado, porque tenía náuseas y estaba mareado. Sólo necesitaba estar a solas.

Sin embargo, consiguió sonreír.

—Soñaré con nuestra noche de bodas.

Esperaba que eso fuera suficiente para reparar su sentimiento herido, porque nada más podía hacer él aparte de caer en un sueño pesado.

Ella sonrió, apenas torciendo los labios.

—Yo haré lo mismo.

En cuanto Lily cerró la puerta al salir, Whitby cayó en un profundo letargo.

Capítulo 21

*L*ily esperó unos segundos, tensos y nerviosos, antes de llamar a la puerta del estudio de su hermano. Se había decidido a ir a verlo porque no soportaba ver una amistad destruida por culpa suya, y ahora quería hablar con James de ello.

Pero ahora, justo cuando tenía la mano alzada para llamar, barruntó que, en realidad, su visita se debía a que no estaba segura de que pudiera arreglárselas en el futuro sin la ayuda de su hermano. O de alguna otra persona. Era una idea que la inquietaba. Antes, tenía la certeza de que lo único que necesitaría sería el amor de Whitby. Sin embargo, después de aquella mañana, ya no estaba tan segura. En el encuentro que habían tenido, percibió cierta incomodidad, y sabía que no se debía únicamente a su enfermedad.

Respiró hondo y llamó a la puerta. Oyó un «¡Adelante!» no demasiado amable desde el interior.

Sentía como un ladrillo caliente en la boca del estómago, porque sabía que su hermano podía ser un hombre muy imponente cuando se lo proponía. Pero ella no iba a dejar que eso le impidiera hacer lo que tenía que hacer, aunque no le gustara a James.

Abrió la puerta y entró. James estaba sentado a su mesa y, cuando la vio, dejó su pluma y se reclinó en su asiento.

—Bueno, ya era hora. Te he estado buscando. Nadie sabía dónde estabas; pensé que sólo podías estar en los aposentos de Whitby.

Lily se lo quedó mirando con expresión vacía, aunque con el corazón acelerado por la intensidad de su ceño.

—Y estaba a punto de echar la puerta abajo —siguió—. Ya lo hice una vez, pero al menos en París no había nadie que fuera testigo de ello y fuera a provocar un escándalo.

Lily empezaba a sentir remordimientos por cómo habían ido las cosas en las últimas veinticuatro horas porque, al tomar sus decisiones, no había pensado en su familia. Con la visita a su hermano pretendía limar al menos esa aspereza. Sin embargo, en ese momento sentía la rabia que se iba acumulando en ella. No había sido un día fácil. Tenía dudas a propósito de muchas cosas, y el trato que le daba su hermano no hacía más que aumentar esa incertidumbre. Primero su madre, luego James...

Él la miró entrecerrando los ojos.

—Me duele, Lily, que haya sido el último en enterarme.

—No has sido el último en enterarte —dijo ella, firme—. De hecho, has sido uno de los primeros.

—Pero demasiado tarde como para tener algo que decir. Por lo que entiendo, se trata de un matrimonio por obligación.

—Una obligación que deseo más que cualquier otra cosa en el mundo.

James se inclinó hacia adelante y apoyó los codos en la mesa con las manos entrecruzadas.

—Entonces te has asegurado de que no hubiera manera de pararte, a pesar de que hay muchos y muy fundados motivos para haberlo hecho.

Lily sacudió la cabeza, incrédula.

—Yo no planeé las cosas para que ocurrieran así. Sencillamente ocurrieron.

James se incorporó, rodeó la mesa y se paró frente a ella.

—No me sorprende escuchar que no lo hubieras planeado. Eres joven y no tienes experiencia, y Whitby tiene ese efecto en las mujeres. Él sabe lo que hace. A mí, por el contrario, me sorprende que haya permitido que esto sucediera, teniendo en cuenta que eres mi hermana. Tendría que haber sabido abstenerse.

Ella se inclinó hacia delante.

—No puedes culparlo a él. Ya sé que puede que te cueste creerlo, James, porque todavía me ves como una niña, pero fui yo quién empezó todo. Yo lo seduje a él. Yo lo deseaba.

James estaba de verdad sorprendido, y Lily lo vio en su mirada. No se esperaba oír hablar de esa manera a su hermana pequeña.

—Quizá te quedes viuda antes de que acabe el año —dijo, con ademán seco.

—Eso ya lo sé. No soy tonta. Lo he sopesado cuidadosamente. Pero preferiría tener seis meses con Whitby, o incluso un mes, a no tener nada.

—Todo esto es muy romántico, Lily; tú entregándote a tu amor que agoniza. Pero ¿qué pasará si Whitby vive y se convierte en un marido infiel y cruel? Eso podría significar toda una vida de sufrimiento sin que nunca tuvieras la posibilidad de recuperarte y seguir adelante. Puede que te despiertes todos los días del resto de tu vida conyugal para encontrarte asistiendo a otro funeral, al funeral por la muerte de tu propia alegría. Y en ese caso no habría entierro alguno, no habría conclusión, hasta que la muerte os separe.

Dios mío, ella no habría querido oír eso. La aprensión le provocaba un fuerte ardor en el vientre.

Lily bajó la cabeza. Era un panorama horrible el que le pintaba James.

Tardó un momento en recuperar el ánimo y luego se recordó que, una vez tomada la decisión de perseguir a Whitby, el camino estaría plagado de escollos. Sabía que Whitby no sería un hombre fácil de amar.

Sin embargo, lo amaba, y tenía que casarse con él. Nada podía detenerla, y la desaprobación de James no haría las cosas más fáciles para nadie. Necesitaba su apoyo y, para conseguirlo, tenía que demostrarle que ella podía tomar sus propias decisiones, y que las tomaría, y que no sería necesario que la rescataran como la última vez.

—¿Por qué pensáis todos que Whitby me hará sufrir o que seré infeliz con él? —preguntó—. ¿Acaso nadie cree que, en el fondo, es un hombre con un gran sentido del honor?

—Whitby es un hombre de honor en muchos sentidos, o de otra manera yo no sería su amigo. Pero es un hombre deshecho, y creo que sólo ha sido este roce con la muerte lo que lo hace comportarse de esta manera que no es habitual. También para él es algo romántico. Él no tiene por qué preocuparse del futuro. Puede disfrutar de este tiempo contigo, sin riesgos. Sin riesgos para él.

—¿Qué quieres decir que es un hombre deshecho?

James sacudió la cabeza y la cogió por el brazo. La condujo hasta el sofá y se sentó junto a ella.

—Los padres de Whitby murieron cuando él era muy joven, y la pérdida de su madre fue para él especialmente traumática. Cuando ella murió, Whitby quedó al cuidado de las niñeras y de un tío vulgar que se encargaba de las propiedades y administraba su formación. Lo hacía muy mal.

—¿Cómo?

—Ninguna de las niñeras duraba mucho tiempo en la casa porque el tío tenía la costumbre de aprovecharse del servicio, si me entiendes lo que quiero decir.

Lily se tapó la boca con una mano.

—Whitby me contó en una ocasión que a una edad muy temprana se propuso no encariñarse con ninguna de las mujeres que trabajaban en la casa porque sabía que, tarde o temprano, acabarían marchándose.

Lily empezaba a entender lo que James intentaba decirle, que Whitby ni siquiera era capaz de amar.

—Lily, tú crees que has meditado bien tu decisión. Pero ¿cómo podrías haberla meditado cuando, en realidad, ni siquiera sabes todo lo que hay que saber acerca de Whitby?

Lily se quedó pensando en aquello. Era verdad que se había portado como una romántica en sus sentimientos hacia él, para luego verse atrapada en el fuego abrasador de su pasión.

Aún así, no podía dejarse convencer de que no hubiera alguna esperanza de felicidad. Jamás sería capaz de sobrevivir al futuro si cedía ante eso.

Al responder, recordó cómo se había sentido en brazos de Whitby la noche anterior y cómo él la había amado con todo su ser.

Esas emociones de amor habían sido reales, ella las había percibido en él. ¡Era verdad! No podía dejar que aquello la hiciera cambiar de opinión. Ella estaba destinada a estar con él. Tenía que seguir creyendo en ello.

Lily tuvo que hacer un esfuerzo para volver a concentrarse en lo que James le decía. Tenía que defender su opinión, convencerlo de que ella estaría bien.

—Sofía no lo sabía todo acerca de ti, James, pero eso no ha impedido que los dos hagáis un buen matrimonio. El amor puede curar las heridas.

—Eres muy romántica, siempre lo fuiste. Pero es peligroso pensar que puedes cambiar a alguien.

—No quiero cambiarlo. Me agrada como es.

—Pero no sabes quién es. Conoces el joven que jugaba contigo cuando eras pequeña y reía contigo y te perseguía por el jardín. Ya sabes cómo puede ser de encantador Whitby en un salón. Hay mucho más que eso en él. Hay un lado más oscuro que rara vez muestra al mundo. No es un hombre feliz.

Lily no pudo evitar fruncir el ceño, llena de perplejidad.

—Si eso es verdad, yo puedo ayudarlo.

—Una vez más, Lily, tienes un espíritu demasiado romántico si piensas que puedes rescatarlo. No quiero verte sufrir.

—Soy una mujer, James. Ya no te corresponde a ti protegerme. Me casaré con Whitby.

James inclinó la cabeza y Lily entendió que le estaba costando. Al final, su hermano le cogió el mentón.

—Es verdad que te has convertido en una mujer, Lily, y por lo menos me alegro de ver que eres una mujer fuerte.

Ella apenas sonrió. Deseaba que James supiera que le agradecía esa concesión, aunque en lo más profundo de su alma inquieta no se sintiera especialmente fuerte en ese momento. Sabía que quedaría reducida a polvo si la brisa soplaba en cierta dirección. Y también sospechaba que todo lo que decía era una gran falsedad, porque no estaba del todo segura de lo que hacía.

Él volvió a sacudir la cabeza.

—Si lo amas tanto, supongo que no puedo interponerme en tu camino.

—¿Lo dices en serio, James?

Él asintió con la cabeza.

Ella le echó los brazos al cuello y lo estrechó.

Alguien llamó a la puerta y los dos se separaron.

—Adelante —dijo James.

Entró el doctor Trider.

—Buenos días, excelencia. He venido a ver al paciente y quisiera llevar a cabo la biopsia hoy.

Lily se estremeció con un temor repentino. No sabía si era porque no quería enterarse de los resultados del procedimiento o si sencillamente tenía miedo de que la intervención le provocara una infección a Whitby. Al final, pensó, eran las dos cosas.

James le respondió sin rodeos.

—Me temo que todavía no puede llevarse a cabo, doctor Trider.

—Y bien, si pudiera examinarlo, quizá descubramos que se encuentra lo bastante bien como para...

—Sin duda puede examinarlo. Sería muy amable de su parte. Pero debemos aplazar la operación al menos una semana, ya que lord Whitby y lady Lily van a contraer matrimonio.

Lily alzó la mirada hacia James.

Ya estaba.

Era algo oficial y, de pronto, muy real. Ella se convertiría en la mujer de Whitby. Hasta que la muerte los separara, en la salud como en la enfermedad. Y ella contaba con el apoyo de su hermano.

Pero cuando lo miró a los ojos, entendió que ese apoyo era muy débil. James tenía un aspecto sombrío, como si tuviera la certeza de que no pasaría mucho tiempo antes de que ella sufriera grandes angustias y desilusiones.

De pronto experimentó una sensación de quemazón en el pecho. No fue capaz de mirar a su hermano.

Así que hizo lo único que podía hacer. Desvió la mirada e intentó impostar una sonrisa al aceptar las tímidas felicitaciones del médico.

Capítulo 22

*L*ily y Whitby se casaron en una ceremonia privada en Wentworth Chapel, con la única asistencia de James, Sofía y Annabelle. Disfrutaron de una cena íntima compuesta de crema de tomate, pato al horno con salsa a la pimienta, ensalada variada de flores y, de postre, la tarta nupcial. Sin embargo, acabada la cena, se vieron obligados a retirarse a los aposentos de Whitby, que acusaba el cansancio después de haber permanecido de pie durante toda la ceremonia.

Cuando entraron en la habitación, el calor del hogar acarició sus rostros y, con algo más que ilusión por la noche que les esperaba, Whitby cerró suavemente la puerta a sus espaldas.

Vio a Lily dar una vuelta por la habitación y luego girarse para quedar frente a él. Se había cambiado el atuendo de novia y ahora llevaba el vestido color carmesí que se había puesto una de las noches de la semana de cacería, la primera noche que él había reparado en lo bella que era.

Esa noche Lily volvía a estar bella, más bella que nunca. Su piel era como de porcelana suave, tenía las mejillas encendidas y una sonrisa deslumbrante. Había llevado el pelo oscuro recogido en un moño apretado durante la ceremonia de la boda, pero se lo había cambiado para la cena. Aunque seguía recogido en lo alto, un mechón solitario y rizado le caía por el hombro, atado en el extremo con lazos color carmesí. Y, a pesar de sus muchas dudas y recelos, a pesar de su cansancio y del miedo que tenía de haber cometido el peor error y el más egoísta de su vida, la belleza de Lily esa noche era tal que bastaba para hacer que Whitby enloqueciera de deseo. Sencillamente tenía que poseerla.

Whitby cruzó lentamente la habitación. La miró a los ojos y vio en ellos amor. Amor, y alegría e ilusión. Ese día habían firmado sus nombres en los registros de la iglesia. Él le había puesto un anillo en el dedo. Estaba hecho. Eran marido y mujer.

Sacudió la cabeza con un gesto de incredulidad, preguntándose cómo era posible que hubieran llegado hasta allí tan rápido. Ahora estaba estupefacto.

Lily, bendita sea ella y su alma aventurera, lo distrajo de sus cavilaciones dando un paso adelante y deslizándole las manos enguantadas por el pecho hacia arriba. Sonrió, provocadora, mientras le aflojaba la corbata.

—He estado a punto de dar un salto por encima de la mesa mientras cenábamos para hacer esto —dijo—. Ha sido la cena más larga de mi vida.

—Ha sido más bien aburrida —dijo él, y la cogió por las caderas—. Pero tengo la sospecha de que la noche está destinada a mejorar.

La miró a la cara mientras ella le desabrochaba la chaqueta y el chaleco y luego le quitaba las dos prendas echándolas hacia atrás por encima del hombro y dejándolas caer al suelo.

—Sospecho que tiene usted razón, lord Whitby —dijo ella—. Siempre y cuando no esté demasiado cansado.

—¿Cansado? La verdad es que sí, pero estaré mucho mejor en posición horizontal.

Levantó los brazos mientras ella le quitaba la camisa por encima de la cabeza. Luego Whitby la vio quitarse los guantes, un dedo tras otro, y dejarlos caer también al suelo. Volvió a ponerle las manos ávidas sobre el pecho, y él se estremeció de placer al sentir sus palmas cálidas sobre la piel.

—Lady Whitby, es usted irresistible —dijo.

Ella cerró los ojos y suspiró.

—Ah, lady Whitby. No tienes ni idea de las veces que he soñado que me llamaban de esa manera.

Porque ahora era lady Whitby, ¿no?

—Ya que has despachado a tu criada —dijo él—, supongo que me corresponderá a mí desvestirte.

—Es muy gentil de su parte, milord.

Whitby la cogió de la mano y la llevó hasta la cama. La hizo girarse para desabrocharle el vestido por detrás. Ella se recogió el pelo y él no pudo resistir la tentación de dejarle un reguero de húmedos besos en su cuello fino y elegante.

—Me da escalofríos —dijo ella.

Le soltó el vestido por los hombros y lo dejó deslizarse hasta el suelo. Ella dio un paso para quitárselo de los pies y él se inclinó para recogerlo. Lo plegó, lo dejó con cuidado sobre una silla y luego volvió a la tarea de quitarle la ropa.

Comenzó a desabrocharle el corsé por delante, mientras le iba dejando suaves besos en el cuello. Cuando el corsé quedó suelto, lo lanzó sobre la silla con el vestido y le quitó la blusa por encima de la cabeza.

Se quedó un momento admirando sus pechos desnudos y generosos a la luz del hogar. Pero luego comprobó, no sin sorpresa, que aquella viva impaciencia de llevarla a la cama empezaba a desvanecerse. Ahora sólo deseaba que todo fuera más lento.

Le tocó un pecho y se lo acarició suavemente.

Lily cerró los ojos.

—Adoro sentir tus manos sobre mi cuerpo —murmuró.

—Y yo adoro lo que siento cuando te toco.

Todo era muy extraño, pensó Whitby, reflexionando sobre aquellas caricias lentas y silenciosas. No era su estilo habitual, porque él solía ser más agresivo. Quizá fuera su enfermedad. O quizá no, pero él no lo sabía.

Le aflojó los lazos de la enagua y las calzas, y todo cayó al suelo en un montón blanco y vaporoso. Su novia quedó de pie ante él, con sólo sus medias y sus primorosos zapatos negros, y Whitby dio un paso atrás para admirarla a su gusto, dejando vagar la mirada por su bello cuerpo, hacia abajo, y luego hacia arriba.

Le agradaba saber que Lily le pertenecía, que él era el único hombre que alguna vez le había hecho el amor. Él era quien poseía su virginidad, y siempre la poseería, y eso lo hacía sentirse muy bien.

Pensando que quizá Lily tuviera frío, echó hacia atrás la ropa de cama, y entonces descubrieron los pétalos de rosa recién cortados y esparcidos entre las sábanas.

Lily miró la cama y rió.

—Tiene que haber sido Sofía —dijo ella, respirando la fragancia—. Hoy he visto que tenía una expresión muy traviesa.

Whitby la vio descalzarse y meterse en la cama, todo con una absoluta ausencia de timidez, teniendo en cuenta que estaba desnuda. Se quitó la ropa y la imitó, y luego quedó de cuclillas a sus pies.

Empezó a quitarle las medias mientras le acariciaba el pie y la pantorrilla. Lily dejó escapar un gemido de excitación.

Él levantó la mirada vidriosa de deseo y la vio contemplando su erección incipiente. Le lanzó una sonrisa de complicidad.

—Quizá debería acercarme —sugirió, con la voz enronquecida y provocadora, al tiempo que le besaba el empeine.

—Sí —balbuceó ella, sin aliento, ya casi incapaz de pensar ni de hablar.

Él siguió dejándole sus besos por el interior de la pantorrilla, mientras ella suspiraba de placer, y luego se tendió a su lado. Lily se giró para mirarlo y los dos se quedaron quietos en esa posición un momento.

—¿Cuándo visitaremos nuestra propiedad? —preguntó ella de pronto, lo cual sorprendió a Whitby—. Me gustaría mucho conocer tu casa. Nunca he estado allí.

Él se apartó el pelo de la frente.

—¿Nunca? James ha estado allí cientos de veces. Pensaba que tú habías ido al menos una vez.

—No, nunca.

—Entonces tendremos que remediarlo. ¿Cuándo podrás estar dispuesta a viajar? —preguntó Whitby.

Ella lo miró con expresión seria.

—Eso depende. ¿Cuánto tendremos que esperar después de la biopsia?

La biopsia. Whitby había olvidado todo aquello durante los últimos días, pero sabía que no podía aplazarlo para siempre. Tendría que ponerse a ello.

Se deslizó hacia ella para quedar más cerca y con la yema de los dedos le rozó el vientre liso y bajó hasta el suave hueso de su cadera.

—¿Te preocupa mucho?

—Sí. ¿A ti, no?

—Es una operación sencilla —dijo él, después de pensarlo un momento.

Lily no parecía convencida, y Whitby deslizó la mano lentamente hasta su muslo.

—Tú me has dado un motivo para llevarla a cabo, Lily.

Ella sonrió y se giró sobre el costado para mirarlo de frente.

—Entonces no me preocuparé. Esta noche sólo pensaré en cómo conseguir que sea la más erótica de tu vida.

Con una sonrisa traviesa, Lily deslizó la mano abierta y cálida por el pecho de su amado, hasta el vello áspero por debajo del ombligo, siguió más abajo y empezó a frotarlo.

Él cerró los ojos y respiró hondo, perdido en el éxtasis absorbente del contacto con su mano a medida que ésta desplegaba su encanto.

Whitby le deslizó un dedo entre las piernas y sonrió.

—Has empezado muy bien —dijo.

De pronto se sintió poseído de una ola de energía que surgió de la nada, y se montó sobre aquel cuerpo dulce y cálido, la besó en los labios y en el cuello y siguió hasta sus pechos y su vientre, firme y liso. Ella suspiró y se retorció bajo él, sin poder impedírselo, hundiendo los dedos en su cabello, abriendo las piernas hasta que el pecho de Whitby quedó tocando el centro húmedo entre los dos.

—Oh, Whitby —murmuró, con el aliento entrecortado—, he esperado tanto este momento.

Él tuvo unas ganas irresistibles de saborearla. Y eso hizo, porque siguió bajando, devorando la fragancia embriagadora de su piel, besando y chupando, hasta que Lily quedó sin aliento, primero de sorpresa, luego de placer. Levantó las caderas y le cogió la cabeza con ambas manos, dejando escapar unos sonidos que sólo puede emitir una mujer llevada más allá de los límites de la razón.

Lily... Whitby no podía acabar de saciarse con ella. Sentía un apetito feroz por probar todo lo que Lily le daba.

La llevó a un orgasmo rápido, casi demasiado rápido. Pero, al contrario de lo que esperaba, aquel clímax sólo la introdujo más profundamente en una atmósfera de sensualidad y deseo, porque enseguida lo cogió por los hombros, atrayéndolo hasta el calor voluble de sus labios, empujando la pelvis con fuerza.

—Hazme el amor, ahora —imploró, hundiendo la lengua en su boca.

—Será un placer.

Con un movimiento profundo y firme, Whitby entró en el glorioso altar de su entrepierna, maravillado por el descubrimiento de que aquello era mucho más que simplemente sexo. Era una alegría, sí *alegría* era la palabra, que le embargaba los sentidos y lo sacudía de dentro hacia fuera, hasta que se dio cuenta de que creía en los ángeles, porque no cabía duda de que Lily era un ángel. Había traído algo inesperado a su vida, un sentimiento de satisfacción y de gratitud y de muchas otras cosas que ni podía empezar a comprender ni describir.

Jamás en toda su vida había experimentado algo parecido. Estaba hundiéndose en ella, haciéndole el amor, dándole todo lo que poseía como hombre, y dando gracias a Dios de que ella se hubiera enamorado de él.

—Me alegro de estar aquí, a tu lado —murmuró en su oído, hundiéndose lenta y suavemente, luego más rápido y con más fuerza.

Y era verdad que se alegraba, toda la verdad. Si aquel era el final de su vida, la recompensa era inmerecida. Whitby se sentía el hombre más afortunado del mundo, y no podía explicarse por qué.

Ella se aferró a él con fuerza antes de sacudirse entera, descoyuntada por un segundo orgasmo que la dejó sollozando. Él se apartó y vio que una lágrima le rodaba por la mejilla. La borró con sus besos.

—No llores, Lily. Ya verás que todo saldrá bien.

—No puedo evitarlo —dijo ella—, soy tan feliz.

Él sonrió con un gesto comprensivo y asintió con un gesto de la cabeza.

—Yo también. Más feliz de lo que jamás podrías imaginar.

Y más de lo que él mismo jamás hubiera soñado, pensó, hundiéndose una última vez en su mujer hasta alcanzar su propia liberación, poderosa y estremecedora.

Capítulo 23

*L*ily y Whitby se pasaron los tres primeros días después de la boda en la cama, pero no porque Whitby se sintiera débil o estuviera enfermo. En realidad, en posición horizontal poseía una energía notable, y hasta había recuperado suficiente apetito para presentarse a cenar todas las noches con James, Sofía y Annabelle.

Al cuarto día, después del desayuno, le dijo a Lily que quería salir a dar un breve paseo, y ella llamó enseguida a su criado. Media hora más tarde, con los abrigos puestos, cruzaron lentamente los pasillos y bajaron por la escalera principal para salir por la puerta trasera.

—¿Te encuentras bien? —preguntó Lily. Se había detenido, preocupada, en cuanto salieron a la deslumbrante luz del día. El aire estaba frío y cortante.

Él se llevó una mano a los ojos como visera.

—Hay mucha luz, nada más. Supongo que he pasado demasiado tiempo en el interior.

Ella se cogió de su brazo.

—Ven, ya te acostumbrarás.

Bajaron lentamente las escaleras del otro lado de la terraza de pizarra y cruzaron las terrazas del jardín hasta llegar al estanque, donde se detuvieron a descansar. Se sentaron en el banco a la sombra del enorme roble.

Se quedaron en silencio contemplando el agua y el cielo azul sin límites, respirando el aroma de las hojas en otoño que, en ese mismo momento, caían a su alrededor.

—¿Recuerdas la última vez que viniste a sentarte aquí conmigo? —preguntó Whitby, cogiéndole la mano—. No estuve demasiado amable contigo.

—Estuviste muy correcto, Whitby —dijo ella, con una mirada llena de simpatía.

—No, no es verdad. Quería que te fueras. Quería que me dejaras solo.

—Pero estabas enfermo.

—No más que ahora. Incluso diría que menos —afirmó, y la besó en la frente—. Lo he mencionado porque quería pedirte disculpas. Por ésa y por todas las otras ocasiones en que no te vi como la mujer que eres. He sido muy ciego.

Ella apoyó la cabeza en su hombro y cerró los ojos.

—Ocurrió hace apenas una semana, pero parece que haya pasado un año.

—Sí, porque ya no soy el hombre que era aquel día.

Permanecieron en silencio, escuchando las hojas que volaban en el viento, viendo cómo un gorrión bajaba en picado y volaba a ras del agua. A Lily le pareció un sueño, un momento perfecto, único, en el tiempo.

—Me has hecho muy feliz, Whitby.

Sin embargo, por debajo de ese goce indescriptiblemente profundo latía un miedo, un miedo que no renunciaba del todo a dejarla, y que seguía insinuando una posibilidad muy real de que aquella dicha no duraría mucho.

—Y tú a mí —dijo él—. Jamás creí que algún día viviría algo así. Es asombroso. —Le cogió el mentón y la miró a los ojos—. *Gracias*.

Cuando acercó sus labios a su boca y la besó tiernamente, mientras las hojas volaban a su alrededor, Lily sintió que su temor se desvanecía por completo. No quería estropear lo que tenía ahora, en el presente.

—A Jenson esto no le gustará nada —dijo, apartándose apenas.

—¿Por qué?

—Se ha pasado un buen rato vistiéndome y ahora lo único que quiero es volver a la cama.

Lily se echó hacia atrás con el ceño fruncido por la preocupación.

—¿Hemos ido demasiado lejos? ¿Estás cansado?

—Sin duda hemos ido demasiado lejos —dijo su marido, sonriendo—, pero no estoy cansado.

Le lanzó una mirada maliciosa, y ella asintió para dar a entender que comprendía la indirecta, mientras lo ayudaba a ponerse de pie.

El quinto día, Lily se despertó desnuda en brazos de Whitby y sonrió, satisfecha, pensando por fin que se había ganado el corazón de su marido, un objetivo que se había creído incapaz de alcanzar. Habían pasado juntos cada minuto del día desde la boda y, por la noche, se habían entregado el uno al otro con auténtica pasión y devoción.

Además, Whitby había recuperado parte de su apetito y de su fuerza. Habían salido a pasear el día anterior y él había comido casi de todo durante la cena.

Sin embargo, todavía no se había llevado a cabo la biopsia, ni Whitby había vuelto a ver al médico en toda la semana, ya que estaba decidido a gozar de su breve luna de miel. Sin embargo, los dos sabían que se acercaba el momento de una decisión y que no podían darle la espalda a la verdad eternamente.

Lily se sentó en la enorme cama deshecha y se llevó la manta al pecho. Se preguntó dónde habría ido su marido tan temprano pero, al mirar el reloj, se dio cuenta de que en realidad no era tan temprano. Whitby la habría dejado para que recuperara algo del sueño perdido, ya que esa noche no habían dormido demasiado.

Dejó la cama y llamó a su criada. Al cabo de un rato, bajó al comedor donde desayunaban.

Al entrar, se alegró de ver a Whitby tomando un café, no sólo con Sofía y Annabelle sino también con James. No se habían vuelto a hablar como amigos desde el día de la boda, cuando James, en un gesto protocolar, le tendió la mano. Sin embargo, a lo largo de los últimos días, su hermano parecía haberse resignado a aceptar la situación. Lily esperaba que, con el tiempo, llegara a entender que el matrimonio había sido una decisión correcta.

Justo en ese momento su atractivo marido alzó la vista y cruzó con ella una mirada que iba dirigida sólo a ella, una mirada de complicidad que le decía que él se sentía tan contento como ella esa mañana, y que recordaba algunas de las travesuras a las que se habían entregado la noche anterior.

Con una sonrisa coqueta, Lily le dio los buenos días, se sirvió el desayuno y se sentó junto a Annabelle, frente a Whitby.

—¿Todos habéis comido algo? —preguntó.

—Sí —dijo Sofía, sorbiendo su café—. ¿Has dormido bien Lily?

Antes de contestar, Lily le lanzó una mirada a Whitby.

—Sí, muy bien, gracias.

Él la miró arqueando una ceja. Qué diablillo más descarado, pensó Lily. Le volvió a sonreír e intentó no sonrojarse al coger el tenedor y comenzar a comer.

La conversación se centró en las noticias que leía James, y todos pasaron un buen rato, demorándose con el café. Al cabo de unos minutos, el mayordomo entró para anunciar que había llegado el doctor Trider.

Lily no sabía que ése era el día de su visita.

Whitby se incorporó.

—¿Hoy es el día? —preguntó ella, dejando su taza de café.

—Sí —dijo Whitby.

Lily se sintió presa de una tensión desagradable y miró a su marido con expresión de pánico.

—¿Por qué no me lo habías dicho?

Él la miró con una sonrisa de disculpa.

—Sólo hablé con el médico anoche, querida, y no quería estropearte la velada.

—Está bien. De acuerdo. —A pesar de sus miedos y ansiedades, Lily decidió que sería valiente. Respiró profundamente un par de veces para calmar su corazón galopante, y también se levantó.

—¿Puedo ir contigo?

Él se acercó y la besó.

—Será mejor que te quedes aquí con los demás. El médico te avisará en cuanto termine. No debería tardar demasiado.

Lily se obligó a sonreír para dar la impresión de que estaba serena.

—De acuerdo.

Volvió a sentarse, aunque no pudo acabar el café. Imposible tragar nada, aturdida como estaba por el miedo, sabiendo que el médico iba a cortar a su marido con un escalpelo. No soportaba ni imaginárselo.

Whitby vaciló un momento, la miró una última vez y salió del comedor.

—Vamos a echarle un vistazo antes de empezar —dijo tranquilamente el doctor Trider una vez que estuvieron en los aposentos de Whitby—. Siéntese.

Whitby había pasado por ese examen demasiadas veces. Se desabrochó el chaleco y se sacó la faldilla de la camisa de los pantalones antes de sentarse en el borde de la cama.

El médico le preguntó cómo se había sentido la última semana.

—En realidad, mejor —dijo Whitby—. Me ha vuelto en parte el apetito y ayer lady Whitby y yo salimos a dar un paseo. Sólo lo puedo atribuir a los beneficios de la vida conyugal —dijo, y lo miró con una sonrisa plácida.

El doctor Trider asintió con la cabeza y sacó el estetoscopio de su maletín. Lo auscultó mientras miraba al techo.

—Sí, sí, muy bien.

Dejó el estetoscopio y le palpó los ganglios en el cuello. Presionaba por todas partes, con el ceño fruncido, como preocupado.

No era la expresión que uno quisiera ver en un médico cuando lo someten a un examen físico. El pulso se le aceleró ligeramente.

—¿Qué pasa? —preguntó.

El médico sacudió la cabeza y se tomó su tiempo antes de responder. Siguió palpándole el cuello en diversos lugares.

—Tiéndase —dijo finalmente—. Quisiera examinarle el bazo.

Whitby se tendió y el médico le palpó el abdomen. Seguía con la misma expresión inquietante, como si estuviera a la vez confundido y preocupado.

Finalmente, se apartó y Whitby se sentó, esperando con ansias escuchar al médico decir algo. Éste se encogió de hombros respirando profundo.

—Al parecer, sus ganglios y su bazo han mejorado ligeramente.

Whitby miró al médico sin decir palabra, hasta percatarse de que él también tenía la misma expresión de confusión pintada en el rostro.

—¿Eso significa que estoy mejorando?

El doctor Trider habló con toda franqueza.

—No se lo puedo asegurar. Verá, los periodos de remisión no son raros en el mal de Hodgkins, y los ganglios disminuyen inexplicablemente de tamaño.

—¿De modo que podría tratarse de una recuperación pasajera?

—Sí.

Los dos se quedaron un momento mirando al vacío, mientras Whitby intentaba recordar qué le había ocurrido a su padre en los últimos meses. Hasta ese momento, todo lo que Whitby había sentido era exactamente igual a lo vivido por su padre. Pero no recordaba que hubiera tenido periodos de recuperación.

—¿La biopsia nos lo dirá?

—Al menos confirmará o descartará el mal de Hodgkins —respondió Trider.

Whitby pensó detenidamente, y luego cruzó una mirada con el médico.

—Quisiera tener la certeza. ¿Puede usted hacerla ahora? ¿Tiene todo lo necesario?

—Sí, milord, he traído todos mis instrumentos.

—Entonces, empecemos.

El pulso se le aceleró nuevamente al ver que el médico sacaba diversos instrumentos cortantes de su maletín.

Lily y los demás se alegraron de saber que no habían surgido problemas imprevistos durante la operación. Todo había ido lo mejor que se podía esperar. El médico también les informó que tendrían que esperar un par de días para conocer los resultados.

Los días pasaron sin problemas durante la espera. No se produjo infección posoperatoria y, aunque la salud de Whitby no mejoró ostensiblemente, tampoco sufrió una recaída.

Llevaba una venda en el cuello, pero eso no le impidió pasar tiempo junto a Lily ni aprovechar al máximo las horas que compartían, los dos perfectamente conscientes de que gozaban de un estado de dichosa ignorancia. Aún no conocían los resultados de la biopsia, de modo que, en lo que les concernía, no tenía sentido preocuparse. Hablaban de otras cosas, entre ellas, del futuro, lo cual ayudaba a Whitby a mantener la cabeza lejos de la realidad de su vida.

Al tercer día, el doctor Trider volvió de Londres con los resultados, después de haber consultado al mejor patólogo del país. El doctor se frotó el mentón y se acercó a la ventana del estudio, mientras Whitby, que esperaba sentado en el sofá, daba golpecitos con el pie, transmitiendo así su impaciencia.

—No sé qué decirle, milord —dijo el doctor Trider—, excepto que es posible que haya sufrido una especie de gripe, o incluso tuberculosis. —Con el mismo rostro de perplejidad, se volvió hacia Whitby—. No dejaré de presentar este caso a mis colegas en Londres. Puede que haya habido otros similares.

Whitby se incorporó.

—De manera que no me estoy muriendo.

—Al menos no de Hodgkins —dijo Trider, sacudiendo la cabeza—. Aunque todo esto me deja absolutamente confundido. —Se quedó mirando por la ventana hacia el horizonte de la campiña—. Si ha sido una gripe, no veo razón alguna por la que no siguió mejorando. De otra manera, sencillamente no lo sé.

Whitby se dio cuenta de que miraba al médico con expresión bobalicona, boquiabierto. Apenas podía creer la noticia.

—Sin embargo, debería seguir controlándolo muy de cerca —advirtió el médico—. Todavía está muy enfermo, milord.

—Claro. Entiendo.

El doctor Trider se le acercó y le dio unos golpecitos en el brazo.

—Pero es una muy buena noticia. Felicitaciones. Lady Whitby estará encantada.

Whitby, que seguía con la mente más o menos en blanco, consiguió articular una respuesta.

—Ya lo creo que estará encantada.

Lily alzó la mirada cuando Whitby entró en el comedor, donde esperaba junto a James, Sofía y Annabelle.

La aprensión que se había adueñado de ella le aceleró el corazón porque, a pesar de que su marido había mejorado en la última semana, ella estaba preparada para lo peor. El médico había dicho que, al fin y al cabo, los periodos de remisión del mal no eran raros, así que ella no se había podido desprender totalmente del temor de que Whitby empeorara.

Sin embargo, hizo acopio de ánimo, se levantó de su asiento y fue hacia él.

—¿Qué te ha dicho?

Whitby la miró con una sonrisa serena y plácida.

—Será mejor que nos sentemos.

Lily frunció el ceño, y se dejó llevar por él hasta su silla junto a la mesa. James, Sofía y Annabelle esperaban en silencio a que Whitby hablara, mientras Lily apenas podía contener los nervios.

—Y bien —dijo él, finalmente, y Lily se dio cuenta de que intentaba sonar relajado para lo que fuera a decir.

—¿Qué dicen los resultados, Whitby? —preguntó James.

Él se inclinó hacia delante y los miró a cada uno a los ojos.

—Son buenas noticias.

—¿Buenas noticias? —Todas las esperanzas de Lily se habían desbordado. ¿Acaso viviría? ¿Su marido iba a vivir? Temía darle crédito a sus palabras.

El mismo Whitby parecía encontrarse en un estado de incredulidad, como si siguiera reflexionando sobre lo que el médico acababa de decirle.

—El patólogo ha llegado a la conclusión de que sea lo que sea, no tengo el mal de Hodgkins. Es otra cosa. El doctor Trider seguirá intentando averiguar qué es.

Lily se lo quedó mirando con ojos perdidos, asimilando la noticia. Y luego se echó a temblar de alegría. Respiró hondo. ¡Whitby viviría! ¡No iba a morir! ¡Ella no se quedaría viuda! Y ¡él vería crecer a sus hijos!

Sólo entonces se dio cuenta de que la impresión le había quitado el aliento, y que ahora sonreía de oreja a oreja.

Sin embargo, Whitby apenas sonreía. Quizá todavía estuviera bajo el impacto de la noticia.

Se volvió hacia James.

—Supongo que os debo a todos mis disculpas.

—¿Disculpas? —se apresuró a preguntar Sofía—. Dios me libre, ¿por qué?

—Por causaros preocupaciones innecesarias. Me precipité demasiado y pensé lo peor.

—Todos nos precipitamos —le aseguró Sofía—. Y todos escuchamos lo que dijo el médico. Daba la impresión de que había realmente de qué preocuparse así que, por favor, no te disculpes, Whitby. Todos nos alegramos mucho de saber que vivirás.

Él le lanzó una mirada incómoda a Lily.

Ella lo miró con una ancha sonrisa para hacerle saber que ella tampoco lo culpaba por el error. Desde luego que no. Estaba encantada de que se tratara de un error, y sentía una dicha sublime al saber que iba a vivir.

Él volvió a desviar la mirada y quedó con los ojos fijos sobre el mantel.

Y entonces, curiosamente, mientras lo miraba, Lily sintió que la alegría de su corazón empezaba a desvanecerse como el agua de un cubo por una grieta. Se sintió agitada, una agitación que le recorrió las venas como un torrente de agua fría.

¿Acaso Whitby no se sentía feliz?

Tragó con dificultad mientras James y Whitby hablaban distendidamente acerca de la misteriosa enfermedad, y de cómo el doctor Trider se había propuesto investigar aquel singular caso.

Lily se sentía como ajena a su propio cuerpo. Sólo oía a medias lo que decían, porque ya había empezado a pensar que eso significaba que todo cambiaría. Nada sería como ellos lo habían imaginado.

De pronto, frunció el ceño. Pensó en la última semana vivida con Whitby, en como aquello había sido terrible y maravilloso a la vez. Terrible porque sabía que quizá Whitby se estuviera muriendo. Maravilloso porque daba la impresión de que él se había enamorado de ella y que se permitía hacerlo sin reservas. Creía que no habría futuro y, por eso, se había entregado tan plenamente a vivir el presente.

De pronto, el futuro volvía a aparecer en escena, de pronto. Sin embargo, para Lily era como si la hubieran catapultado como un proyectil hacia el pasado, cuando ella no era más que la hermana pequeña de James, siempre por ahí. Salvo que esta vez existía este pequeño asunto de un matrimonio consumado por una pura cuestión de irrefrenables impulsos.

¿Acaso la noticia complicaría las cosas?, se preguntó, presa de un súbito pánico. ¿Sería un problema para él?

Se obligó a tragar para vencer el amargo sabor de la ansiedad que le subía de las entrañas. Intentó sentarse tranquilamente y no removerse nerviosamente ni palidecer. Sin embargo, no era fácil porque tenía las tripas revueltas.

Todo era muy raro. No habría esperado esa reacción de sí misma al enterarse de que Whitby iba a vivir. Sólo esperaba sentir alegría, nada más que alegría. Pero no se había parado a pensar en cuál sería la reacción de su marido.

Tampoco se había imaginado cómo se sentiría ella al verlo a él rehuyendo el encuentro con su mirada.

Capítulo 24

*L*ily se despertó de una breve siesta cuando alguien llamó a su puerta. Se sentó en la cama, algo mareada, preguntándose si sería Sofía. Ésta había querido hablar de la buena noticia con ella, pero ella tenía ganas de estar sola. No quería hablar de la situación porque no se sentía preparada.

Para empezar, no sabía cuáles eran los verdaderos sentimientos de Whitby, y no tenía sentido especular sobre ello hasta hablar directamente con él. Lo único que podía hacer por el momento era decirse que todo saldría bien. Era posible que, en el comedor, Whitby estuviera todavía bajo el impacto de la noticia.

Volvieron a llamar y ella dijo:

—¡Adelante!

Cuando se abrió la puerta, se sentó al borde de la cama y el corazón se le disparó en cuanto vio asomar a su marido.

Sí, seguía siendo su marido, se recordó. La noticia sobre su enfermedad no cambiaba nada de eso, aunque lo que hubiera ocurrido entre ellos a lo largo de las últimas semanas no le pareciera real.

Miró a Whitby con cierta aprensión al verlo entrar en la habitación y cerrar la puerta. Él no se acercó a la cama enseguida. Se quedó junto a la puerta, mirándola. Lily se obligó a mantener la mirada fija en él. Tenía un miedo horrible de que le dijera que habían cometido un gran error.

—Desapareciste del comedor antes de que pudiéramos llegar a hablar —dijo él, con una sonrisa jovial y encantadora.

Ahí estaba, otra vez, ese atractivo mágico y sensual.

Ha vuelto, pensó Lily al instante, sintiendo que su corazón retornaba de su patético encuentro con la autocompasión y la desesperanza. Whitby estaba tan encantador como lo había estado cada noche en su cama desde el día de su boda, tan encantador como se le vería en un salón, rodeado de señoritas atractivas. ¿Significaba aquello que no se sentía incómodo con lo que habían hecho?

—Sabía que tenías que acompañar al doctor Trider hasta la puerta —dijo ella—. Supuse que vendrías a verme cuando se hubiera marchado.

Whitby no tenía por qué saber que ella había estado un buen rato lamentándose de algo que daba por seguro: que él no vendría a verla, o que se había practicamente convencido de que él jamás volvería a verla.

Whitby se acercó a la cama, donde ella seguía sentada, apretando los bordes con ambas manos, sin que los pies alcanzaran a tocar el suelo.

A Lily le sorprendió ver la compasión en sus ojos cuando él le acarició una mejilla. Él la miró un rato largo, y luego le apartó un mechón detrás de la oreja.

El corazón le latía como un caballo desbocado. No sabía qué esperar, pero seguía temiendo que Whitby le dijera que habían cometido un error.

—Ojalá no tuvieras esa cara de preocupada, querida —dijo él, con voz suave, y Lily notó que toda la tensión acumulada se desvanecía, como plumas en el viento—. Dios mío, en el comedor casi tuve la impresión de que te decepcionaba saber que iba a vivir.

Lily respiró con dificultad.

—No, Whitby, nada de eso.

—Es broma —dijo él, ahogando una risilla—. Creo que ahora sé por qué estabas tan seria, y por qué sigues seria. Tenías miedo de que yo me arrepentiera de haberme casado contigo.

Lily se estremeció de miedo y alegría a la vez. Alegría porque Whitby la entendía, de verdad la entendía. Y temor de que estuviera a punto de decirle la verdad, que sí, que se arrepentía en parte del precipitado matrimonio.

Whitby le cogió el mentón y la miró sacudiendo la cabeza, casi con una expresión humorística.

—¿Qué te parece tan divertido? —preguntó ella, ligeramente ofendida al ver que Whitby encontraba divertida su ansiedad.

—Tú —dijo él, y se inclinó para besarla ligeramente en los labios—. ¿Por qué te parece tan imposible creer que te deseo y, más que eso, que te estimo más de lo que he estimado a nadie? ¿Acaso no lo has visto en la última semana?

Lily se lo quedó mirando, incapaz de articular ni la más mínima palabra.

—Ninguna mujer podría significar tanto para mí como tú, Lily —siguió él—, y nunca me arrepentiré de las decisiones tomadas durante mi enfermedad. En realidad, siento casi todo lo contrario. Siempre estaré agradecido por haberme sentido tan cerca de la muerte, porque me ha obligado a madurar, finalmente, y a reconocer lo valiosa y lo breve que es la vida, y cómo ninguno de nosotros debería gastar ni un minuto a la deriva, esperando que las cosas ocurran o sintiéndonos como si tuviéramos todo el tiempo del mundo para hacer más tarde lo que podríamos, y deberíamos, hacer hoy.

Lily seguía mirándolo, muda, con el corazón retumbándole en el pecho. Apenas podía creer lo que escuchaba. Whitby respondía así a todos sus temores, como si le hubiera leído los pensamientos durante la mañana, mientras ella permanecía a solas tendida en su cama imaginando lo peor.

—¿No te arrepientes de lo que hemos hecho? —inquirió.

Él apoyó la frente en la de ella.

—Claro que no. Es lo mejor que he hecho jamás. Ahora eres mi mujer y para mí nada es más importante que tú y nuestros hijos en el futuro.

Whitby le alzó el mentón y la besó, y con la lengua rozó los labios de Lily al abrirse y penetró en su boca deseosa. Todos los deseos femeninos de Lily prendieron enseguida como llamas al rojo vivo, y le cogió la cabeza con ambas manos.

—Oh, Whitby —murmuró, casi sin aliento, apartando la boca y echando la cabeza hacia atrás, mientras él le besaba el cuello—. Hazme el amor.

Él se apartó de la cama y la miró desde arriba mientras se quitaba la chaqueta y comenzaba a desabrocharse el pantalón.

—Es precisamente eso lo que pretendía cuando he llamado a tu puerta.

Y luego se tendió sobre ella, pesado y cálido y dueño de toda su virilidad.

Ella le sonrió aunque, íntimamente, no podía alejar las dudas sobre lo que estaba ocurriendo. *Esto no puede ser real. No puede ser verdad. Es demasiado maravilloso. No es posible que Whitby me ame de esta manera.*

Él se dejó ir sobre ella, hasta que descansó cómodamente entre sus piernas abiertas, al tiempo que devoraba su boca a besos. Empujó las caderas contra ella y Lily respondió apretándole las nalgas musculosas.

Él se levantó, apoyándose en las manos, para dejar un espacio libre para que ella pudiera desatar los lazos de sus calzas y quitárselas. Lily también le bajó los pantalones, mientras él seguía apoyado sobre las manos.

En cuanto el camino estuvo despejado, Whitby se deslizó entre sus piernas y se situó en posición. Lily cerró los ojos cuando el placer de su penetración fluyó por ella como si fuera vino.

Whitby le hizo el amor lenta y suavemente, sin decir una palabra, mientras la luz del comienzo de la tarde inundaba la ventana. Lily lanzó la cabeza hacia atrás y se entregó al éxtasis del momento.

No quería pensar más en su conducta aquella mañana en el comedor, cuando se había enterado de que Whitby sería su marido hasta envejecer. Quería olvidar todo eso. Se obligaría a olvidarlo. Y se propuso disfrutar del regalo que le había sido dado, el regalo de la vida de Whitby.

Poco después, él abandonó con sigilo la cama donde Lily dormía. Recogió su ropa del suelo y se vistió en silencio. Tras ponerse la chaqueta, salió de la habitación y cerró la puerta con cuidado.

En cuanto estuvo solo en el pasillo, dejó escapar un profundo suspiro de alivio por haber cumplido con una tarea difícil. Le había asegurado a Lily que no sentía arrepentimiento alguno.

Se apoyó contra la pared y echó la cabeza hacia atrás, sintiéndose cansado y sin fuerzas. Cerró los ojos y se cubrió la frente con una mano. *Dios mío...*

Puede que se lo hubiera asegurado pero, maldita sea, también le había mentido. No era verdad que estuviese del todo cómodo con lo que habían hecho y sospechaba que, de alguna manera, ella lo sabía.

Sintió una presión en el pecho. ¿Qué le pasaba? Ahora que ya no estaba frente a las puertas de la muerte, tenía la impresión de que sus sentimientos hacia Lily habían cambiado, que la locura de la pasión se había mitigado. Eso lo hacía sentirse redomadamente culpable.

¿Qué diablos había sucedido? ¿Acaso no había sabido interpretar sus sentimientos hacia ella? ¿Acaso había querido aferrarse a esa oportunidad de ser más que un amante para alguien? ¿Experimentar lo que se sentía al estar enamorado? ¿O había sido barrido por todo un cúmulo de cosas en medio de una realidad distorsionada?

Se mesó los cabellos. No quería que fuera así, porque se había sentido de verdad enamorado de Lily esa última semana. Recordó su noche de bodas, cuando había sido inmensamente feliz haciendo el amor con ella. Una experiencia sublime, la historia más apasionada de su vida, y él no quería que terminara. No quería sentir lo que sentía en ese momento.

La presión. Aquello iba para largo. Quizá Lily ya estuviera embarazada y esperara un hijo suyo.

Su madre había muerto en el parto. Todavía recordaba los gritos horribles que resonaban por toda la casa.

Sintió un dolor repentino y agudo en las entrañas, y se dejó caer contra la pared hasta quedar sentado en el suelo, con los brazos descansando sobre las rodillas y las manos entrecruzadas.

De pronto se le ocurrió que quizás le hubiera contagiado a ella la enfermedad que padecía. El médico no sabía qué era, pero quizá fuera contagiosa.

Experimentó un brote de espanto que parecía predecible, y tuvo que obligarse a reprimir esos pensamientos. No le hacía ningún bien preocuparse de cosas sobre las que no ejercía control alguno. Estaba obligado a superarlo de alguna manera y a centrarse en las cosas positivas. Al menos ahora tendría por fin un heredero, y su título no pasaría a Magnus.

Respiró hondo para liberarse de sus pensamientos. Sería capaz de superar todo aquello, se dijo. Sería capaz de superarlo todo. Estaban casados. Él era el marido y estimaba a Lily. Se había permitido albergar ese sentimiento, así que no la defraudaría.

Ese día había hecho lo posible para darle esa seguridad y haría todo lo posible cada día durante el resto de su vida. Al día siguiente se marcharían a primera hora a conocer sus dominios ancestrales y ella comenzaría sus labores como señora de la casa. Whitby estaba convencido de que sabría hacerlo admirablemente.

Pensó que no sería todo tan difícil. Él sencillamente sería el hombre que ella creía. Sería fiel y amable con ella, y la trataría con el respeto y la adoración que se merecía. Le haría el amor y la haría *sentirse* amada. Haría todo lo que estuviera en su poder para no herirla nunca, jamás.

Se incorporó, respiró profunda y temblorosamente y volvió a sus propios aposentos para decirle a Jenson que comenzara a preparar el equipaje para el día siguiente.

Al bajar del coche en Londres, Marion notó que una gota fría le caía en la mejilla. Bajó la cabeza y apuró el paso hasta llegar a la puerta de Wentworth House.

Había sido un día agotador porque durante la última semana la duquesa viuda se había dedicado a trabajar en diversas obras de caridad, más de lo que era habitual en esa época del año, cuando normalmente se retiraba a pasar una temporada en el campo.

Sin embargo, ahora no quería estar en el campo. En ese momento, no.

Entró en Wentworth House y le entregó su capa al mayordomo.

—Pida que me traigan el té a mi habitación enseguida —dijo—. Estoy congelada.

Acto seguido, subió las escaleras y entró en su tocador. Su criada, Eufemia, una mujer robusta de edad mediana, estaba inclinada sobre una cómoda, guardando algo en el último cajón, pero se enderezó rápidamente, como si la hubieran sorprendido en algo.

—Ayúdame con este sombrero ridículo —dijo Marion. Empezó a quitarse los guantes mientras se dirigía hacia el espejo del tocador.

En cuanto Marion se sentó, Eufemia hizo un gesto para quitarle el alfiler del sombrero, pero Marion la detuvo con una mano.

—Déjame, lo haré yo misma. Ve a buscarme el periódico. Tomaré una taza de té mientras lo leo.

—¿El periódico?

Marion dirigió una mirada al reflejo de Eufemia en el espejo.

—¿Qué te ocurre?

—Nada. Es sólo que... —vaciló la criada—. No es nada, excelencia, iré a buscarlo enseguida.

Veinte minutos más tarde, mientras Marion tomaba el té y leía las páginas de sociedad, descubrió a qué se debía la curiosa reacción de Eufemia. Con la mandíbula apretada, leyó un anuncio escandalosamente breve:

Matrimonios
Lady Lily Elizabeth Langdon
Edward Peter Wallis, conde de Whitby

Marion se reclinó en la silla y dejó el periódico en su regazo. Se quedó mirando boquiabierta la pared que tenía al frente. De modo que al final habían decidido seguir adelante y casarse.

Volvió a mirar el anuncio. Sin duda todo Londres estaría leyendo aquello y riéndose por lo bajo, puesto que lo más probable era que al irresponsable de su yerno lo hubiesen sorprendido hacía sólo tres semanas en compañía de una fulana teñida de rubio. Y porque no pasaría mucho tiempo antes de que volvieran a encontrarlo en una situación similar.

Marion se inclinó hacia delante y apoyó la frente en una mano. Se quedó un rato largo ahí sentada, respirando con dificultad y con los ojos cerrados mientras la rabia le doblaba la espalda.

Miró hacia el otro lado de la habitación, al retrato enmarcado de Lily en su mesilla de noche. *No has querido escucharme, ¿no es así? Te has empeñado y has hecho lo que se te ha antojado.*

Se levantó, fue hacia la mesilla de noche, abrió el cajón y guardó la imagen dentro. No podía mirar a su hija a la cara.

Cerró el cajón de golpe y se sentó en el borde de la cama. Luego se puso a morderse la uña del pulgar mientras pensaba en Lily y Whitby juntos.

¿Serían felices? ¿Qué pasaría si lo fueran?

Se quedó un buen rato pensando, contemplando esa posibilidad.

Capítulo 25

*L*ily iba sentada junto a Whitby en el coche cerrado mientras cruzaban un puente de piedra en medio del bosque camino a Bedfordshire, a sólo tres horas en tren desde Londres.

Annabelle iba sentada en el asiento frente a ellos, mirando por la ventanilla las hojas de los árboles, teñidas de vivos matices de rojo, naranja y amarillo. Lily olía la humedad fresca de las hojas que ya habían caído al suelo.

El coche dejó atrás el puente y Lily se plantó junto a la ventanilla de un salto para ver qué había más adelante.

—Casi hemos llegado —dijo Whitby, sonriéndole como si se divirtiera con su excitación.

El coche salió del bosque sombrío y desembocó en un camino que cruzaba un campo verde de hierba recién cortada. El sol brillaba cuando subieron una pendiente y, finalmente, llegaron a una explanada en la cumbre, donde apareció la casa en un monte que dominaba desde lo alto un valle verde y fértil más abajo.

—Ahí está —dijo Whitby, inclinándose del lado de Lily para compartir la vista con ella.

Era una casa extraordinaria en forma de u, perfectamente simétrica, siguiendo el estilo palladiano, con alas idénticas a ambos lados. Un gran arco triunfal adornaba la entrada.

Al acercarse, el camino de tierra se convirtió en empedrado y los cascos de los caballos resonaron ruidosamente sobre su superficie. Lily sintió que el corazón le latía con la fuerza de la emoción cuando pasaron por debajo del arco y se detuviera en la entrada principal. Se acercó un criado vestido de librea y bajó el estribo.

Whitby bajó del coche y ofreció una mano a Annabelle y a Lily. Las dos bajaron y miraron hacia la casa.

—Es tan agradable volver a casa —dijo Annabelle—. Y ¿quién habría dicho que volvería no sólo con mi hermano gozando de buena salud sino también con una cuñada?

Lily la besó en la mejilla.

Subieron por las escaleras de piedra hasta las puertas abiertas y recibieron la bienvenida de Clarke, el mayordomo, en el interior del gran vestíbulo. Clarke presentó a Lily a la señora Harrington, la ama de llaves.

Los criados esperaban en una fila para dar una bienvenida formal y conocer a la nueva condesa. Lily sonrió afectuosamente a los miembros del servicio y habló con cada uno de ellos. Tuvo la impresión de que se alegraban de conocerla y algunos casi parecían emocionados y agradecidos de su presencia. Habrían pensado que Whitby no se recuperaría de su enfermedad y, puesto que no tenía heredero, la vida en sus dominios se detendría de golpe.

No, pensó Lily. No habría llegado a su fin. Habría pasado al primo de Whitby, Magnus. Llegó al final de la fila de criados y acabó atribuyendo su alivio y alegría a eso. Era opinión unánime entre ellos que Magnus no era un buen hombre.

La señora Harrington les informó que sus aposentos ya estaban preparados y que la cena estaría servida a las ocho. Sin embargo, cuando se disponían a subir las escaleras, el mayordomo pidió hablar un momento con Whitby, que se disculpó por tener que ausentarse.

Ella los observó con visible curiosidad, y luego siguió subiendo con Annabelle y con la señora Harrington.

Whitby entró en su estudio y esperó a que Clarke cerrara la puerta de roble de doble batiente. El mayordomo se giró para mirar a Whitby con expresión atenta aunque, como siempre, mantuvo las manos a los lados.

—¿Qué ha ocurrido, Clarke? —preguntó Whitby—. ¿Ha pasado algo durante mi ausencia?

—Sí, milord —respondió el mayordomo, serio—. Creo mi deber informarle que lord Magnus estuvo aquí hace tres días, pidiendo ver a miss Lawson.

Whitby sintió que la sangre le hervía. Hacía ya muchos años que las puertas de la casa familiar habían quedado cerradas para Magnus y su padre, y éste no tenía derecho alguno a acudir allí, sobre todo para ver a Annabelle.

—Tiene que haber sabido que yo no estaba —dijo Whitby, con expresión de desprecio—, para venir a hacer una demanda como ésa. ¿Lo dejaste entrar?

—No, milord.

—¿Qué dijo él? ¿Dio alguna explicación de por qué quería verla?

—Al comienzo, no. Sólo pidió verla, y su actitud me pareció un poco presumida, demasiado seguro de sí mismo, en mi opinión, lo cual me provocó cierta inquietud. Cuando le dije que miss Lawson no estaba en casa, no me creyó, y me dijo que cometía un grave error. Me dijo que cuando el título fuera suyo, yo sería el primero en ser despedido, y que si tenía una brizna de inteligencia, empezaría a buscar otro empleo lo más pronto posible.

—¿Cuándo el título fuera suyo? ¿Eso dijo?

—Sí, milord. En mi opinión, estaba al corriente de su enfermedad. Es evidente que no sabía nada de su matrimonio.

De pronto, Whitby se sintió mareado y tuvo que sentarse. Todavía no estaba del todo restablecido y, a veces, con sólo estar de pie mucho rato, quedaba agotado. Aquella noticia no era demasiado estimulante.

—Pero ¿cómo diablos se ha enterado de mi enfermedad? —preguntó Whitby, y se hundió en la silla frente a su mesa—. Nadie lo sabía, excepto el servicio de la casa y algunos de los amigos del duque.

—No lo sé, milord. Al parecer, tiene un contacto entre las personas que acaba de mencionar.

Whitby apretó la mandíbula.

—Eso sería preocupante.

Clarke no dijo palabra durante un rato, mientras Whitby daba golpecitos en la mesa con un lápiz.

—¿Se encuentra bien, milord? No tiene buen aspecto.

Whitby alzó una mano para disipar los temores de Clarke.

—Me encuentro bien.

Clarke miró a Whitby brevemente, presa de cierta inquietud. Él sintió que empezaba a sudar y respiró hondo para calmarse.

—¿Desea usted que averigüe entre el servicio? —inquirió Clarke, para volver al asunto que los ocupaba—. Quizá lord Magnus quiera ofrecer una recompensa a alguien.

—¿Cómo? —dijo Whitby, burlón—. Si apenas tiene suficiente dinero para mantener su caballo. No podría ofrecer gran cosa.

Whitby se giró en su silla y miró por la ventana hacia el paisaje de sus dominios.

—Me pregunto si ya sabe lo de mi matrimonio. Es probable, si se ha enterado de la enfermedad.

—Sí, milord.

Whitby abrió y cerró el puño, intentando controlar su rabia. Se recordó que no podía perder la calma. No podía permitir que Magnus lo afectara de esa manera. Aquellos tiempos habían terminado.

La prioridad ahora era proteger a Lily, así como proteger a Annabelle de cualquier futuro acoso. Era evidente que los últimos acontecimientos habían vuelto a despertar las ambiciones de Magnus. Sin embargo, si Magnus veía con tanto optimismo su posición en la cadena de la herencia, enterarse de su boda debía de haber sido un duro golpe para él, y ahora no estaría demasiado contento. Incluso era posible que quisiera actuar impulsado por esa rabia, como lo había hecho en el pasado con John, su hermano.

Whitby detestaba la idea de volver a verse con Magnus, sobre todo en su estado actual, pero tenía que hacerle saber que el condado no pasaría a sus manos en el futuro.

También quería que supiera que, a pesar de las apariencias, él todavía era más que capaz de proteger a su mujer y a su hermana.

Volvió a abrir y cerrar el puño, y luego se giró para mirar a Clarke.

—Encárgate de que tengan el coche listo para salir.

—¿Milord?

Whitby vio la curiosidad en la mirada de su mayordomo, y no quiso mantenerlo al margen de sus planes.

—Tengo la intención de proteger a mi familia, Clarke, y quiero acabar con esta disputa de una vez por todas. Esta noche iré a Londres y veré a Magnus mañana por la mañana. Y, si la suerte me acompaña, me desharé de él para siempre.

Magnus Wallis vivía con su madre en una casa de una planta en los suburbios pestilentes de Londres en un barrio nada adecuado para el nieto de un conde.

Whitby se presentó en su coche negro y lustroso, identificable por su escudo, a las diez de la mañana. No esperó a que el cochero bajara el estribo, y él mismo abrió la puerta y bajó. Estaba impaciente. Quizá se debía al hecho de haberse recuperado de una enfermedad que supuestamente acabaría con su vida. De pronto quiso ceder al impulso de abordarlo todo de manera decidida, sin dejar ningún asunto por tratar para más tarde. Había aprendido de forma muy brutal que quizá no habría un más tarde.

—No tardaré mucho —avisó al cochero. Cruzó el patio, donde un chivo negro atado a un poste balaba ruidosamente. El hedor penetrante del gallinero adosado a un lado de la casa llegó hasta él al plantarse ante la puerta. Un gato gris acomodado en una silla mecedora dio un salto y escapó en la dirección opuesta. El animal probablemente intuía que los próximos minutos no serían agradables.

Whitby alzó un puño y llamó enérgicamente a la puerta pintada de azul. Al cabo de un momento, ésta se abrió, y se encontró ante Carolyn, la madre de Magnus. Llevaba un vestido marrón deshilachado, manchado con lodo en los bajos. Por todo abrigo, tenía un chal de lana sobre los hombros.

Había envejecido desde la última vez que la viera, hacía cinco años. Aquélla también había sido una visita desagradable.

Whitby vio su mirada de asombro, y tuvo que meter la bota negra recién lustrada en el vano para impedir que le cerrara la puerta en las narices.

—Quiero hablar con tu hijo.

—No anda por aquí —dijo ella, con una mirada odiosa—. Y aunque estuviera, no dejaría pasar a gente como tú.

Whitby no quitó el pie con que seguía haciendo cuña en la puerta. Se limitó a mirar a la mujer.

Ella le lanzó una mirada de desprecio.

—Pensaba que ya estarías muerto.

—¿Pensabas o esperabas? —inquirió él.

—Esperaba está mejor dicho.

Whitby inclinó la cabeza.

—Siento decepcionarla, señora. ¿Dónde está tu hijo?

—Ya te he dicho que no anda por aquí —dijo, y empujó con más fuerza la puerta contra el pie del conde.

Whitby se inclinó con todo su peso.

—Entonces tendrás la amabilidad de informarme dónde puedo encontrarlo.

La puerta se abrió inesperadamente del todo y Carolyn miró por encima del hombro. Detrás estaba Magnus, imponente a su lado. Como Whitby, Magnus era un hombre alto.

Sin embargo, ahí acababa toda similitud entre los dos. Whitby tenía un pelo rubio dorado y el de Magnus era negro azabache, oscuro como la noche, del mismo color de sus ojos. Whitby sabía sonreír y podía ser encantador. Magnus sólo sabía fruncir el ceño y mirar el mundo con desprecio. Él nunca lo había visto reír, salvo cuando aplastaba algún bicho con el zapato.

Whitby se plantó frente a Magnus. Con una mirada, calibró la hostilidad de su primo, mientras intentaba adivinar qué pasaba por su cabeza. ¿Estaba sorprendido de encontrarlo vivo o sabía ya de su recuperación, además de estar enterado de que se había casado?

Finalmente, Magnus dio un paso atrás y abrió la puerta. El gesto, al parecer, no agradó a su madre, pero era evidente que su opinión no contaba para su hijo.

—Vete a la cocina, madre —dijo Magnus, sin dejar de mirar a Whitby con hostilidad.

Carolyn obedeció y los dejó solos. Whitby entró y Magnus cerró la puerta.

—La última vez que viniste —dijo Magnus—, me diste una paliza. No debería dejarte entrar sin más.

—Te lo merecías —respondió Whitby—, por lo que le hiciste a Annabelle.

En la mirada de Magnus asomó un brillo de satisfacción perversa.

—Al contrario de lo que crees, Annabelle disfrutó enormemente de lo que le hice.

Sin siquiera darse tiempo a pensar en una respuesta, Whitby le propinó un puñetazo en toda la cara. Magnus lo encajó sin pestañear. Se quedó donde estaba, se cogió la mandíbula con una mano y se la movió de lado a lado para asegurarse de que no estaba quebrada.

Luego, apenas le sonrió a Whitby, como felicitándose de haber suscitado esa reacción en él, aunque le hubiera costado un puñetazo en la cara.

También a Whitby el golpe le había costado lo suyo, porque ese brusco movimiento lo había hecho tambalearse. Tuvo que hacer un gran esfuerzo para ocultarlo.

Whitby se dio media vuelta y entró en el salón. Nada había cambiado en los últimos cinco años. La alfombra todavía necesitaba una limpieza, descolorida como estaba por el roce del polvo de carbón.

Se volvió nuevamente hacia Magnus.

—Pensabas que el título sería tuyo y has venido a mi casa pidiendo ver a Annabelle, después de darme tu palabra de que nunca volverías a ponerte en contacto con ella. ¿Qué intenciones traías?

—Proponerle matrimonio, desde luego. Si me quedaba con las propiedades, no podía echarla de casa, ¿no?

Whitby tragó saliva para contrarrestar la bilis de su ira.

—Y ¿esperas que yo me lo crea?

—Es la verdad.

Whitby sacudió la cabeza.

—Hace cinco años sedujiste a Annabelle para perjudicarme a mí.

—Sí, es verdad. Y funcionó, ¿no te parece? Todavía funciona. Me alegro de verlo.

Whitby le dio la espalda y se acercó a la repisa de la chimenea. Se quedó mirando un rato un cuadro de un pescador en una barca en medio de un lago. La niebla flotaba sobre las aguas tranquilas. De la imagen emanaba una singular tranquilidad.

Y entonces frunció el ceño. Aquel cuadro no se correspondía con la sala, porque ahí no reinaba tranquilidad alguna. Aquel cuadro merecía estar en otra parte.

Tardó un momento en recuperar la calma, pero miró por encima del hombro cuando los pasos de Magnus hicieron crujir las tablas del suelo. Su primo se le acercó.

—Si me hubiera casado con Annabelle, te habrías revolcado en tu tumba, ¿no?

Whitby lo miró fijamente.

—Sin embargo, como puedes ver, no he muerto.

—No, por desgracia, no. Y, según he sabido, ahora eres un hombre casado.

Whitby no contestó.

—La hermana de un duque, ni más, ni menos. Bien hecho. He sabido que es una bella mujer. Me gustaría conocerla.

Aquello era demasiado. Whitby no estaba dispuesto a tolerar ni una sola insinuación más de Magnus. Había acudido allí a poner fin a una situación, y era precisamente lo que iba a hacer. Dio un paso adelante, le lanzó una mirada de desdén a su primo, a sólo centímetros de su cara. Magnus aguantó la mirada, y no se movió ni un ápice de su sitio.

—Es verdad que me he casado —dijo Whitby—, y esperamos tener un hijo antes de un año. Pronto serás desplazado de tu condición de heredero, de modo que te pido, como caballero, que dejes a mi familia en paz y te vayas con tus ambiciones, por decirlo de algún modo, a otra parte.

Magnus se giró y fue hacia el extremo opuesto de la sala.

—Y ¿a dónde le placería al señor que me las llevara?

Whitby conservó la calma.

—A donde quieras. Hace años que estás económica y socialmente marginado de la familia y, si bien nunca me arrepentiré de eso, ahora prefiero pensar en el futuro en lugar del pasado. Y ya que quiero hacer borrón y cuenta nueva, estoy dispuesto a proporcionarte unos ingresos, como habría sido apropiado si tu padre no hubiera sido una... *decepción* tan grande para nuestro abuelo. Con una condición. Que abandones Inglaterra.

Magnus lo miró con un odio reconcentrado.

—¿Cuánto?

—Cinco mil al año.

Magnus ahogó una risilla.

—No es suficiente.

—Diez mil —dijo Whitby.

Maldita sea, cómo odiaba aquella situación. Detestaba tener que negociar con aquella víbora traicionera. Un mes antes, ni siquiera habría contemplado tal posibilidad, y casi cedió al impulso de retirar la oferta. Quería salir de ahí para declararle a su primo la guerra abierta.

Pero no podía. No podía a causa de Lily. No quería una guerra en su patio trasero. Era muy probable que Magnus hubiera matado a John. Whitby no podía estar seguro de que no volvería a cometer una barbaridad semejante.

Sólo quería que Magnus desapareciera.

Magnus empezó a pasear por la sala, frotándose exageradamente el mentón y cuando habló lo hizo con tono burlón.

—¿Diez mil, dices? Vaya, vaya, suena tentador. Podría ir a Roma con mi madre.

Whitby volvió a apretar los puños. Tuvo que hacer un esfuerzo para recordar lo que acababa de decirse. Que la seguridad de Lily era lo único que importaba. Porque, en ese momento, aquel odio profundo estaba a punto de hacerlo estallar.

Magnus dejó de pasearse y frunció los labios.

—Tentador, pero no, gracias. No es suficiente.

Whitby apretó los dientes.

—¿Cuánto sería necesario para deshacerme de ti?

Magnus siguió pensando.

—Lo de las cinco mil libras al año suena interesante, así que éstas son mis condiciones. Tú te quedas con las cinco mil al año, y puedes quedarte con el título y la casa, porque la ley dice que así debe ser, pero yo lo administraré todo y *tú* abandonarás Inglaterra —dijo Magnus, y desvió la mirada—. Ah, y una última cosa —dijo, volviendo a mirar a Whitby—. Me darás a Annabelle.

A los ojos de Whitby fue como si la sala se tiñera toda de rojo. Miró a su primo con ira no disimulada. Había acudido para poner fin al pasado que los unía, dispuesto a devolver a Magnus una parte de lo que le habían quitado a él y a su padre hacía tantos años, es decir, su relación económica con la familia, aunque la relación se hubiera roto por buenos motivos, y tras escuchar la oferta que le había hecho, Magnus le había poco menos que escupido a la cara.

El tiempo de las negociaciones entre caballeros se había acabado. Whitby respiró hondo y soltó el aire lentamente. Avanzó dos pasos largos hacia su primo y habló con tono resuelto.

—He venido hoy aquí a poner fin a la disputa —dijo—, pero veo que tú no quieres ponerle fin. Es asunto tuyo. Pero te aseguro una cosa, si alguna vez das un solo paso para acercarte a mi mujer y a mis futuros herederos, te mataré.

—Y yo estaré agradecido por tener la oportunidad de matarte a ti en defensa propia.

Whitby pensó que eso era lo que lo distinguía de su primo. Él no disfrutaba de aquel antagonismo. Tampoco disfrutaba de aquella riña. Pero Magnus sí que lo hacía.

Dio media vuelta, salió de la casa y se dirigió a grandes zancadas al coche. En cuanto se cerró la puerta del vehículo, se dejó caer en el asiento y tuvo que esforzarse para vencer el violento mareo que lo sacudió.

—Dios mío, ayúdame a llegar a casa —murmuró, y cerró los ojos, sintiendo que el coche se ponía en marcha—. Y gracias por no dejar que me derrumbara en el patio.

Capítulo 26

*L*ily se había propuesto entrar en Century House con optimismo y las mejores esperanzas y, en su opinión, había tenido bastante éxito. De hecho, estaba orgullosa de sí misma. Después de que la condujeran a sus aposentos el día anterior, se dijo una y otra vez que todo iría bien. Al vestirse para la cena, recordó que Whitby le había asegurado que no se arrepentía de haberse casado con ella, por lo cual no tenía nada que temer. En Century House serían enormemente felices.

A la mañana siguiente, cuando se despertó a solas en su nueva habitación, en una cama que no le era familiar, con mantas que no la abrigaban lo suficiente, se encontró cavilando con preocupación sobre dónde habría ido su marido la noche anterior. No se había presentado a cenar, y Lily ignoraba el motivo. Ella y Annabelle sólo sabían que había viajado a Londres a ocuparse de un asunto personal.

Lily se quedó despierta hasta después de las dos de la madrugada, decepcionada por la partida de Whitby, ya que tenía que hablarle de algo. Quería darle la feliz noticia de que ayer se cumplían tres días de retraso de su menstruación, lo cual era del todo inusual en ella.

A la vez, no quería preocuparse pensando que Whitby había ido a Londres para disfrutar de sus habituales diversiones nocturnas. Cada vez que esa idea le venía a la cabeza, la deshechaba de inmediato.

Eran las últimas horas de la tarde y Lily estaba sentada en el salón, esperando que Annabelle la acompañara a tomar el té, cuando miró por la ventana y tuvo un sobresalto al ver un coche que se acercaba a la casa.

Era él.

Sintió un cosquilleo en el estómago de la emoción, aunque también cierta aprensión. Se recogió la falda para salir a toda prisa al pasillo a recibirlo. Le preguntaría dónde había estado y en qué asuntos había tenido que resolver.

No. Puede que en su opinión, eso fuera una intromisión. Se limitaría a echarle los brazos al cuello y besarlo cien veces. Y, desde luego, le contaría la buena nueva.

Ay, qué cosas pensaba, caviló, mientras iba a toda prisa por el pasillo. La mayoría de las mujeres estarían enfadadas con un marido que sale de casa sin decir palabra.

Bajó las escaleras a toda prisa, con pasos que tamborileaban de lo rápido, y entonces vio a Clarke, que se dirigía pausadamente a la puerta para recibir a Whitby, que le entregó su abrigo y su sombrero. Lily se quedó parada a medio camino.

Whitby y el mayordomo hablaron en voz queda y luego Whitby se dirigió a su estudio en la primera planta. Se detuvo en seco al mirar hacia arriba y ver a Lily. Pareció vacilar y tardó un par de segundos en sonreírle.

—Buenas tardes —dijo.

Ella lo miró sonriendo, aunque fue una sonrisa forzada. Le entró una especie de miedo, porque algo en su marido le decía que no era el de siempre. Su sonrisa no parecía verdadera.

—Buenas tardes.

—Ven —dijo Whitby, tendiéndole la mano.

Lily quiso parecer relajada mientras bajaba las escaleras. Cuando llegó a su lado, él le acarició la mejilla y la miró por un momento. La besó brevemente en los labios.

—Te he echado de menos —dijo ella.

Se quedaron mirando unos segundos, un poco incómodos, y Lily sintió que de pronto eran dos extraños. No era lo que había sentido cuando él le hacía el amor en Wentworth. Allí, cuando hacían el amor, ella creía saber todo lo que él quería, y no sólo las necesidades y deseos de su cuerpo. En esos momentos y días maravillosos, a diferencia de ahora, estaban estrechamente unidos. Ahora, de pronto, no sabían qué decirse.

Lily buscaba algo que decir para llenar el silencio.

—¿Dónde has ido?

Y ya estaba con las preguntas de una esposa entrometida.

Él vaciló, y ella se arrepintió de haber preguntado.

—Lo siento —dijo ella, sin darle tiempo a responder—, no es asunto mío.

Él la miró un momento.

—Claro que es asunto tuyo. Eres mi mujer. He ido a Londres porque he tenido que lidiar con… un asunto difícil.

Ella arqueó las cejas.

—¿Un asunto difícil? ¿Ha ocurrido algo?

—Sí, y me temo que es más bien escandaloso.

—No me gusta como suena —dijo ella.

Él sacudió la cabeza.

—No, no es lo que piensas. Tuve que ir a hablar con mi primo, Magnus.

—Para contarle lo de nuestro matrimonio.

—Sí, y para asegurarme de que, en el futuro, se mantenga alejado de aquí.

Lily sintió un asomo de pánico. No había imaginado que Magnus fuera todavía una amenaza.

—¿Has ido a verlo a su casa?

Whitby le puso una mano en el hombro, como para darle seguridad.

—Sí. Fui a verlo porque, no sé cómo, estaba enterado de mi enfermedad, y se podría decir que ya estaba pensando en cómo reordenar los muebles de nuestra casa. He creído necesario informarle que muy pronto tendrá que renunciar a su posición en la línea de la herencia del título, y quería asegurarme de que no se atreviera ni siquiera a lanzar una mirada en tu dirección.

Lily entendía el por qué de su preocupación, porque sabía lo que Magnus le había hecho a John, el hermano de Whitby, y cómo había ultrajado a Annabelle. Pero no le gustaba la idea de que su marido estuviera en la misma habitación con ese hombre.

—Me imagino que no habrá sido fácil —dijo.

El rostro de Whitby se ensombreció.

—No, no ha sido fácil —dijo él, y calló. Se pasó la mano por el pelo—. Nunca me perdonaré por lo que pasó con Annabelle, y me he jurado que nunca dejaré que vuelva a ocurrir algo parecido.

Lily carraspeó, nerviosa.

—Pues, puede que Magnus pierda la opción al título de heredero antes de lo que te imaginas. Te lo quería contar anoche... Existe una posibilidad de que hayamos tenido éxito en las últimas semanas.

—¿Tenido éxito?

—Me tendría que haber venido la menstruación hace unos días —dijo ella—, y nunca me retraso. Creo que es posible que esté embarazada.

Él se la quedó mirando con expresión vacía.

A ella se le borró la sonrisa de la cara.

—Es una buena noticia, ¿no crees?

Él tardó un momento en responder. Estaba pálido y daba la impresión de que también estaba sacudido.

Ella se sintió igual. Creía que aquello era lo que Whitby deseaba, pero ahora no estaba tan segura, y sintió que el corazón le daba un vuelco.

—Ya lo creo que es una buena noticia —dijo Whitby, por fin—. Una muy buena noticia.

Apartó la mano de su mejilla y le acarició suavemente la mano con el pulgar.

—Estoy bastante cansado —dijo—. Ha sido un día largo y supongo que todavía no estoy recuperado del todo. Creo que me retiraré a descansar. Quizá puedas pasar un rato con Annabelle.

—De acuerdo —dijo ella, procurando que su tono fuera ligero—. Desde luego, debes estar agotado.

Sin embargo, el corazón le pesaba porque, a pesar de las veces que Whitby le había dicho que no se arrepentía de casarse con ella, Lily tenía que reconocer que aún no lo creía. Intuía que todo era una mentira y que ella también se había mentido a sí misma. Su esperanza y su amor apasionado por Whitby la habían cegado ante la verdad: que él no quería estar junto a ella como ella junto a él. Y ahora sentía que aquello le destrozaba el corazón, porque empezaba a barruntar que él no tenía el mismo deseo que ella de tener un bebé.

Whitby se sentó en su silla de trabajo, apoyó los codos en las rodillas y se inclinó para dejar descansar la cabeza entre las manos. Luego cerró los ojos.

Lily estaba embarazada, y lo único en que él atinaba a pensar era en su bella madre, postrada en la cama mientras alguien tendía una sábana para taparle el rostro pálido, casi fantasmal.

El corazón se le aceleró. Todo había ocurrido tan rápido. Creyó que iba a morir. Luego supo que no y, ahora, se sentía como si se acabara de despertar de un sueño para descubrir que estaba casado, con Lily. Y que ella estaba embarazada.

De todas las mujeres del mundo, ¿por qué tenía que ser ella?

Dios mío, si apenas había tenido tiempo para acostumbrarse a la idea y prepararse.

Miró hacia la ventana iluminada, sintiendo los ojos irritados por la falta de sueño. Tenía que pensar en una manera de salir de aquello, porque tenía que hacerlo, por Lily. No podía abandonarse a la idea de que todo era ahora como había sido antes de que él enfermara, cuando era un hombre sin preocupaciones en este mundo. Porque él había dejado de ser ese hombre. Ahora tenía algo de que preocuparse, aunque fuera pasajero. Y eso le asustaba mucho.

Capítulo 27

*A*l día siguiente, Lily pensó que tendría que decidir cómo iba a sobrevivir en aquel matrimonio.

Casi lo había definido como un matrimonio sin amor cuando, horas antes, paseaba por el jardín con Annabelle, compadeciéndose de sí misma en voz alta. Pero eso no era del todo verdad. Había mucho amor entre ella y Whitby. Sólo que ella era la única depositaria de todo ese amor.

¿Era posible que una sola persona pudiera sacar adelante un matrimonio?, se preguntaba Lily mientras se dirigía a su habitación y, en el camino, se desabrochaba la capa. En ese momento, creía que ella podía. Haría cualquier cosa por Whitby. Ella le había dicho que no importaba si él no la amaba como ella lo amaba a él. Lily creía que podría vivir así, si eso le permitía convivir con él.

Sin embargo, ahora que estaba ahí, empezaba a darse cuenta de que quizá no estuviera tan dispuesta a sacrificarse como creía. No cuando se trataba de Whitby y de lo que ella quería y necesitaba de él.

De pronto pensó en su madre, y en lo frustrante y dolorosa que había sido, y seguía siendo, su relación. Era como vivir toda la vida con una sed que no podía saciar.

Jamás se imaginó que tendría que vivir eso con Whitby. Incluso llegó a pensar que, al casarse con él, escapaba de ese tipo de vida. Así que ahora tenía el corazón destrozado porque se daba cuenta de que era lo mismo. Era exactamente lo mismo.

Y ella, ¿qué podía hacer?

Entró en su habitación, se quitó el sombrero y lo dejó sobre la cama. Se sentó a su mesa, apoyó el mentón en una mano y se preguntó qué haría Sofía. Lily sabía que para su cuñada las cosas no habían sido fáciles en los primeros meses de su matrimonio. James nunca había tenido la intención de amarla, y se lo había dicho de la manera más brutal.

Sin embargo, Sofía no lo aceptó. Nunca renunció a su sueño de amor, y su arma fue la paciencia. No presionó demasiado y, a la larga, acabó por ganarse el corazón de James. Ahora estaban más unidos que cualquier otra pareja, y eso era lo que ella quería y necesitaba tener con Whitby.

Así que escribió la palabra PACIENCIA en un trozo de papel, lo plegó y decidió utilizarlo como punto para marcar las páginas. Así se recordaría que en el futuro siempre había una esperanza de felicidad, cuando no en el presente mismo. Llevaba tanto tiempo esperando a Whitby. Podía esperar otro poco. Al fin y al cabo, todo aquello era muy nuevo. Tenían toda la vida por delante, y era indudable que en el transcurso del tiempo y con las horas que pasaran juntos cultivarían una mayor intimidad.

Por lo tanto, Lily hizo todo lo posible durante la próxima semana para estar contenta con su nueva vida en Century House. Disfrutaba de sus paseos diarios con Annabelle, que se estaba convirtiendo rápidamente en una amiga querida. Ella y Lily hablaban de libros y de música y Annabelle, que adoraba pintar, le enseñaba a Lily todo lo que sabía. Pasaban horas pintando juntas en el aire fresco del otoño, los dos caballetes uno junto al otro, y los intentos de Lily de captar el paisaje empezaban lentamente a rendir sus frutos, aunque ella no estaba segura de qué eran esos frutos.

Whitby cobraba fuerzas día a día y, en cuanto pudo montar, comenzó a visitar sus tierras y a participar más decididamente en su administración.

Una tarde salió a montar y llegó hasta donde Lily y Annabelle pintaban. Parecía de verdad impresionado con las primeras tentativas de Lily para convertirse en artista.

Ella le sonrió y le dijo que debería dedicarse al teatro.

Él le guiñó un ojo desde lo alto de su montura y luego arrancó a galope tendido. Aquello ilustraba bastante bien las cosas entre ellos. Él siempre era encantador y seductor, y ella siempre estaba contenta y sonriendo, entreteniéndolo cuando podía de día, y dándole placer, y tomándolo de él, por la noche.

Sin embargo, nunca hablaban de nada trascendente, aparte el hecho de contarse las respectivas actividades del día. Por otro lado, cuando estaban en la cama sabían con toda desinhibición cómo satisfacerse mutuamente en el plano físico, y ella al menos estaba agradecida por eso.

Lily se aferraba a la esperanza secreta de que darle un hijo a Whitby los acercaría. Seguro que los acercaría.

No tardó en mandar a buscar al médico cuando, al cabo de una semana, seguía sin tener la menstruación y comenzaba a tener dolor de garganta.

Por desgracia, la noticia de que Lily esperaba un hijo no fue motivo de celebración alguna porque el doctor enseguida dio un segundo diagnóstico: era muy probable que Lily estuviera aquejada del mismo mal que había postrado a Whitby en Wentworth Castle.

Por la noche, cuando el médico ya se había marchado, Whitby se encerró a solas en su estudio una hora larga y se quedó sentado en una silla junto al fuego. Observó las llamas y recordó a Lily cuando sólo era una niña. Él se había mostrado muy protector en aquel entonces y, aunque hubieran cambiado ciertos aspectos muy importantes de su relación, seguía sintiéndose demasiado protector. Lily era su mujer.

Más tarde, cuando las llamas se apagaron y él se dio cuenta de que miraba un tronco solitario que parecía latir con un fulgor rojo hipnotizador, respiró hondo y se incorporó. Era muy tarde. Tenía que verla.

Así que se dirigió a los aposentos de su mujer, como solía hacer, aunque esta vez se sintió muy diferente al llamar a su puerta porque, en las presentes circunstancias, no podía soslayar el hecho de que, en otra época, había sido la habitación de su madre. Y en lugar de la lujuriosa emoción que estaba acostumbrado a experimentar cuando visitaba a Lily en su cama, un terror agónico se apoderó de sus sentidos. No quería hacer el amor con ella esa noche. Sólo quería saber cómo se sentía. No quería cansarla.

—Adelante —dijo Lily, desde el interior. Él abrió la puerta y entró.

Lily se estaba acomodando para sentarse apoyada contra la cabecera. Por la maraña de su pelo y el enredo de las mantas, Whitby supo que había estado durmiendo. Sin embargo, le sonreía, como queriendo ocultar que él la había despertado.

Como si fuera un ángel o un demonio susurrándole al oído, su ego hastiado de siempre le decía que debía tener cuidado y protegerse, sobre todo ahora que ella estaba enferma y embarazada.

Entró en la habitación y se sentó al borde de la cama.

—Te he despertado —dijo.

—No, qué va —respondió Lily—. Sólo estaba descansando.

—¿Cómo te sientes esta noche? —preguntó él, cogiéndole la mano.

—He tenido mejores momentos.

Por un momento, Whitby imaginó cómo serían las próximas dos semanas. Pensó en la fiebre y el cansancio, y se imaginó a Lily luchando para recuperarse, cómo él.

—¿Quieres que mande a avisar a tu madre? —preguntó.

—No.

Whitby advirtió la hostilidad latente en su voz.

—¿Estás segura? Quizá sea una buena oportunidad para…

—No, Whitby, no necesito verla. No quiero verla —dijo, y desvió la mirada—. Además, de todas maneras, dudo que viniera.

Él asintió, decidiendo que dejaría pasar el asunto, porque no estaba seguro de que Lily no estuviera en lo cierto, y no quería herirla con su rechazo.

—¿Cómo está tu garganta?

Ella tragó con molestias.

—Está irritada. No he tenido ganas de cenar.

Él le acarició el dorso de la mano con el pulgar.

—Me acuerdo de cómo me sentía yo, pero tienes que tratar de comer, querida, aunque no tengas ganas. Necesitas estar fuerte.

—Sí. —A Lily se le iluminó el rostro con una sonrisa y se llevó una mano al vientre—. Es verdad.

Whitby le miró el vientre liso y se dio cuenta de que le costaba comprender la idea de que un bebé —el bebé de *ellos*— pudiera crecer en sus entrañas. Significaba que le esperaba un futuro, una vida diferente a todo lo que había conocido. Era asombroso, maravilloso y, a la vez, daba miedo.

—Hemos sido muy eficientes —dijo, con una sonrisa deslavada.

Ella le lanzó una mirada juguetona.

—Sabía que así sería. Hemos hecho todo lo necesario para hacer un bebé.

Él ahogó una risilla y, aunque no había venido a hacer el amor con Lily, sintió un asomo de excitación, despertado por ese exquisito toque de intimidad en su voz y el brillo provocador en sus ojos. El hecho de que tuviera el camisón desabrochado en el cuello, ofreciéndole un atisbo de la hendidura de sus pechos suaves y generosos hacía mucho más difícil recordar que esa noche Whitby se había propuesto no comportarse como un egoísta irresponsable. Sólo pensaba en el bienestar de Lily.

Lo más escandaloso del asunto era que no podía mantener las manos alejadas de su mujer, incluso cuando deseaba apartarse de ella. La deseaba con la fuerza y la pasión de una tormenta, y cuando ésta llegaba, era tal su ímpetu que él perdía la razón. Ya no recordaba qué era eso que lo asustaba porque cuando hacía el amor con Lily, cuando estaba dentro de ella, se sentía como si hubiera encontrado un puerto seguro.

Por eso era una situación tan difícil de sobrellevar. No quería perderla.

Miró en sus ojos un momento, intentado sustraerse a su embrujo. Lily estaba enferma y él tenía que abstenerse.

—Es importante que descanses todo lo posible —dijo. Y ahora que sabemos que tu enfermedad es contagiosa, supongo que ni siquiera debería tocarte. No debería venir a tu cama durante un tiempo.

El brillo juguetón y alegre de la mirada de Lily se desvaneció y su sonrisa se convirtió en una mueca, con el ceño fruncido.

—Oh.

—Sólo quiero estar seguro de que mejorarás. —Y era toda la verdad.

Aún así, vio en sus ojos que estaba dolida. Ella lo miró durante un momento incómodo.

—Whitby, si no podemos pasar la noche juntos, me temo que...

Al parecer, le costaba encontrar las palabras adecuadas.

—¿Qué intentas decirme, Lily?

Ella bajó la mirada.

—Te he notado distante desde que llegamos aquí. No es como en Wentworth.

Él tragó saliva. ¿Cómo podía responder a eso? Su primer impulso fue decirle que acababa de decir una tontería. Por supuesto que todo iba bien.

Era lo que él se había propuesto como hombre casado. Quería hacer todo lo necesario para que ella estuviera feliz y se sintiera amada, aunque no fuera verdad. Quería mostrarse encantador con ella y hacerla sonreír.

Sin embargo, ahora sentía el impulso inexplicable de revelarse a ella, quizá con el mismo propósito de darle seguridad y hacerla feliz.

Una conducta como ésa estaba más allá de su experiencia y de la naturaleza de su relación con las mujeres, y cuando logró articular una respuesta, fue como si el mundo comenzara a girar en sentido contrario.

— En Wentworth creí que me moría, Lily. Curiosamente, saber que voy a vivir y que pasaremos toda nuestra vida juntos, lo... complica todo. Ha sido todo un cambio.

Lily lo miraba con los labios entreabiertos.

—¿Tienes alguna reserva a propósito de nuestro matrimonio?

Sí, las tenía. Pero no lo confirmó con palabras ni con gestos porque sabía que le haría daño.

Lo dijera o no, ella lo sabía como si lo proclamara en voz alta. Parecía que ella siempre sabía cosas acerca de él, o intuía cosas, lo cual era un poco inquietante. Ahora, sus planes para pasarse la vida intentando convencerla de que era feliz se le antojaban una absurda pérdida de tiempo.

—Me dijiste que nunca te arrepentías de haberte casado conmigo —dijo Lily—, pero yo no lo creo. —Se miró las manos—. Hay una parte en ti que desea que tu vida fuera como antes de que viajaras a Wentworth y te enfermaras. ¿No es así?

Pero ¿era eso lo que de verdad quería?, se preguntó Whitby de pronto, mirando en los ojos inquietos de Lily. Una parte de él sí quería, sobre todo ahora que ella estaba enferma, pero otra parte no lo quería.

—No, Lily, no es eso lo que quiero.

—Porque yo podría darte una nulidad matrimonial si la quisieras —siguió ella, como si él no hubiera hablado. Como si no llevara su hijo en las entrañas.

Whitby vio la pasión en sus ojos, el prurito de discutir con él. Era la Lily de siempre, la pequeña que le pedía que la persiguiera, aunque él no estuviera de ánimo.

—Deseo ser tu esposa más que nada en el mundo —dijo—. Siempre lo he querido. Pero no querría ser nunca un peso para ti, y empiezo a temer que no podré vivir aquí contigo si tú no quieres de verdad estar conmigo.

Él le tomó la cara entre las manos.

—Yo sí quiero estar contigo.

Su mirada no se suavizó. Whitby comenzaba a percibir que Lily tenía cierta ansiedad reprimida desde hacía algunos días, y que ahora estaba a punto de estallar.

—Sólo en la cama —dijo ella, con tono firme—. Pero nunca hablamos de lo importante. Nunca me cuentas cómo te sientes a propósito de las cosas, y parece que nada te molesta. Pero yo quiero conocerte mejor. Quiero saber acerca de tu infancia y de tus padres...

—Nada de eso tiene que ver con nuestro matrimonio.

—¡Tiene todo que ver! James me contó lo de todas las niñeras que tuviste de pequeño.

Whitby le lanzó una mirada feroz que fue como una dura advertencia. A Lily se le heló la sangre. Y él se apartó de ella.

Lily se lo quedó mirando, anonadada. Al cabo de un momento, inclinó la cabeza con un gesto de derrota.

—Me siento como si todas las sonrisas de las últimas semanas hubieran sido una farsa. He intentado ser paciente y aceptarlo. Pero ahora creo que no puedo, si no podemos pasar la noche juntos, no. Sé que no es culpa tuya, y que mi enfermedad es contagiosa, pero quiero que la verdad salga a la luz, Whitby. Lo único que alguna vez he querido era sinceridad y transparencia en un matrimonio. Estoy cansada de fingir que todo va bien.

Él volvió a mirarla y sacudió la cabeza.

—¿Qué verdad? No entiendo qué quieres de mí. ¿Quieres que te diga que desearía no haberme casado contigo? ¿Eso es lo que quieres? Porque no pienso decirlo.

—¿Aunque sea verdad?

Whitby no tenía una respuesta. Se incorporó y fue hasta la ventana.

Lily echó a un lado las mantas y abandonó la cama.

—Los dos sabemos que no te habrías casado conmigo si no hubieras creído que te estabas muriendo. Yo lo sabía y me casé contigo de todos modos, así que no tiene sentido negarlo. Los dos nos prestamos a esto con los ojos abiertos. Pero ahora tengo la impresión de que te sientes atrapado, que sientes que te has metido en un lío conmigo y que tienes que quedarte aquí, cumplir con tus deberes y cuidarme mientras estoy enferma, cuando lo que en realidad quieres es volver a ser un hombre libre.

Whitby sintió que su irritación iba en aumento.

—¿De dónde diablos has sacado eso? ¡Yo no quiero ser un hombre libre!

Ninguna mujer lo había empujado tanto ni tan lejos en toda su vida. Y, en ese momento, más que nunca, no quería que lo empujaran. Ya había dado mucho de sí. Maldita sea, había renunciado a su libertad por Lily. Había pronunciado sus votos de fidelidad ante Dios y había concebido un hijo con ella.

¿Acaso no era suficiente?

—La cuestión es —dijo, dando un paso hacia ella con ira contenida—, que me casé contigo, sí, y no importa por qué ni cómo. Eso ha quedado en el pasado. Lo que importa ahora es que tú eres mi mujer y que esperas un hijo mío. Y *¡maldita sea!* He hecho todo lo que puedo para hacerte feliz y para ser el marido que tú quieres. Vengo a tu cama todas las noches.

Lily se lo quedó mirando, y en sus ojos azules encendidos todavía se adivinaba la frustración.

—¿Lo ves? Haces todo eso porque crees que *yo* lo deseo, no porque *tú* lo quieras. Lo único que quiero es que hables conmigo. Quiero saber qué sientes.

Cuando él guardó silencio, ella se apartó de él y dejó vagar la mirada hasta el suelo. Su voz se hizo más suave.

—Creo que los dos nos hemos puesto en una situación difícil. Tú tienes entre manos a una mujer que nunca quisiste y yo me doy cuenta de que he sido una ingenua y que ni siquiera sabía en qué me estaba metiendo. Todos intentaron decírmelo, pero yo no quería creerlo. Sólo te quería a ti, al precio que fuera. Pero ahora no estoy tan segura.

—¿No estás tan segura? —repitió él, enfurecido. Lily le había dicho que lo amaba, pasara lo que pasara. Y, al contrario de lo que ella pensaba, él también la amaba. ¡Sí que la amaba! La amaba de la única manera que conocía. Por todos los santos, ¡si se había casado con ella! Y ¿ahora se le ocurría cambiar de opinión?

Sintió que la rabia le hinchaba las venas hasta que estaban a punto de estallar. Él no había pretendido nada de eso. Tampoco quería sentirse de esa manera.

—Tú fuiste la que viniste a mí, con la sola idea de darme un heredero. ¿Recuerdas?

—Sí —dijo ella, y asintió—. Pero tú entonces eras diferente. En tu manera de acogerme y de hablarme. Yo creí que podías de verdad amarme. Pero me enamoré de un hombre que, en realidad, no existe. Ese hombre murió cuando supiste que vivirías.

Dios mío. Él no se merecía eso.

—Llevamos menos de un mes casados, Lily —dijo—. Me exiges demasiado. No puedo dejar de ser el que soy de la noche a la mañana. Ya quisiera, pero no puedo.

—¿Soy yo? —preguntó ella, y Whitby se preguntó si había oído algo de lo que él acababa de decir—. ¿No soy el tipo de mujer que encuentras interesante?

Dios mío, qué pesadilla.

—Claro que te encuentro interesante. Sólo que no entiendo qué quieres de mí. Te doy todo lo que puedo. Te he convertido en mi condesa. Hago el amor contigo todas las noches. Nunca te falto al respeto. *¡Me pides demasiado, Lily!*

Lily quedó como aturdida, sintiendo la agitación en el pecho, que subía y bajaba con cada respiración profunda y jadeante, hasta que se dejó caer en una silla.

—Sí, es verdad. Sé que te he pedido demasiado. Quiero más, Whitby, porque es como si me faltara algo. Lo peor de todo es que ni siquiera sé qué podría ser ese algo, porque nunca lo he tenido.

Whitby la miró un rato largo, intentando disimular su sorpresa por lo que acababa de oír. Sabía que nada podía hacer para que Lily fuera verdaderamente feliz. Íntimamente feliz. Sencillamente no sabía amar de esa manera.

Giró sobre sus talones y se dirigió a la puerta.

—Duerme un poco. Necesitas descansar.

Ella no dijo palabra, sólo se lo quedó mirando.

—¿Te vas?

Él percibió la sorpresa en su voz, pero algo muy intenso lo impulsaba a irse. Nada podía contra ello. Ya podía el cielo caer sobre su cabeza, que él no sabría qué decirle a Lily. Tampoco sabía reparar lo que estaba mal. Tenía que irse.

—No hay nada más que decir.

—Sí que lo hay.

Él se detuvo, de espaldas a ella, con la mano en el pomo de la puerta, esperando que dijera algo.

—Al menos cuando te estabas muriendo nunca pensé que me mentías.

Whitby se quedó inmóvil un momento y luego se volvió para decirle su última palabra.

—Lily, tú me dijiste que te contentarías con lo que yo pudiera darte. De modo que parece que yo no he sido el único que ha mentido.

Acto seguido, salió y cerró la puerta. Sin embargo, se detuvo en el pasillo y se llevó la mano a un lugar en el pecho donde sintió un dolor insondable porque, por primera vez, se arrepentía de haberse casado con Lily. Y ahora añoraba recuperar su antigua vida.

Capítulo 28

*E*n los días que siguieron, Whitby procuró evitar a Lily. Aumentó el tiempo que destinaba a los asuntos de la propiedad y se encontró casi obsesivamente deseoso de ocuparse de cosas que llevaba ignorando demasiado tiempo.

Pasaba todo el tiempo posible trabajando con George Gallagher, su administrador, visitando a los inquilinos y viendo por sí mismo de dónde venían los ingresos y quién araba sus tierras. Insistió en aprender cómo se llevaban los libros de contabilidad y, cuando Gallagher se marchaba por la noche, los revisaba personalmente para asegurarse de que le cuadraban los números.

Whitby sabía que esa fijación con sus obligaciones como terrateniente eran el resultado directo de su discusión con Lily. De pronto, había caído en la cuenta de sus defectos y de que había defraudado a quienes dependían de él. Siempre había sido un terrateniente sumamente incompetente, y todavía tenía que mejorar su actitud como marido en algunas cuestiones básicas. Aún no sabía cómo definir ese aspecto de su vida. Era más fácil tratar con los libros de contabilidad.

Reflexionaba sobre estos cambios y carencias de su persona cuando una tarde fría de invierno llegó a casa después de un largo recorrido por sus dominios. Le entregó su caballo a uno de los criados y cruzó el patio hacia la entrada trasera de la casa.

Sopló en sus puños enguantados y se frotó las manos, sospechando que no faltaban más que un par de semanas para que cayeran las primeras nieves. Se olía en el aire.

Subió los peldaños de dos en dos hacia la terraza y se detuvo al ver a Annabelle, sola, abrigada con su capa, de espaldas a él y mirando hacia las terrazas del jardín.

Se quitó el sombrero y se acercó a ella.

—Annabelle...

Ella se giró hacia él con una expresión curiosa, llena de esperanza, pero se le borró del rostro con aquel cruce de miradas. Inclinó la cabeza, que llevaba tapada con una capucha, y sonrió.

—Has vuelto.

—Sí —dijo él, quitándose los guantes—. He tenido un día muy ajetreado.

—Me alegro de saberlo. —Annabelle se acercó a él y juntos caminaron tranquilamente por la terraza.

—Todos están muy impresionados con el nuevo interés que pones en los trabajos de la hacienda —dijo—. Mi criada me ha dicho que eres el tema de conversación en la mesa del servicio.

—¿Ah, sí? —preguntó él, arqueando una ceja—. Supongo que no están acostumbrados a verme levantado antes de mediodía.

—No, no lo están —dijo ella, riendo—. Yo tampoco. Estoy muy orgullosa de ti, Whitby, y me alegro. Ya sabía yo que en ti había un hombre trabajador y responsable.

Él le sonrió vagamente para reconocer el cumplido, y luego miró hacia el horizonte en la lontananza.

—¿Cómo está Lily?

—Bien, dentro de lo que cabe esperar —dijo Annabelle, encogiéndose de hombros—. Ha estado durmiendo las últimas horas. ¿Sabías que se ha encontrado mal esta mañana? El médico dice que es normal.

Él la miró brevemente antes de responder.

—No, no lo sabía.

—Quizá deberías ir y hablar con ella. Ya sé que el médico te ha dicho que deberías limitar el contacto debido a la enfermedad, pero no creo que haya querido decir que debas evitarla del todo. El único momento en que la ves es a la hora de cenar, y es poco lo que os podéis decir con lo lejos que estáis el uno del otro en la mesa.

Whitby se inclinó sobre la balaustrada, cogiéndola con ambas manos. Cruzó un pie delante del otro.

—No estoy seguro de que sea una buena idea.

—¿Qué quieres decir? Por supuesto que sí.

Él desvió la mirada, entrecerrando los ojos.

—Las cosas están más bien tensas entre Lily y yo en este momento.

—Están tensas porque no quieres hablar con ella. Ella cree que te arrepientes de haberte casado con ella y que no estás enamorado.

—¿Ella te ha dicho eso?

—No. Ella te es muy fiel, Whitby. Nunca habla mal de ti ni dice cosas insultantes a tus espaldas, ni siquiera a mí. Pero yo lo veo claro como el agua. Ella no se casó contigo por una cuestión de posición ni de dinero. Se casó contigo porque te ama, y tú deberías estar ahí para asegurarle que no te arrepientes de haberla esposado, y que la estimas.

Whitby suspiró y se apoyó en la balaustrada.

—Te aseguro, Annabelle, que ésa ha sido siempre mi intención. Y no he cejado en ello.

Ella lo miró entrecerrando los ojos, dando a entender así su perplejidad.

—Y entonces, ¿qué problema hay?

Él se volvió nuevamente hacia el horizonte.

—Lily no me cree. Es como si fuera capaz de ver todo lo que pienso, maldita sea.

—¿Ver todo lo que piensas? —Annabelle suspiró con un gesto de desazón—. ¿Acaso quieres decir que si se lo aseguraras no dirías la verdad? ¿Que es verdad que te arrepientes de haberte casado? Whitby...

Él inclinó la cabeza.

—No, Annabelle. Tenía que casarme. Quería hacerlo. Sólo que me costaba dar el paso. Así que no me arrepiento del todo. Me alegro de haberme visto obligado a hacerlo. Pero no estoy seguro de que lo hubiera hecho en otras condiciones.

—¿Qué te has visto obligado? Dios mío, nunca le digas eso a Lily. No es el tipo de cosas que a una mujer le gusta escuchar.

—Ya me he dado cuenta —dijo él, parpadeando lentamente—. Tampoco tendría importancia que lo dijera o no. Ella lo sabe. Ése es el problema de casarte con alguien que has conocido toda la vida. No cree en tus mentiras.

Annabelle se acercó a él y apoyó una mano enguantada en su rodilla.

—Whitby, espero que no le estés mintiendo. Acerca de que la aprecias.

—Por supuesto que la aprecio.

—Entonces, ¿por qué evitas estar con ella? Si estás contento con ella, Lily lo verá y lo sentirá.

—Y tú, ¿cómo sabes tanto acerca del amor?

Ella guardó silencio un momento. Una brisa fría le agitó el vestido.

—Porque una vez amé, como una necia, es verdad, y me arrepiento de muchas cosas. He tenido muchos años para reflexionar sobre ello y para imaginar cómo tendría que haber sido mi experiencia del amor.

Whitby recordó el día en que se había enterado de lo ocurrido entre Annabelle y Magnus...

Se giró hacia ella y le cogió la mano.

—Me sorprende oírte pronunciar la palabra amor. Tú lo odiabas.

Ella miró las manos de ambos entrelazadas.

—Sí, lo odiaba. Y todavía lo odio, sabiendo las verdades que sé acerca de él. Pero por un tiempo breve, antes de que descubriera qué tipo de hombre era en realidad, lo amé muy apasionadamente, y recuerdo muy bien cómo me sentía.

Whitby miró a su hermana con tristeza.

Annabelle se levantó y se volvió hacia el jardín, apoyándose en el pasamanos.

—Él me destrozó el corazón, pero tú no tienes por qué temer una cosa así con Lily. Es una mujer maravillosa, y está completamente entregada a ti. Agradéceselo. Agradece lo que tienes. No sabes la suerte que tienes.

Whitby pensó en las palabras de su hermana un largo rato antes de contestar.

—Hay muchos tipos de corazones destrozados, Annabelle.

Ella frunció el ceño y lo miró a los ojos, como queriendo descifrar el verdadero significado de sus palabras.

—¿Estás preocupado porque Lily va a tener un bebé?

Él se encogió de hombros, aunque sabía que ella no se contentaría con eso.

—Es una mujer sana y fuerte, Whitby.

—No, no lo es.

Annabelle asintió a regañadientes, como si por un momento aceptara su opinión, pero enseguida volvió sobre su idea.

—Estará sana cuando llegue el momento de dar a luz.

—Quizá.

—¿Es ése el problema? —preguntó Annabelle—. Porque si lo es, deberías decírselo. Lo entenderá, y creo que la tranquilizará. Así sabra que de verdad te preocupas por ella.

—No le puedo decir eso —dijo él, seco—. No quiero que sepa que me preocupo. No quiero que pase los próximos nueve meses atormentándose por tener el bebé.

—Si no se lo dices, estará tensa por algún otro motivo, y creo que eso será peor. Créeme lo que te digo.

Whitby vio la expresión sombría de su hermana. Era la mirada de una mujer que había vivido apasionadamente una vez, pero que ahora sólo se dejaba llevar por la inercia.

Whitby se apartó de la balaustrada. Le cogió a Annabelle la mano enguantada, se la llevó a los labios y la besó con gesto afectuoso.

—Gracias por intentar ayudarme. Entiendo lo que me has dicho y lo pensaré. De verdad que lo pensaré.

Annabelle respondió con un leve gesto de la cabeza y una tímida sonrisa.

Esa noche en la mesa no había nada dispuesto para Lily, que había informado a su criada que no tenía hambre. El resultado fue que Whitby acabó cenando en silencio, pensando en todo lo que Annabelle le había dicho ese día, mientras lanzaba miradas a la silla vacía de su mujer.

De pronto se dio cuenta de que Annabelle tenía razón. Tenía que hablar con Lily y dirimir sus problemas. Y, además, la echaba de menos. Quería visitarla en su lecho de enferma y pedirle disculpas.

Cuando sirvieron el postre, él se abstuvo y se disculpó con Annabelle. Ésta, desde luego, entendió los motivos y estaba más que contenta de que se ausentara.

Whitby se dirigió a la habitación de Lily, preguntándose si no había bajado a cenar porque todavía estaba demasiado enfadada con él o porque estaba tan débil que ni siquiera se podía levantar de la cama para compartir un rato con los demás.

De sólo pensar que Lily pudiera estar tan enferma, sintió un miedo que le revolvió las entrañas. Apresuró el paso por el pasillo apenas iluminado.

Al llegar a su habitación, llamó a la puerta, pero no hubo respuesta. No llamó una segunda vez sino que abrió la puerta y entró sin más.

La habitación estaba en silencio, iluminada por una sola lámpara. Lily estaba sola, durmiendo de cara a la ventana. Whitby se acercó con sigilo para no despertarla, pero cuando llegó al pie de la cama y vio el color ceniciento de su rostro y el pelo húmedo y pegado a la frente, tuvo ganas de despertarla en seguida. Pero no pudo ni pronunciar su nombre.

Se acercó a ella y la sacudió.

—Lily...

Al ver que no se movía, le puso una mano en la mejilla para ver si tenía fiebre. Su piel sudorosa estaba tan caliente que casi lo quemó.

—Lily —volvió a decir, sacudiéndola con más fuerza, pero ella seguía sin moverse.

Whitby salió corriendo de la habitación y bajó por las escaleras y el pasillo, cruzó la parte principal de la casa y llegó al ala de la servidumbre. Corrió hasta llegar a la habitación de Clarke.

—Necesitamos que venga el médico —dijo, con voz urgente al mayordomo, que estaba sentado ante una mesa con una pluma en la mano—. Manda a alguien en el caballo más rápido... Dile que monte a Steamer. Lady Whitby tiene una fiebre muy alta.

Clarke se incorporó de inmediato y se ocupó de llevar a cabo las órdenes de su amo, mientras Whitby iba a buscar a Annabelle. Volvió deprisa al comedor, donde su hermana seguía sentada sola, comiendo tranquilamente su postre. Annabelle se giró en su silla al escuchar el estrépito que hizo al entrar.

—Ven, rápido —dijo—. Es Lily.

El tiempo transcurrió, lento y perezoso, y Whitby y Annabelle esperaron en la habitación de Lily a que llegara el doctor Benjamin. Annabelle se ocupó de aplicarle a Lily paños fríos y húmedos en la cabeza y en el pecho, mientras Whitby iba de la silla junto a la cama a la ventana para ver si venía el médico, y luego de vuelta a la cama de Lily.

Por fin, al cabo de una hora, llegó el coche del doctor. Whitby fue a su encuentro en la entrada y lo condujo hasta arriba, a la habitación donde Lily yacía inmóvil en la cama.

Whitby recordó a su propia madre tendida e inmóvil en esa misma cama, veintiséis años antes. Había perdido su bebé y Whitby, con sólo siete años, entró a verla antes de que Dios se la llevara.

El médico realizó un examen rápido y exhaustivo, y su diagnóstico no aportó ninguna sorpresa. La enfermedad de Lily avanzaba, y nada se podía hacer salvo esperar, cuidar de que estuviera cómoda y rezar para que su caso no fuera más virulento que el suyo.

—¿Qué pasará con el bebé? —le preguntó éste al médico.

—Es una mujer joven y fuerte, milord —dijo el médico, sin mirar a Whitby a los ojos, mientras devolvía los instrumentos a su maletín y lo cerraba—. No veo motivo alguno por el que ella y el bebé no se recuperen.

Pero aquello era sólo una especulación, Whitby lo notó en su tono de voz. El médico no sabía absolutamente nada de aquella enfermedad, y estaba tan desconcertado como lo había estado el doctor Trider.

Sin embargo, Whitby se lo perdonó porque no había otra respuesta posible. Era lo que debía decirse a cualquiera que viera sufrir a un ser amado en momentos como ése y, sin duda, reconfortaba a la mayoría de los que lo escuchaban. Pero no tenía el optimismo de un hombre normal. Había sufrido demasiadas pérdidas para creer que todo se arreglaría.

El médico se acercó a Whitby y le dio un amable apretón en el hombro.

—Le recomiendo que se retire a su propia habitación esta noche, milord. Debe descansar. Piense, además, que esta enfermedad es contagiosa.

Whitby pensaba en ello. De hecho, lo había pensado muy detenidamente. También había observado que él sólo había contagiado a Lily, aunque otros también lo hubieran cuidado, así que sospechaba que no se transmitía por el simple contacto.

El médico se quedó un rato, y les dio instrucciones sobre cómo refrescar a Lily con paños húmedos. Prometió volver por la mañana para ver cómo se encontraba.

Después de acompañar al doctor Benjamin hasta la puerta, Whitby volvió a la habitación de Lily y le dijo a Annabelle que se quedaría toda la noche. Prefería que ella se fuera a acostar y descansara para que pudiera ayudar por la mañana.

Whitby creía de verdad que Annabelle no debía cansarse demasiado, si bien el verdadero motivo de sus instrucciones era que deseaba estar a solas con Lily esa noche, quería ser él quien cuidara de ella.

Al cabo de un rato, Annabelle se retiró y Whitby se sentó junto a la cama de Lily. El reloj sobre la repisa de la chimenea marcó lentamente el paso de las horas, y él sólo se levantó para cambiar los paños de la frente de Lily o para echar leña a la chimenea.

Pasó la noche inclinado hacia delante en la silla, tocándole a Lily la mejilla caliente y húmeda con el dorso de la mano, apartándole el pelo de la cara, pero no la besó ni una sola vez.

También rezó. Rezó toda la noche, con los codos apoyados en la cama y la cabeza entre las manos. Rogó a Dios que la cuidara y le devolviera la salud. Pidió perdón por todos sus pecados. Hizo promesas de todos los tipos y alcances.

También pasó ratos largos mirando la pared, recordando los dolores de su infancia. Recordó a la comadrona que limpiaba la sangre del suelo cuando lo llevaron a ver a su madre. Recordó la larga fila de coches que acompañaron el ataúd de su madre hasta el panteón familiar y, no mucho después, el de su padre y, finalmente, el de su hermano.

Aunque otros lloraban, Whitby no derramó ni una sola lágrima. Estaba demasiado atontado para sentir nada. Ahora también se sentía atontado casi todo el tiempo, aunque esa noche era más que una leve sensación. Era la sensación de miedo, inquietante y sofocante, el terror del dolor, que él ya conocía y pena por lo que se insinuaba para el futuro.

Whitby no disfrutaba de ese miedo. No quería volver a sentirlo. Y, de pronto, en alguna parte de su conciencia borrosa intuyó la presencia de algo en su interior que quería dar un paso atrás, retroceder ante todo aquello.

Cuando la aurora finalmente asomó y la luz penetró en la habitación a oscuras, Whitby le cogió la mano a Lily. Estaba física y mentalmente cansado. Se frotó la barba incipiente e inclinó la cabeza. Quería besarle la mano, pero se resistió.

Y justo en ese momento, percibió el milagro de su cuerpo que se movía, y oyó el dulce murmullo de su voz. Levantó la cabeza, se acercó rápidamente y se inclinó sobre ella.

—Lily, querida, estoy aquí.

Lily parpadeó hasta abrir del todo los ojos y lo miró, desorientada.

—¿Me he puesto enferma? —preguntó, con voz cansina.

Él le sonrió.

—Sí, pero ahora estás mejor. El médico no tardará en venir a verte.

Ella miró a su alrededor e intentó sentarse. Whitby le acomodó las almohadas.

—Tengo sed —dijo ella.

Él le sirvió agua y le ayudó a sostener el vaso. Lily bebió unos sorbos, se dejó ir hacia atrás y cerró los ojos. Whitby le tocó la frente. Ya no estaba tan caliente. La fiebre había bajado.

En ese momento llamó Annabelle y entró. Se acercó a la cama.

—¿Cómo está?

Whitby no podía hablar. Tragó con dificultad, a pesar del nudo de alivio que tenía en la garganta, y tardó un momento en pensar en las palabras…

Lily volvió a abrir los ojos.

—Estoy bien —dijo, y se giró dándoles la espalda—. Sólo necesito descansar otro poco.

Annabelle le tocó la frente y luego se volvió hacia Whitby con un destello de felicidad en la mirada.

—Se encuentra mucho mejor.

—Sí, se encuentra mejor —dijo él—. Quizás ahora puedas quedarte con ella. Yo iré a dormir un poco.

—Sí, deberías dormir, Whitby. Se diría que estás agotado.

Él mismo no dudaba de que su aspecto era horrible. Al fin y al cabo, había pasado la noche en vela.

Agradeció a Annabelle por haber venido temprano, le dijo a Lily que vendría a verla más tarde y luego fue a su propia habitación, donde por fin rompió a llorar.

Capítulo 29

Tres meses después

Lily estaba de pie junto a la ventana del salón con una taza y un plato en la mano, con la mirada perdida en el cielo encapotado de la mañana. En el bosque a lo lejos no se distinguían los matices de colores, sólo el gris de los árboles y una fina capa de nieve cubriendo el suelo. Por fin había llegado el invierno.

Tomó un trago de té y miró hacia las nubes bajas, pensando que ese día volvería a nevar.

Se llevó una mano al vientre y se preguntó cuánto faltaría antes de que empezara a moverse el bebé. Esperaba que fuera pronto. Ya estaba de cuatro meses. Al menos habían terminado las náuseas por las mañanas, y ya estaba totalmente recuperada de su enfermedad. Le había vuelto el apetito, aunque todavía se cansaba con facilidad. El médico le aseguraba que esa fatiga era un síntoma normal de su embarazo, de modo que no le preocupaba abandonarse a largas siestas por la tarde.

Aunque la vida no era, ni mucho menos, perfecta, durante su larga recuperación, Lily llegó a sentirse a gusto en la casa. Escribía con frecuencia a Sofía y James, aunque nunca expresaba descontento. Quizá fuera su orgullo, por haberse enfrentado tan abiertamente a su hermano y a su madre para que le dejaran hacer su voluntad.

También recibía muchas cartas, aunque ninguna de su madre. Procuraba no sentirse afectada, pero no lo conseguía porque detestaba la animosidad que se había instalado entre las dos, el castigo de silencio. Ojalá su madre fuera algo más flexible; ella estaba dispuesta a serlo.

Sin embargo, sabía que aquello no ocurriría. Su madre no se plegaría. Tratándose de sus sublimes obligaciones, no lo haría. Así que Lily dejó que esa esperanza se fuera desvaneciendo hasta desaparecer.

También tuvo experiencias más alegres. Annabelle se había convertido en una amiga y hermana irremplazable. Durante su convalecencia, se había ocupado de las tareas de Lily, asegurando que todo funcionara perfectamente en la casa. Lily llegó a depender de ella y las dos gozaban de la mutua compañía, ya se tratara de los detalles anodinos relacionados con la cena o de algún emocionante episodio de una novela escandalosa.

Durante su enfermedad, Whitby había acudido a visitarla regularmente todas las tardes. Le leía un libro o jugaba con ella a las cartas. La dinámica entre ellos se fue volviendo más bien… tranquila. Se hicieron amigos. Nunca hablaban de aquella discusión del pasado. Ella sabía que él no había querido molestarla, y la verdad sea dicha, ella tampoco quería molestarse.

Sabía que la enfermedad le había quitado el aire de los pulmones. Se había cansado de luchar por algo que siempre le había sido esquivo, y empezaba a creer que encontraría la alegría sólo si aceptaba la vida tal como era, y renunciaba a ese deseo obsesivo, y quizás egoísta, de desear algo más, algo que, en cualquier caso, no entendía porque nunca lo había tenido.

Y la vida no la trataba tan mal.

Había conseguido armar una cómoda rutina, y pasaba todo su tiempo esperando. Esperando la primavera, esperando a tener el bebé, esperando que esa inquietante brecha entre su marido y ella pudiera zanjarse. Porque, sin duda, en un sentido al menos era inquietante: no habían hecho el amor desde que ella enfermara.

Incluso después de haber recuperado fuerzas, su marido no había reclamado su lugar en su cama. Se habían convertido en meros compañeros, y sólo se veían en el salón por la noche, mientras él leía un libro y ella y Annabelle se sentaban juntas en el sofá a leer o se turnaban tocando el piano.

Sin embargo, últimamente Lily recordaba los placeres que se habían prodigado en los primeros días de su matrimonio. Tenía verdadera hambre del acto físico de copular, y se preguntaba si ese apetito era consecuencia natural del embarazo.

En ese momento se sentía especialmente hambrienta de sexo.

Respiró temblorosamente y se preguntó dónde estaría su marido. Solía salir con Gallagher por la mañana, o se recluía en su estudio para trabajar en asuntos de sus propiedades. Esa mañana hacía frío. Quizás estuviera en el estudio.

Con una agitación que iba en aumento, Lily salió del salón y se dirigió al estudio de Whitby, llamó con un golpe firme a la puerta y oyó su voz desde el interior.

—Adelante.

Abrió la puerta. Su marido estaba sentado a su mesa, con la mirada fija en un papel en que escribía. Con un dedo en alto, dijo «un momento», y acabó de escribir antes de alzar la vista.

Sus miradas se cruzaron y él se mostró sorprendido de verla, lo cual no era de extrañar, teniendo en cuenta que no lo había buscado de esa manera desde antes de aquella noche terrible de su discusión. Su orgullo le decía que era ella la que debía esperar a que él acudiera a buscarla.

Pero ese día ya no podía seguir esperando. Su cuerpo lo necesitaba, y nada más importaba, ni su orgullo ni su soledad.

Entró y cerró la puerta, sin apartar la mirada de Whitby. Él la miró un momento y dejó la pluma. Echó la silla hacia atrás y se levantó.

Lily avanzó pegada a la pared con las manos detrás de la espalda. No dijo palabra, no pidió nada.

Él dejó su escritorio, y en sus ojos brilló el claro entendimiento del motivo de su visita, ¿cómo lo sabía?, y la absoluta seguridad de que podía satisfacerla al menos en ese aspecto.

Whitby se le acercó sin prisas y en silencio, sólo con la intensidad ardiente de las miradas como puente, la conexión sutil aunque descarada de su sexualidad. Aguantando la respiración, Lily lo vio acercarse. El corazón estaba a punto de estallarle. Sin quitarle los ojos de encima, Whitby fue hasta la puerta, le echó la llave y volvió a su lado.

—Buenos días —dijo, con voz ronca y pausada.

Ah, esto era lo que ella quería, una señal de la conexión que antes habían compartido, y el placer de saber que al menos todavía la deseaba de esa manera.

La seria mirada de Whitby vagó por su rostro. Para Lily, era como si no lo hubiera visto en tres meses, aunque no fuera así.

Tuvo el impulso repentino de preguntarle por qué todavía no había venido a su cama para hacerle el amor, pero se resistió. Ella tenía ganas de sexo, no de conversar, y vio en sus ojos que él deseaba lo mismo.

Lily se deslizó apoyándose en la pared, con la cabeza inclinada hacia un lado. Whitby la dejó ir hasta tenerla casi fuera de su alcance pero, al final, la cogió por la muñeca y la hizo volver suavemente a su lugar, a la sombra de su cuerpo más robusto. Su expresión era oscura y grave.

Se acercó a ella, empujando su dura erección contra su pelvis. Lily sintió el calor de su aliento en la cara.

Whitby se dobló sobre ella, hambriento, queriendo besarla. Ella lo abrazó por el cuello. Él movió las caderas en un ritmo lento y tentador que prometía satisfacer todo el deseo erótico que la embargaba últimamente como una locura.

Ella quería sexo, sexo puro y desenfrenado con él. Para eso había venido y, aún así, en alguna parte de su conciencia, por mucho que intentara resistirse, quería mucho más y no podía sino esperar que esos momentos de placer sin tapujos los llevaran en esa dirección.

Whitby deslizó una mano por la pierna hacia abajo y le recogió el vestido en un puño. Lily alcanzó a sentir el calor en la yema de sus dedos al rozarle el muslo, y quiso sentirlos hurgando en su entrepierna. Se inclinó para recogerse ella misma el vestido y sostenerlo por encima de la cintura para que él le tirara de las calzas hacia abajo. Volvió a besarla mientras ella se deshacía de esa prenda; luego bajó besándole el vestido hasta arrodillarse ante ella.

Oh, sí, susurró la voz interior de Lily, y echó la cabeza hacia atrás, apoyándola en la pared, con los ojos cerrados. Deseaba a Whitby con la furia imparable de un infierno... aquí... ahora. Añoraba sentir el cosquilleo exquisito de su boca en ella, buscando aquella magia incomparable.

Le cogió desvergonzadamente la nuca con ambas manos y lo acercó aún más, hasta soltar un gemido cuando él le apartó las piernas y sus labios y lengua encontraron el meollo de su deseo.

Levantó una pierna para apoyarla en su hombro y con una mano buscó un asidero en la pared para conservar el equilibrio.

Las sensaciones del orgasmo apagaron todo pensamiento conciente en su cerebro. Ahora sólo existía el deseo. La sala quedó iluminada por un fulgor blanco y, en un instante, la sacudió un clímax poderoso que la hizo temblar entera con la liberación. Jadeando, dejó escapar un gemido de placer.

Bajó la pierna y lo buscó, obligándolo a levantarse.

—Hazme el amor —le pidió en un susurro de voz, besándole la mejilla mientras él le besaba el cuello.

Respondiendo a su necesidad imperiosa de acción inmediata, Whitby se desabrochó rápidamente el pantalón con manos veloces y expertas, apenas dobló las rodillas y penetró en ella con un impulso único, suave y profundo, demostrandole que había recuperado la plenitud de su vigor, y más.

Whitby gruñó y la sostuvo firme en sus brazos, empujándola con firmeza, pero suavemente, contra la pared. Lily cerró los ojos, deleitándose en la sensación exquisita del roce entre sus piernas, en el placer incomprensible del ritmo de sus cuerpos en sincronía, la atracción escandalosa de verse empujada contra la pared, aunque nunca con violencia.

Whitby empujó una y otra vez, hasta dejarla jadeando con cada penetración, profunda y certera. Se sintió barrida por otro orgasmo y lanzó ambas manos hacia la pared, intentando agarrarse a algo, mientras él empujaba más fuerte y más profundo, hasta finalmente estremecerse en su interior y derramarse en ella. Al cabo de un instante, se relajó y hundió la cara en su cuello.

—Ay, Lily, te he echado de menos —murmuró.

Aquel sentimiento dulce, pronunciado tan íntima y sinceramente después de aquel violento asalto a sus sentidos, sonó en los oídos de Lily como un celestial coro de ángeles. Tuvo ganas de gritar de alegría.

—¿De verdad? —preguntó, abrazándolo con fuerza.

Él asintió con la cabeza, con los labios todavía rozándole el lado del cuello.

—Sí, los últimos meses han sido como la muerte para mí.

Oh, aquello tenía que ser un sueño. La había añorado y se lo decía. ¿Acaso era eso lo único que tenía que hacer? ¿Ir a su encuentro y ofrecerle su cuerpo?

Lily suspiró. Recordó que lo que Whitby acababa de decir no era una declaración de su amor incorrupto, y que no debía olvidar su necesidad instintiva de ser cauta y realista cuando se trataba de su marido. Whitby ya le había roto el corazón en una ocasión y le había dicho que no entendía nada de lo que ella quería.

—Yo también te he echado de menos —dijo, a pesar de todo—. Añoraba esto. —No sólo el sexo sino también estar en sus brazos—. Y lo siento.

—¿A qué te refieres? —inquirió él, mirándola a los ojos con expresión de sorpresa.

—Por lo que te dije aquel día, antes de que me enfermara. Cuando dije que me gustabas más cuando te estabas muriendo.

Él volvió a besarla, se retiró de ella y se abrochó los pantalones. Lily dejó caer sus vestidos arrugados alrededor de la cintura.

Se sorprendió cuando él la cogió de la mano y la llevó hasta la silla de su escritorio, se sentó y tiró de ella. Lily pensaba que quizá él deseara volver a su trabajo.

Pero él le sostuvo la cara entre las manos y la besó varias veces.

—Yo también lo siento —dijo—. Y me alegra saber que te sientes mejor.

—Procuraré no volver a enfermarme.

Whitby la miró a sus impresionantes ojos azules, intentando comprender la intensidad de sus emociones hacía un momento, al disculparse ella tan dulcemente, después de que hicieran el amor apoyados contra una dura pared de yeso.

Él había hecho el amor de esa manera muchas veces a lo largo de los años, con numerosas mujeres bellas cuyos nombres no recordaba. Ese tipo de encuentro sexual pasajero casi siempre era el sexo por el puro sexo.

Al comienzo, había pensado que el encuentro con Lily era de ese tipo. Había reconocido la mirada ardiente de sus ojos y entendido qué deseaba. Él había querido darle el placer que ella añoraba, porque el placer de una dama era una de las preocupaciones básicas de Whitby. Era parte del atractivo de hacer el amor.

Pero aquél encuentro no tenía nada en común con otras situaciones, en los cuartos traseros de tabernas en el campo. Hacía un instante se había quedado asombrado por el clamor de sus propias emociones, así como por el goce puro y descarnado viendo que su mujer volvía a él. De que hubiera olvidado en parte la decepción que le causara. Y ahora Lily gozaba de buena salud y estaba fuerte.

Pero entonces recordó sus sollozos por ella aquella madrugada pesadillesca de hacía tres meses, cuando él se preparaba para lo que se insinuaba como una pérdida inminente. Aquel día Whitby se había convertido en un viudo imaginario y renunciado a la idea de hacer un esfuerzo por amar a su mujer. Más que nunca, había querido *no* amar a aquella mujer que era como una flor fragante que florecía, radiante, hasta convertirse en toda una mujer, durante los largos años que él había vivido una existencia pueril.

Y seguía teniendo miedo, porque dentro de unos cinco meses Lily estaría gritando de dolor en el parto, a merced de Dios o del destino, o como se quisiera llamar.

Lily lo miró con una sonrisa cálida y le hundió los dedos en el cabello. Él se inclinó y le besó el cuello, estrechándola con fuerza.

—Lily, yo...

Cuando no acabó la frase, ella le cogió la cara con ambas manos.

—¿Sí, Whitby? ¿Qué ocurre?

Él la miró fijamente, y volvió a su recuerdo la conversación que había tenido con Annabelle unos meses antes.

—Me preocupas —dijo él, al final—. Me preocupa que vayas a tener este bebé.

Ella entreabrió los labios.

—No hay nada de que preocuparse —dijo—. Estaré bien. Ya verás que todo saldrá bien.

Pero él no lo veía.

No *podía* ver.

—Sabes que mi madre murió en el parto —dijo, para recordarle.

—Lo sé. Pero la mía no —dijo, sonriendo para darle seguridad—. Nacen bebés sanos todos los días, Whitby. Tendrías que recordarlo y dejar de preocuparte.

Él asintió porque eso era lo que tenía que hacer. No podía mostrar su desacuerdo con ella. No quería ponerla ansiosa.

—¿Vendrás a mi habitación esta noche? —se aventuró a preguntar Lily.

Él se echó hacia atrás en la silla y le acarició el muslo.

—Sí —dijo, porque estaba más que dispuesto a volver a hacer el amor con ella en ese momento; porque siempre había sido capaz de separar el sexo del amor, y seguiría haciéndolo. No tenía alternativa.

—Tenemos que ponernos al día, ¿no te parece?

—Sí, creo que sí —dijo ella, con mirada provocadora.

Acto seguido, besó a Whitby en la boca y lo dejó para que terminara su trabajo.

Capítulo 30

*L*ily y Whitby reavivaron enseguida las brasas de su relación sexual y todo mejoró entre las sábanas de la cama de lady Whitby. Sin embargo, cada vez que Lily traía a colación lo que su marido le había dicho en su estudio —acerca de su inquietud sobre el parto inminente—, él decía que no quería hablar de ello, y que tampoco quería hablar de su madre. O cambiaba de tema, como si hubiera algo mucho más interesante de lo que quisiera hablar o, de otro modo, expresaba su malestar.

Por lo tanto, Lily dejó de mencionarlo porque no quería volver a perderlo.

Sin embargo, como resultado de esas conversaciones raras y algo incómodas, ella empezó a aceptar la posibilidad de que quizá no fuera el alma gemela de su marido, porque había una parte recóndita en él a la que ella no podía llegar.

En muchas ocasiones se sentía triste por él, pensando que Whitby nunca había conocido el gran amor de su vida y que se había casado con ella creyendo que se le acababa el tiempo y que necesitaba una esposa y un heredero.

Otras veces pensaba que si ella no era el gran amor de su vida, allá en alguna parte en el mundo había otra mujer que sí lo era. Quizás había alguien con quien Whitby pudiera hablar de las cosas que le causaban dolor. Y quizás un día encontraría a esa mujer y tendría necesidad de estar con ella, y ella tendría que apartarse en silencio, como hacían otras mujeres cuando sus maridos tenían una amante.

No estaba segura de que pudiera hacer eso. Aquello la destrozaría.

Sin embargo, a pesar de todo, amaba a Whitby profundamente, perdidamente y, para ella, nunca habría otro hombre. No tenía otra alternativa que aferrarse a la esperanza de que después de que el bebé naciera, después de que Whitby viera que el parto no siempre era una tragedia, se desprendería de su ansiedad y por fin se daría licencia para amarla.

Estaba sentada en su habitación pensando en estas cosas mientras sellaba una carta que había escrito a Sofía y James, cuando alguien llamó a la puerta.

—Adelante —respondió.

Se abrió la puerta y entró Whitby. Llevaba una camisa blanca y un chaleco color chocolate. Lily se lo quedó mirando, muda, atrapada en el glorioso esplendor de su atractivo masculino.

Él le sonrió con un gesto inquisitivo y cerró la puerta, le echó la llave y entró tranquilamente. Apoyó un hombro contra uno de los sólidos pilares de roble de la cama.

—¿Estás ocupada? —preguntó.

Ella le devolvió una sonrisa cómplice, dejó la carta en la bandeja con el resto del correo saliente y se levantó de la silla. Se acercó a su marido y empezó a desabrocharle el chaleco.

—Es mediodía, lord Whitby. ¿No tiene usted trabajo pendiente?

—Sí, es verdad que hay varias cosas que tengo que hacer esta tarde... que tengo que hacerte a ti. —Le deslizó una mano por detrás del cuello y la atrajo hacia él para un beso húmedo y profundo.

Cuando la dejó ir, ella sintió el mareo del placer, como si un dolor caliente pulsara en sus venas.

Se dio cuenta de que seguía con los ojos cerrados y la cabeza echada hacia atrás. Hizo un esfuerzo para abrir los párpados caídos.

—Eres bienvenido a hacer lo que quieras conmigo esta tarde, siempre y cuando prometas que después me ayudarás a ponerme los zapatos. Ya no puedo verme los pies.

Whitby ahogó una risilla y le desabrochó el canesú, la llevó hasta la cama y la tendió de espaldas.

—Pronto llegará el día en que tampoco podré ponerme encima —dijo.

—Tendremos que practicar alguna de las variantes —dijo ella, sin prestarle importancia.

—Supongo que no será tan difícil.— Whitby deslizó una mano cálida por debajo de su blusa y sobre el vientre hinchado, rozándola apenas, con dedos como plumas.

—Desde luego, hemos ensayado muchas posturas en los últimos tiempos.

Whitby la besó una vez más, apartándole los labios con los suyos y buscando su lengua.

—Eres tan diestro —murmuró ella, casi sin aliento, mientras él le dejaba un reguero de besos en el cuello.

—Déjame enseñarte qué otras cosas sé hacer.

Lily soltó una carcajada cuando él le levantó el vestido por encima de la cara y con su boca comenzó una exploración en dirección al sur.

Al poco rato, Lily suspiraba con la satisfacción de un orgasmo perfecto, un orgasmo intenso y prolongado, y su marido estaba a punto de penetrarla con toda su espléndida virilidad. Esa tarde Whitby le hizo el amor con ternura, y Lily empezó a creer que era la mujer más afortunada del mundo. Quizá no lo tuviera todo, pero sin duda tenía más de lo que había tenido jamás.

Y, más tarde, cuando los dos yacían uno junto al otro en el lecho, ya saciados sus apetitos carnales, los dos vaciados de fuerza y energía, Lily descansó plácidamente en sus brazos, apretada contra él.

—Debería dejarte para que termines de escribir tus cartas —dijo Whitby, y la besó en la frente.

—No, todavía no te vayas. Además, ya casi he acabado. He escrito una carta a Sofía y James y les he contado lo del nuevo cuadro que he comenzado con Annabelle.

Él guardó silencio un momento.

—¿No le has escrito ni una palabra a tu madre?

Lily deslizó la punta de los dedos sobre su pecho suave y sin vello.

—No, pero ella tampoco me ha escrito a mí.

—¿No crees que deberías? ¿Ahora que nacerá el bebé?

Ella se apoyó en un codo y lo miró a los ojos. Sacudió la cabeza.

—Ya no importa. He comenzado una nueva vida, y no necesito su aprobación. Y quizá me he dado cuenta de que ella nunca se mereció la mía. Ya no me siento dolida. Ya no siento nada con ella.

Y todo era verdad. Todo.

—No sé por qué me siento de esta manera —agregó—. Jamás pensé que sería posible.

Él le apartó un mechón de pelo detrás de la oreja.

—Ahora eres más fuerte. La has desafiado y has sobrevivido, y todo ha salido bien. Al menos eso espero.

Ella se dio cuenta de que Whitby buscaba algo que decir. Quería cerciorarse de que todo lo que ella había dicho esa noche horrible, cuando habían discutido, no era verdad. Quería saber si Lily era feliz.

—Sí, ha salido bien —dijo ella, guardándose sus reservas, porque ese momento era el mejor que habían vivido en su breve y curioso matrimonio. Whitby le había hablado de algo importante, algo personal. Ella no se atrevía a estropearlo.

Con su hijo Liam prendido de la cintura, Sofía entró en el salón de Wentworth Castle. Marion, sentada frente a James junto al fuego, levantó la vista de su bordado.

Sofía dejó a Liam, que salió disparado hacia la ventana, se encaramó en una silla y miró hacia afuera.

—¡Está nevando, mamá! —exclamó, tocando el vidrio empañado con su dedo rechoncho.

—¡Sí! ¡Vaya, vaya! —dijo Sofía, mirándolo con una gran sonrisa—. ¡Es verdad, Liam! —Acto seguido, se giró hacia James y le tendió una carta—. Es de Lily —dijo, y lanzó una mirada a Marion—. Dice que todo va bien y que ella y Annabelle han empezado cada una un cuadro nuevo.

—Ah, mi hermana, la *artiste* —dijo James, sonriendo. Cogió la carta y empezó a leer.

Marion sentía que Sofía la observaba, sabiendo que su nuera esperaba que le preguntara si ella también podía leer la carta. Desde luego, ella no se la pediría. Aún así, seguía preguntándose si Lily ya había superado sus náuseas de buena mañana. Marion recordaba cómo era. Ella había estado muy enferma con James.

Volcó toda su atención en el bordado, pero de pronto la sobresaltó un horrible estrépito, un *¡bang!* que le hizo dar un vuelco el corazón.

—¡Liam! —exclamó Sofía, y ella y James ya se habían lanzado hacia el otro lado del salón antes de que Marion entendiera qué había ocurrido. Liam había trepado al respaldo de una silla y ésta se había venido abajo.

Marion se levantó de su silla y dejó caer el bordado al suelo. Se sintió clavada al suelo, atrapada en el pánico que le trajo un repentino recuerdo. En una ocasión, James había sufrido el mismo percance en ese mismo salón cuando no era mayor que Liam. Se había incrustado un diente en el labio.

Marion lo recordó como si estuviera ocurriendo en ese momento. Su marido, que había oído el estruendo, cruzaba el salón para levantar a James y obligarlo a apoyarse en sus piececitos. En cuanto vio la sangre, le propinó una cachetada en toda la cara.

Marion aguantó la respiración un instante tembloroso. Vio a James que iba hasta Liam, lo levantaba y lo ponía de pie. Tragó con una punzada de ansiedad, temblando toda ella de miedo. Liam chillaba.

—¿Estás bien? —gritó James, mirando a los ojos asustados de su hijo.

—¡Me he caído! —bramó Liam.

James cogió a su hijo en los brazos y lo estrechó con fuerza.

Marion estaba sacudida. Sintió un repentino alivio, pero también sintió náuseas.

Un alud de recuerdos dispares se precipitó ahogando su pensamiento, y recordó innumerables episodios similares a ése, cuando su marido había sido cruel con ella y con sus hijos.

Ella se había casado con él porque sus padres se lo habían ordenado.

Sus padres. ¿Dónde estaban sus padres ahora?, se preguntó. Habían desaparecido, y Marion ya no tenía recuerdos de ellos. Ellos nunca la habían cogido así a ella. ¿Qué importaban sus deberes hacia ellos ahora?

Se llevó una mano al pecho y, por primera vez en su vida, pronunció estas palabras:

—*He cometido un error. He cometido un error terrible.*

El impacto de ese reconocimiento la mantuvo inmovilizada y con la mirada clavada en el suelo. Luego, alzó la vista y se encontró mirando la carta de Lily en la silla que tenía al frente. Una carta de su valiente hija, que sólo quería ser feliz con el hombre que creía amar, a pesar de todos sus defectos.

Un dolor penetrante y antiguo se adueñó de Marion cuando, lentamente, se inclinó y cogió la carta.

Capítulo 31

*F*ue bastante sorprendente para Lily darse cuenta de que, al contrario de lo que había sentido al comienzo de su matrimonio, cuando creía que no podría vivir sin la plena devoción de Whitby, su vida en los meses transcurridos antes del parto no era la de una mujer infeliz.

Se había enseñado a sí misma a ver el lado bueno de la vida. Aunque su marido nunca hablaba de las cosas que sentía en el alma, trataba a Lily con amabilidad, generosidad y respeto. Jamás le dirigió una palabra cruel, ni tampoco criticó su manera de administrar los asuntos del hogar ni nada de lo que hacía. Le dedicaba cumplidos por su belleza, reía sus chistes, escuchaba con interés cualquier tema que ella quisiera tratar y, como amante, era magnífico e incansable. Le hacía el amor siempre que ella quería, con una extraña habilidad para detectar cuándo eso ocurría, y se mostraba respetuoso las veces que ella no quería.

El resultado era que habían aprendido a tomarse cada día como venía, sin que pasaran juntos demasiado tiempo. Whitby se había convertido en un terrateniente entregado a sus deberes y pasaba la mayor parte del tiempo ocupado en el mejoramiento de su propiedad, en grandes y pequeños trabajos. Se había ganado el respeto de los inquilinos y de la servidumbre, y ella estaba orgullosa de él.

Entre una cosa y otra, era una vida cómoda. Eran dos personas compatibles y amables uno con otro y, aunque no todo fuera perfecto, era bastante mejor que lo que su madre había tenido en su matrimonio. Lily procuraba recordar esa verdad.

También Annabelle parecía más contenta esos días. Ella y Lily seguían pintando juntas, y aunque Lily supiera que nunca poseería ese talento natural y evocador de Annabelle, había adquirido un buen dominio del pincel y pintado unos cuantos paisajes y naturalezas muertas.

Lily también había logrado convencer a Annabelle que hiciera caso de las atenciones del señor McIntosh, un caballero muy agradable que alquilaba una casa al otro lado del pueblo. El señor McIntosh era un hombre de cierta edad con tres hijos mayores, y había perdido a su mujer por enfermedad hacía unos tres años. Tenía una buena situación económica y quienes lo conocían lo consideraban un hombre de honor e integridad moral. Aunque no era el hombre más rico de Inglaterra, tenía un atractivo muy masculino, y ojos azules asombrosamente claros.

Annabelle se sentía halagada por sus atenciones y hasta parecía dispuesta a creer que para ella quizá sí habría un final feliz. El señor McIntosh le merecía muy buena opinión.

Llegó la primavera, trayendo consigo lluvia y árboles en flor y una vida llena de colores y fragancias. Se acercaba el final del embarazo de Lily.

Faltando sólo unas pocas semanas para que naciera el bebé, Lily se decidió a redecorar la habitación del pequeño, ya que no se había cambiado nada desde el día que naciera Whitby. Por lo que sabía, las alfombras y el papel de las paredes databan de hacía siglos.

Así que inició la alegre empresa con una determinación casi obsesiva que no podía explicarse. Cuando tenía una idea, quería que se llevara a cabo enseguida.

A Whitby le divertían esas obsesiones suyas, y le informó a Lily que el médico le había avisado que era probable que esa conducta surgiera, si bien no debía preocuparse ya que se consideraba un estado normal en las mujeres durante los últimos meses del embarazo. Había quienes lo llamaban «armar el nido».

Una soleada tarde a finales de mayo, Lily se sintió del todo desesperada por salir de los límites de sus dominios, y salió a recolectar plumas para su nido, que en esta ocasión eran muestras de tejidos para la cuna nueva que había encomendado a uno de los más finos carpinteros de Inglaterra.

Ella y su criada, Aline, viajaron privadamente en un coche cerrado hasta el pueblo para reunirse con madame Dubois, la modista local, que había pedido varios rollos de tela muy especial para que los viera Lily.

Una vez acabada la visita, Lily estaba a punto de salir por la puerta trasera de la tienda e iba a subir al coche cuando oyó que alguien la llamaba.

—¡Lady Whitby!

Lily se detuvo y se dio la vuelta. Había un hombre apoyado en la pared exterior de la tienda y, cuando sus miradas se cruzaron, él se apartó de la pared y dio unos pasos vacilantes hacia ella.

Ella guardó silencio un breve instante antes de responder o de invitarlo a hablar, porque estaba segura de que no lo conocía. Por eso, era muy poco correcto de su parte llamarla de manera tan familiar, sobre todo en su actual estado. No estaba segura de sus intenciones, y necesitó un momento para formarse una idea superficial de su carácter.

Primero se fijó en su cara, en el pelo negro y los ojos marrón oscuros, y vio que su expresión, en general, no era amenazante. Parecía más expectante que agresivo. Llevaba abrigo y sombrero negro, y su aspecto era más bien deslustrado comparado con los finos tejidos de madame Dubois y los vestidos de confección que acababa de ver. Lily dedujo que era un hombre de pocos medios.

Al final, predominó su intuición, y Lily creyó que el hombre no pretendía hacerle daño. Así que le hizo un gesto a su criado, que esperaba a su lado, para darle a entender que estaba dispuesta a hablar con aquel individuo.

—Buenas tardes —dijo, con tono respetuoso, aunque con sus reservas, y dio un paso adelante.

Él se acercó y se quitó el sombrero. Se detuvo ante ella, mirándola atentamente a la cara, como si él también quisiera formarse una idea superficial de su carácter. Ella le otorgó la libertad de hacerlo, pero sintió cierto nerviosismo cuando la mirada del hombre bajó hasta su voluminoso vientre.

Su reacción fue apretar con fuerza el pequeño bolso, tapándose el vientre con él, al tiempo que temió haberse equivocado al juzgarlo inofensivo.

Lily alzó el mentón con firmeza.

—¿De qué se trata, señor? Llevo cierta prisa.

Él la miró a los ojos y dijo, con un tono de lo más prosaico:

—Soy el primo de su marido.

Lily se lo quedó mirando con expresión de perplejidad.

—¿Magnus?

—Sí.

Lily se humedeció los labios y recuperó la compostura, haciendo un esfuerzo consciente para tenerse erguida y con la cabeza en alto. No quería que pensara que la atemorizaba o la intimidaba, aunque ése fuera precisamente el efecto.

Sí, y también estaba enfadada, porque conocía las fechorías de Magnus contra la familia de Whitby, y contra Annabelle en especial. Magnus le había arrebatado la confianza en los hombres y, francamente, eso equivalía a arruinarle la vida.

—Es usted muy atrevido, señor, de dirigirse a mí de esa manera. Verá, lo sé todo sobre usted, y sé que mi marido le ha solicitado que se mantenga a distancia.

Una sombra de horrible desprecio pasó por los ojos de Magnus. No dijo palabra. Se limitó a mirar calle arriba, como si contemplara algo, y por un momento largo Lily se preguntó si el hombre no se volvería a poner el sombrero y marcharse.

Pero no hizo eso. Más bien, inclinó la cabeza.

Sorprendida, Lily esperó a que levantara la mirada y dijera lo que quería decir. Magnus finalmente encontró el habla.

—Hace poco su marido me ha hecho una oferta para compensarme en el caso de que abandone Inglaterra. Yo la he rechazado, pero he tenido tiempo para reconsiderar, y le estaría agradecido si usted pudiera informarle de ello.

Lily apretó el bolsito entre las manos.

—Y ¿por qué me lo pide a mí? ¿Por qué no habla usted personalmente con él?

—Porque quería verla a usted.

Lily se sintió desmayar de miedo ante la intensidad de sus ojos escrutadores, una intensidad que la desarmaba. Ahora era él quien la juzgaba a ella.

—Y ahora que ya me ha visto —dijo, con voz amarga—, espero que haya satisfecho su curiosidad.

Él pensó en sus palabras.

—Supongo que sí. Pero ahora sólo siento pena por usted.

Lily apretó los dientes con fuerza. Aquello no le había gustado.

—¿Y eso, por qué, si se puede saber?

—Porque se ha casado con mi primo —dijo él. Retrocedió unos pasos e hizo una ligera reverencia—. Puede decirle que estaré en la Taberna del Rey esta tarde. Le agradezco su paciencia, lady Whitby.

Lily quedó anonadada por el descaro de aquel hombre y sacudida por ese resentimiento tan palpable.

Se giró para subir al coche, pero él volvió a llamarla.

—Lady Whitby.

Lily se quedó helada. Pensó en ignorarlo, pero algo la hizo girarse. Quizá fue la curiosidad.

—Salude a Annabelle de mi parte —dijo Magnus.

Eran palabras insultantes. Más tarde, cuando las repitiera delante de su marido, éste tendría un ataque de ira.

Sin embargo, al volverse y mirar en los ojos de Magnus, se preguntó si aquel hombre hablaba sinceramente o si su intención no era más que disparar una flecha envenenada.

Se lo quedó mirando, sin saber si se estaba dejando engañar o si la actitud que había adoptado era demasiado compasiva.

—Ya se lo diré —dijo. Una vez más, sólo hablaba respondiendo a su intuición. Tardó un momento en pensar en ello antes de subir al coche.

Más tarde, camino a casa, Lily repetía mentalmente una y otra vez su conversación con Magnus y se preguntaba cómo se lo contaría a Whitby. De pronto, el coche dio un bote y Lily salió impulsada hacia arriba. Aline, frente a ella, se cogió de los lados para no caer.

Un segundo más tarde, el coche osciló peligrosamente y zigzagueó sobre el camino, dando tumbos y crujiendo hasta que finalmente dio una sacudida y la parte trasera cayó violentamente al camino con un estruendo clamoroso que Lily sintió como un golpe en la columna.

El corazón le dio un vuelco y sintió un pánico violento que la sacudía al ser lanzada a un lado como una muñeca de trapo. Dio con la cabeza en la ventanilla. Aline chillaba, aterrorizada.

El mundo se sacudió y tembló ante los ojos de Lily cuando el vehículo cayó de lado y fue arrastrado por el camino dando tumbos en un ángulo peligroso. El cochero gritaba a voz en cuello a los caballos, pero luego todo giró en círculos cuando el coche volcó, dio una vuelta de campana y Lily perdió el sentido.

La suerte quiso que no estuviesen lejos de casa cuando el coche capotó. Al abrir los ojos, Lily se encontró ante la cara de su marido, que le daba suaves golpecitos en la mejilla.

Parpadeó unas cuantas veces, intentando despercudirse, porque no estaba segura de dónde estaba ni por qué Whitby parecía tan preocupado.

Entonces recordó el coche que oscilaba y luego volcaba, y se dio cuenta de que todavía estaba en el interior, y que el coche seguía volcado.

—¡El bebé! —exclamó, llevándose una mano al vientre—. ¿Está bien?

Whitby se apoyó en una rodilla a su lado.

—Lily, tienes que estar tranquila. El médico está en camino. ¿Estás bien?

Con cierta dificultad, Lily quiso sentarse. El vientre le pesó cuando intentó apoyarse en un brazo. Whitby ayudó a sostenerla, mientras esperaba una respuesta.

—Creo que sí —dijo ella—. No siento dolor en ninguna parte.

—Se llevó una mano a la frente y preguntó—: ¿Qué ha ocurrido?

—El coche perdió una rueda.

Lily miró en el interior. Las cortinas colgaban en un ángulo raro.

—¿Dónde está Aline? ¿Esta herida?

—Está bien. Fue ella quien vino a pedir ayuda. Tú eres la que me preocupa. ¿Estás segura de que no estás herida?

Lily se removió y se incorporó como pudo, con la mano todavía apoyada protectoramente sobre el vientre.

—Sí, creo que estoy bien.

Whitby la ayudó a levantarse, y Lily vio que la única salida era a través de la puerta por encima de su cabeza.

—¡Thompson! —llamó Whitby—. Venga a echar una mano.

Al cabo de unos segundos se oyó un ruido sordo en el exterior del coche y apareció la cara de un hombre recortada contra el cielo azul. Estiró una mano para coger a Lily.

Whitby hizo un estribo con las manos.

—Pon el pie aquí y yo te subiré.

—¿Subirme? Si peso una tonelada —dijo Lily, como si la estuvieran mirando.

—No te preocupes. Estoy dispuesto a esforzarme. —Whitby la miró sonriendo levemente, aunque ella percibió la inquietud que todavía brillaba en sus ojos.

Lily estaba algo más que preocupada porque no había sentido al bebé moverse desde que abriera los ojos. Hizo lo que Whitby le dijo y, dejando escapar unos cuantos gruñidos y utilizando unos músculos que ni sabía que tenía, no tardó en ponerse a cuatro patas sobre el vehículo volcado. Entonces vio que el arnés con los caballos ya había sido desenganchado y llevado de vuelta a casa.

—¿Cuánto tiempo he estado inconsciente? —preguntó, en cuanto Whitby, con ayuda de un criado, se encaramó a través de la puerta y se incorporó junto a ella.

—Unos veinte minutos —dijo él—. Tienes un chichón en la cabeza —dijo, y le tocó la herida recién hecha justo por encima de la sien.

—¡Auch! —exclamó Lily, y se echó atrás.

—Lo siento. Tenemos que llevarte a casa.

De un salto, Whitby estuvo en el suelo y le ofreció los brazos.

—Baja, querida. —Ella se dejó ir a los brazos de su marido, confiando en que la dejaría sana y salva en el suelo, y no tardaron en emprender el regreso a casa en un coche abierto.

Sólo entonces Lily recordó su conversación con Magnus y, recordando lo que otros le habían contado de su carácter vengativo y perverso, caviló sobre la coincidencia de que el coche hubiera perdido una rueda una hora después de encontrarse con él.

Le tocó la pierna a Whitby.

—¿Qué ocurre? —preguntó él, preocupado.

—Hoy he conocido a Magnus —dijo, sintiéndose todavía mareada.

Su marido la miró con grandes ojos, con una expresión que se convirtió en una mirada de hostilidad. Su sorpresa no tardó en asomar como furia. Con los codos en las rodillas, se cogió la cabeza con las dos manos.

Durante un momento largo y tenso estuvo así, en silencio. Después, se giró hacia ella.

—Cuéntame qué ocurrió —dijo.

Capítulo 32

*D*espués de examinar a Lily y de asegurarle a ella y a Whitby que el bebé no había sufrido ningún daño, Lily vio desde la ventana del salón que su marido subía a su coche y salía.

Estaba preocupada. Whitby se dirigía al pueblo a buscar a Magnus, y Lily temía lo que pudiera ocurrir cuando lo encontrara.

Él le aseguró que sólo tenía la intención de discutir la oferta que le había hecho a Magnus hacía meses, la oferta que, al parecer, Magnus había reconsiderado. Pero Lily temía que el acuerdo no sería el único tema de la conversación, porque Whitby sospechaba que Magnus había sido el artífice del accidente, y Lily sabía que en ese momento su marido a duras penas dominaba su ira.

Oyó que alguien entraba en la sala y apartó la vista de la ventana. Era Annabelle, y parecía muy inquieta.

—¿Qué ha dicho el médico?

Lily fue hasta ella y le cogió las dos manos.

—Todo está bien. El bebé vuelve a moverse y este chichón habrá desaparecido en una semana.

Annabelle soltó un suspiro de alivio y se relajó.

—Gracias a Dios. Me alegro tanto de que no haya sido nada grave. Me dan ganas de no volver a subir a un coche en toda mi vida.

Lily asintió, distraída.

—¿Qué ocurre? —inquirió Annabelle, porque se había vuelto muy sensible a los estados de ánimo de Lily.

Ésta miró a Annabelle con expresión de desconsuelo.

—Quizá deberíamos sentarnos.

Annabelle se sentó junto a ella en el sofá. Lily no le soltó la mano.

—Debo contarte lo que ha ocurrido hoy, Annabelle, y explicarte dónde ha ido Whitby.

—Parece muy serio —dijo Annabelle, con una expresión que revelaba su repentino desasosiego.

—Creo que sí lo es. Verás, hoy me he topado con alguien en el pueblo. Con Magnus.

Annabelle retiró lentamente la mano que sostenía Lily.

—No habrá sido muy agradable.

Lily escrutó la mirada de Annabelle, queriendo interpretar cómo se sentía sabiendo de la cercanía de Magnus, esperando que ella pudiera echar alguna luz sobre el asunto.

—No fue demasiado terrible, hasta que volcó la berlina.

Annabelle arqueó una ceja como muestra de un íntimo desprecio.

—¿Crees que fue él, no? Conociéndolo, es probable que haya sido él. —Y enseguida se llevó una mano a la boca—. ¿Es por eso que Whitby ha salido tan deprisa? ¿Para ir a buscarlo?

—Sí. Ha ido al pueblo.

Annabelle se incorporó.

—¡Se matarán!

Aquella idea de Annabelle alarmó a Lily, pero sabía que debía conservar la cabeza fría.

—No, Whitby ha ido para tratar de otra cosa con él. Cuando hoy hablé con Magnus, me dijo que quería que Whitby supiera que había cambiado de opinión a propósito de la oferta.

—¿Qué oferta?

Lily sabía que debía contárselo todo. Tenía que conocer la opinión de Annabelle, ya que ella seguramente sabía mejor que nadie de qué era capaz Magnus.

—Al cabo de pocos días de llegar aquí después de que nos casamos, Whitby le ofreció a Magnus un dinero mensual si accedía a dejar el país.

Annabelle respiró hondo.

—Quería protegerte. Y ¿Magnus lo rechazó?

—Sí.

—Pero ¿por qué habría de cambiar de opinión ahora?

—Eso es lo que quisiera saber. Quizá porque sepa que dentro de pocas semanas dejará de ser el heredero del título de Whitby. ¿Crees que podría ser eso?

Annabelle volvió a sentarse, pensando en la pregunta.

—Supongo que sí.

Lily le apretó la mano.

—¿Crees que ahora abandonará Inglaterra? Después de lo que sucedió hoy, me preocupa que le ocurra algo al bebé.

Annabelle sacudió la cabeza, con los ojos llenos de lágrimas.

—No lo sé. Su odio a esta familia siempre ha sido la razón de ser de su vida. Su único objetivo ha sido siempre hacerle daño. ¿Qué pasaría si hubiera hecho esto sólo para provocarlo y obligarlo a enfrentarse a él?

Lily percibió el temblor en la voz de Annabelle, y empezó a sentir el mismo miedo. ¿Qué pasaría si fuera verdad? ¿Qué pasaría si Magnus sabía que Whitby iría a buscarlo sin intención alguna de negociar un arreglo económico? ¿Qué pasaría si sabía que Whitby querría poner fin a la querella de una u otra manera, porque eso era lo que de verdad quería? ¿Un enfrentamiento en toda regla?

—Pero ¿por qué Magnus odia tanto a la familia? ¿Acaso no sabe que su padre era un hombre peligroso? ¿Acaso no entiende que tenían buenos motivos para apartarlo?

—Magnus sólo ve el mundo desde su perspectiva, y eso sólo se puede explicar porque su padre instiló el mismo odio en su alma desde muy temprana edad. Él cree que los villanos somos *nosotros*.

—Y ¿no lo podemos sacar de su error? ¿Acaso no puede ver las cosas razonablemente?

—Muchos lo han intentado. Él nunca ve la razón. No, él sólo sabe de culpas.

Lily se incorporó y se acercó a la ventana, presa de la ansiedad. Recordó la conversación con Magnus, y recordó su mirada y su manera de tenerse. Ella no le había tenido miedo, no del todo. Se mostró cauta con él debido a lo que sabía, si bien había algo en aquel hombre que no era amenazante. Se giró hacia Annabelle.

—Espero que Magnus no provoque a Whitby. Espero que quiera de verdad llegar a un acuerdo.

—Pero a Whitby ya lo ha provocado. Tú y el bebé podríais haber muerto hoy.

Lily volvió a sentarse junto a Annabelle.

—Te aseguro que intento creer que esto no es lo que parece.

—No veo cómo podrás conseguirlo.

Lily sacudió la cabeza y volvió a cogerle la mano a Annabelle.

—Quizá debiera decirte —confesó—, que cuando Magnus se iba, me dijo que te saludara.

Annabelle la miró como si le hubieran asestado una puñalada al corazón. Bajó la cabeza.

—Es un hombre verdaderamente vengativo.

—No, no fue de esa manera —dijo Lily, sin saber bien por qué lo defendía, aunque sentía la necesidad de contarle a Annabelle cómo había sido de verdad—. Me dio la impresión de que era casi sincero. Incluso me atrevería a decir que había un dejo de… —dijo, y guardó silencio, sin saber si sabía la palabra correcta para describir la mirada de Magnus, y sin siquiera saber si estaba en lo cierto.

—¿Un dejo de qué?

Lily siguió pensando unos segundos.

—Un dejo de remordimiento. No se estaba burlando de ti, de eso estoy segura.

Annabelle se reclinó en el sofá.

—Remordimiento —dijo, como si dudara.

—Sí, y eso es lo que me hace pensar que hoy quizá todo acabe bien.

Annabelle apartó la mirada, se incorporó lentamente y fue hasta la ventana. La luz le dio en el rostro cuando miró hacia la lontananza.

—Entiendo que necesites creer, Lily. Pero cuídate de que esa necesidad no te ciegue. Magnus es un hombre que lleva encima un profundo resentimiento.

Lily respiró hondo. Sentía una enorme ansiedad porque sabía que cuando se trataba de sus esperanzas, nunca había sido demasiado realista.

Whitby entró en la Taberna del Rey y divisó a Magnus sentado a una mesa en la penumbra de la parte trasera con una jarra medio vacía de cerveza. Tenía la cabeza apoyada contra la pared y los ojos cerrados.

Whitby se dio un minuto para respirar hondo y esperar a que se calmara la sangre que rugía por sus venas. Luego se acercó lentamente a su primo.

Se quedó un momento frente a la mesa, esperando a que Magnus abriera los ojos, aunque el hombre siguió sentado, inmerso en un silencioso vacío. Whitby estaba sorprendido. Creía que Magnus estaría preparado para un enfrentamiento pero, tal como estaba, le sería imposible defenderse de un ataque.

Se inclinó hacia delante, cogió la jarra de Magnus y dio con ella un golpe en la mesa para anunciar su presencia. La cerveza salpicó y se derramó sobre la mesa.

Magnus no se sobresaltó con el ruido. Abrió perezosamente los ojos y se quedó mirando a Whitby. Luego se enderezó y señaló la silla que tenía al frente.

Whitby se sentó.

—¿Algo para beber? —le preguntó Magnus.

—No —dijo Whitby.

Magnus cogió su jarra y tragó lo que quedaba. La dejó en la mesa y levantó el brazo para pedir otra.

Whitby tamborileó sobre la mesa mientras esperó a que la muchacha trajera otra jarra de cerveza. Ésta se acercó y él rechazó con un gesto de la mano la jarra que traía para él.

En cuanto se alejó la muchacha, Whitby le lanzó a su primo una mirada de ira.

—Mi mujer me ha informado de vuestra conversación —dijo, mirando fijamente a Magnus.

—Supuse que lo haría.

—Me ha dicho que has cambiado de opinión a propósito de mi oferta.

—Es verdad —dijo Magnus, limpiándose la boca con el dorso de la mano.

Whitby dedujo que el hombre estaba borracho, lo cual dificultaba la conversación. Quería que Magnus estuviera sobrio, de modo que no hubiera malentendidos.

—Sólo hay un problema —dijo Whitby, frío—. Me cuesta mucho tomar la decisión de darte dinero el mismo día en que has intentado matar a mi mujer y a mi heredero.

Magnus lo miró con el rostro desencajado.

—¿Matar a tu mujer? ¡Si no he hecho más que hablar con ella!

Whitby lo miró, ceñudo.

—Esto me es desagradablemente familiar.

—¿En qué te es familiar, si se puede saber?

Sin embargo, Whitby vio en los ojos de Magnus que ya sabía la respuesta. Sólo quería oír cómo lo decía.

—También has negado ser el asesino de mi hermano.

Magnus sacudió la cabeza, visiblemente irritado.

—Y ¿ahora vuelves a lo mismo? Dios mío, has perdido la razón. Yo no he matado a tu hermano, y te aseguro que tampoco he intentado matar a tu mujer. Me he estado aquí toda la tarde sentado bebiendo para olvidarme de todo.

Whitby se quedó quieto, entrecerrando los ojos.

—¿Esperas que me crea que ha sido una coincidencia?

—¿Qué ha sido una coincidencia?

Whitby inclinó la cabeza a un lado.

—¿Cómo te has enterado de que lady Whitby venía al pueblo a esa hora?

Magnus golpeó con un dedo en la madera estriada de la mesa.

—No cuesta demasiado obtener información de las personas adecuadas. Escucha, yo no he intentado matarla. Ni siquiera sé lo que le ha ocurrido. —Magnus bebió otro trago y volvió a apoyar la cabeza en la pared de detrás, con expresión de indiferencia—. ¿Qué ha pasado?

Quizá fuera verdad que había perdido la razón, porque contestó a su pregunta.

—Su berlina perdió una rueda y volcó camino a casa.

—Y ella ¿se encuentra bien?

Tal vez su primo esperara lo contrario, pensó Whitby, mientras escrutaba su expresión.

—Sí, está bien.

Magnus bebió otro trago de cerveza.

Whitby no podía decir con seguridad si creía o no que Magnus hubiese aflojado la rueda. Sin embargo, había algo raro en su actitud. Whitby no se sentía agredido por él.

Se reclinó en su silla, sin quitarle ojo. En cualquier caso, a él sólo le interesaba una cosa en ese momento, y era asegurarse de que hechos como ése no volvieran a producirse en el futuro, y que Lily y Annabelle estuvieran a salvo.

—Hablemos de la oferta —dijo, finalmente.

Magnus dejó la jarra en la mesa.

—Quiero emigrar a Estados Unidos. Dame diez mil al año y desapareceré.

—Y ¿por qué ahora sí? —preguntó Whitby.

—No tienes por qué saberlo, pero hubo un tiempo en que creí que heredaría el ducado. Veía cómo malgastabas tu vida bebiendo y que te negabas a casarte, y creía de verdad que acabarías muriendo joven, igual que tu padre y que John.

Whitby apretó los puños.

—Pero ahora tienes una mujer encantadora —siguió Magnus—, que, por lo visto, está a punto de dar a luz cualquier día. Además, por si no lo sabías, mi madre falleció hace dos semanas, por lo que mis lazos con Inglaterra se han roto.

La rabia de Whitby tuvo un ligero respiro ante la noticia de la muerte de Carolyn. Aunque no le guardaba ninguna simpatía a la mujer, la muerte era la muerte.

—Siento oír eso —dijo—. Te quería mucho. —Fue lo único que se le ocurrió decir.

Magnus siguió con la vista fija en el suelo y bebió otro trago. Ni siquiera dio a entender que apreciaba las condolencias de Whitby.

—¿Estaba enferma? —preguntó.

—Del corazón.

—Lo siento —volvió a decir Whitby.

—Entonces —dijo Magnus, mirándolo con rabia—. El dinero. Si acuerdas pagarme unas mensualidades de lo que habría sido mío si a mi padre no lo hubieran apartado de la familia, dejaré Inglaterra y por fin te habrás librado de mí.

Era algo que Whitby deseaba desde hacía tiempo, a saber, deshacerse de Magnus y de la amenaza que representaba. Sin embargo, sentado ahí mirando al hombre que había despreciado toda su vida, no sintió la satisfacción que habría esperado. Miró a Magnus, tal como era en ese momento, y sólo vio a un hombre amargado que no conocía la alegría. No tenía más que la bedida como compañía.

Whitby logró apartar de su mente aquella imagen y recordó todas las cosas condenables que su primo había hecho a lo largo de su vida, como aquella vez en que había atacado a John y le había roto la nariz fuera de su casa en Londres. Y, desde luego, lo que le había hecho a Annabelle.

Empujó su silla hacia atrás y se levantó.

—De acuerdo. Dispondré un pago mensual, con la primera suma entregada de inmediato. Sin embargo, haré redactar un escrito, que tú firmarás, diciendo que si alguna vez vuelves a Inglaterra, los pagos cesarán.

—Me parece justo —dijo Magnus, lanzándole una mirada furibunda—. Pero no necesitas nada por escrito. No volveré.

—Da igual. Lo haré redactar.

Whitby miró a su primo a sus oscuros ojos un momento antes de girarse y salir.

Cuando Whitby volvió a casa, desde la berlina vio que Clarke corría escalera abajo para venir a su encuentro. Whitby sintió una punzada de ansiedad, porque Clarke nunca bajaba corriendo a recibir a nadie. Siempre esperaba en la puerta.

—¿Qué ocurre? —preguntó Whitby, quitándose el sombrero cuando su mayordomo llegaba al pie de la escalera.

—Es lady Whitby, milord —respondió él—. Se ha puesto de parto.

Capítulo 33

Whitby se detuvo ante la puerta cerrada de los aposentos de su esposa, y esperó un momento antes de llamar, pensando que volvía a repetirse una escena que él ya conocía: él llamaba y entraba para ver a una mujer que amaba, sí, que amaba, en los momentos del parto. En la misma cama. Ahora se imaginaba a Lily, pálida y agotada.

Alzó el puño y llamó suavemente.

—¡Adelante! —respondió Lily, desde el interior.

Whitby se sorprendió al oír ese tono alegre en su voz. Hizo girar el pomo y abrió la puerta.

La habitación estaba iluminada y las cortinas totalmente abiertas para dejar entrar el sol, y Lily se acercó a él estirando los brazos, con aspecto feliz y radiante de ilusión. Llevaba puesta una bata de vivo color rosa.

—Gracias a Dios que has vuelto —dijo, cogiéndole las manos y empinándose para besarlo en la mejilla—. He estado muy preocupada. ¿Qué ha pasado con Magnus?

—¿Cómo es posible que pienses en eso en este momento? —preguntó él, frunciendo el ceño.

Ella sonrió.

—Ya lo sé. Está sucediendo. ¿No te parece maravilloso?

Ella volvió a una posición normal y él se encontró mirando su bello rostro, sus ojos azules y sus pestañas oscuras, su piel suave y blanca y sus labios de frambuesa. Nunca la había visto tan bella, ni más vibrante ni tan llena de vida. Quizá no tenía por qué preocuparse. Quizá todo marcharía sobre ruedas y sin ningún tipo de complicaciones.

—Me sorprendes —dijo Whitby—. No esperaba encontrarte en pie, tan risueña y alegre. Siempre había creído que el parto era una experiencia dolorosa.

Ella sonrió con su comentario ligero.

—Lo ha sido, un poco. Cada cinco o diez minutos, me duele el vientre, y nada me distrae del dolor, pero sólo dura un momento y luego el dolor desaparece y me siento bien, como ahora.

Justo en ese momento a Lily le cambió la cara y él le puso una mano en el vientre. Ella miró hacia otro lado y se inclinó ligeramente hacia delante.

—Ay, aquí viene...

Lily cerró los ojos y respiró profunda y lentamente, y Whitby sintió un gran peso en el estómago. Hizo ademán de cogerla enseguida, pensado que iba a tener el bebé en ese momento, sobre la alfombra.

—¿No deberías tenderte? —preguntó.

Ella negó sacudiendo la cabeza, casi frenéticamente, y no habló ni lo miró. Se concentró en un punto en el suelo y luego cerró con fuerza los ojos.

Whitby no volvió a hablar. Se quedó ahí, sin moverse, hasta que Lily recuperó la sonrisa y alzó la vista.

—Ya está. ¿Ves? No es nada.

Él dejó caer una mano a un lado y exhaló un largo suspiro que contenía sin darse cuenta.

—Pero ¿estás segura de que no te tienes que tender? —volvió a preguntar.

Lily sacudió la cabeza.

—La señora Hanson, la comadrona, me ha dicho que es mejor si me sigo moviendo, y que si paseo un poco se acelerará el parto.

—Ya entiendo —dijo Whitby, y miró por la habitación—. ¿Dónde está la comadrona? ¿No debería estar aquí?

—Ha ido un momento a la cocina a buscar algo. Han mandado a buscar al médico, pero ha salido a hacer otra visita. Pero debería llegar a tiempo. ¿Quieres caminar conmigo? No iremos demasiado lejos, sólo por el pasillo y volver. Todavía no me has dicho qué pasó con Magnus.

Aunque Whitby seguía presa de una fuerte tensión, le ofreció el brazo y ambos salieron al pasillo. Whitby le contó a Lily todo lo ocurrido, cómo Magnus no era el mismo de siempre, y que su madre había muerto. Lily sintió pena por lo ocurrido, pero también le alivió saber que Magnus había accedido a abandonar Inglaterra.

—Así que éste es un peso con el que ya no tendrás que cargar más —dijo Lily, mirándolo como si fuera una pregunta.

—Sí —dijo él. Aunque ese día Whitby pensaba en fardos mucho más difíciles de llevar, pero no se lo comentó a Lily.

Caminaron arriba y abajo muchas veces por el pasillo durante la hora que siguió, mientras la señora Hanson esperaba pacientemente en el tocador de Lily. Cada cierto rato, Lily se detenía y se llevaba una mano al vientre, respiraba profundamente y se quedaba mirando el suelo. Y luego volvían a caminar. Hablaron de nombres para el bebé y de fechas bara el bautismo, y a qué universidad iría aquel hijo cuando llegara el momento. A Whitby le parecía que estaban poniendo la carreta delante de los bueyes ya que, antes que nada, todavía tenían que superar el parto, pero dejó que su mujer hablara de lo que quisiera.

Lily acabó quejándose del dolor en los pies, y decidió tenderse un rato.

—¿Podrías volver en una hora? —preguntó, deteniéndose en el pasillo—. Suponiendo que antes no tenga el bebé.

—Por supuesto, querida. —Whitby la besó en la mejilla y la acompañó de vuelta a la habitación. La comadrona, que esperaba sentada en una silla mecedora, se incorporó y cogió a Lily por el otro brazo para ayudarle a tenderse en la cama.

—No soy una inválida —dijo Lily, mirándolos a los dos y sonriendo, mientras buscaba una posición cómoda—. El único problema es que me muevo como una ballena.

Whitby ahogó una risilla ante esa demostración de sentido del humor, contento y asombrado de que Lily conservara esa chispa, a pesar de su malestar. La volvió a besar en la mejilla.

—Volveré dentro de una hora.

—Te estaré esperando —dijo ella, con una mirada alegre.

Lily era una valiente. Whitby salió de la habitación y se detuvo en la puerta, con la mano todavía en el pomo. Más que cualquier cosa, le entraron ganas repentinas de sostener a su mujer y a su hijo en los brazos y dedicarse a ellos en cuerpo y alma. La idea lo golpeó como una ola enorme que lo pillaba por sorpresa, diferente a cualquier cosa que hubiera experimentado antes, y casi lo dejó sin aliento.

Nunca había imaginado que se entregaría conscientemente a una esperanza tan trascendental. Había tenido miedo de hacerlo, porque temía perder a Lily.

Pero todavía no la había perdido, aunque había estado a punto de hacerlo. En dos ocasiones. Lily había estado gravemente enferma y su berlina acababa de volcar. Pero ella había sobrevivido, y él también.

Volvió a su habitación, se sentó en su cama y miró el reloj, esperando que la hora sin ella pasara rápido.

Tal como había prometido, Whitby volvió a la habitación de Lily una hora más tarde, y él y Lily volvieron a pasear arriba y abajo, hasta que ella tuvo nuevamente dolor de pies y decidieron volver a la habitación.

Whitby pidió a la comadrona que les dejara un momento de privacidad. Luego ayudó a Lily a sentarse en una silla bien acolchada, se sentó en el taburete frente a ella y le dejó descansar la pierna sobre su rodilla. Le quitó las zapatillas y durante media hora le hizo masajes en los pies y las pantorrillas.

—¿Cuántos hijos deseas tener? —preguntó Lily, reclinándose en la silla entre las contracciones y con un tono soñador.

Él le acarició el pie con el pulgar.

—Diez.

—Y ¿cuántas serían niñas?

Él arqueó una ceja con gesto seductor.

—Si se parecieran en algo a su madre, me gustaría que todas fueran niñas —dijo, y luego inclinó la cabeza a un lado y reconsideró lo dicho—. Pero entonces tendría que vérmelas con todos los jovenzuelos de Londres que querrían robarme mis hijas, ¿no? Así que quizá tener varones sería mejor.

—Necesitas al menos un hijo —dijo Lily, queriendo ser práctica.

—Sí, supongo que sí —dijo él, dejándole el pie y cogiéndole el otro.

—Espero que éste sea un hijo.

Él dejó de frotarle un momento y habló con toda sinceridad.

—La amaría igual si fuera una hija.

Las palabras salieron de su boca antes de que tuviera ni un segundo para pensar en lo que iba a decir, y aquello lo sorprendió. Había utilizado la palabra amar.

Lily también estaba sorprendida. No lo dijo, pero él lo vio en sus ojos, en su manera de mirarlo sin decir nada.

Él volvió a hacerle masaje en los pies. Después, se quedaron en silencio y, salvo en los momentos en que a Lily le dolía, no era un silencio incómodo.

El doctor Benjamin llegó tarde aquella noche y entró en los aposentos de Lily con una expresión agradable y un tono de voz muy animado.

—Entiendo que hay un bebé dispuesto a anunciar que hoy es su cumpleaños.

Lily estaba sentada en la cama y le sonrió al médico cuando éste se acercó. Whitby cerró el libro que le había estado leyendo y se puso de pie.

—Sí, es verdad, pero parece que se lo está tomando con calma.

—¿Ah, sí? —El médico dejó su maletín de cuero sobre la cama y sacó el estetoscopio—. Entonces vamos a averiguar a qué viene la tardanza del niño.

—O la niña —dijo Lily.

El médico sonrió mientras se ajustaba el estetoscopio a las orejas.

—O la niña —repitió.

Le auscultó el vientre hinchado, moviendo la membrana de un punto a otro. Luego se quitó el instrumento y se lo dejó colgando del cuello.

—Todo parece estar perfectamente.

Whitby suspiró con alivio.

—¿A qué hora han empezado los dolores? —preguntó el médico, mientras le presionaba el vientre a Lily.

—Hacia la una —dijo ella. Le contó que se producían regularmente cada cinco o diez minutos.

—¿Los dolores se han vuelto más intensos? —inquirió.

—En realidad, no. Han sido más o menos iguales durante todo el día.

—Y, bien —dijo el médico—, debería echarle una mirada. —Se volvió hacia Whitby—. ¿Le importaría, milord?

—Sí, claro —respondió Whitby, y besó a Lily en la frente. Hizo un leve saludo antes de salir—. Estaré esperando afuera.

Unos veinte minutos más tarde, el médico encontró a Whitby y a Annabelle en el salón, sentados ante el hogar. Whitby se incorporó de inmediato y le ofreció al médico la silla que tenía al frente.

—Doctor, pase. Por favor, siéntese.

El médico dejó su maletín y se sentó.

—¿Cómo está? —preguntó Whitby.

—Al parecer, está bien. Desde luego, tiene buen ánimo, pero eso podría cambiar en las próximas horas, cuando los dolores del parto se vuelvan más intensos.

—Supongo que eso es de esperar —replicó Whitby, vacilante—. Sin embargo, debo confesar que estoy asombrado de lo fácil que ha sido hasta ahora. No es lo que me había imaginado.

El médico se inclinó hacia él y entrecruzó los dedos de las manos, apoyando los codos en los brazos de la silla.

—Seré franco con usted, milord. Ha sido fácil porque ha habido escaso progreso.

Whitby sintió un nudo apretado en el estómago.

—¿Qué quiere decir eso?

El doctor volvió a echarse hacia atrás.

—Lady Whitby me ha dicho que había roto aguas durante el día, pero cuando la examiné, no estaba dilatada.

—¿Dilatada? Hábleme claro, por favor, doctor.

El médico esperó un momento.

—El cuello del útero, por así decir, al comienzo, debe estar lo bastante abierto para dejar pasar al niño. El suyo todavía está cerrado.

—Pero ¿se abrirá con el tiempo?

El médico volvió a esperar un rato antes de contestar.

—Cuesta mucho predecir estas cosas. Es su primer hijo, y quizá vaya un poco lento. Por otro lado, me preocupa que tras el accidente de hoy haya roto aguas prematuramente, lo cual alteraría la marcha natural de las cosas. Sin embargo, por lo que sabemos, podría haber empezado ahora. Quizá vuelva a su habitación en cinco minutos y el bebé ya esté en camino.

—¿Qué pasa si el útero no se dilata?

El médico respondió sin rodeos.

—Hay maneras de intervenir que me permiten ayudar.

—Y ¿si eso no da resultado?

Esta vez el doctor Benjamin no contestó a la pregunta directamente.

—Como he dicho antes, puede que esta conversación se adelante a los hechos…

—Si no funciona, doctor… —repitió Whitby, esta vez más firme. Aunque ya sabía demasiado bien qué pasaría. Así había muerto su madre, bajo el escalpelo del médico, en un último intento de salvar al niño.

La nuez de Adán del médico se movió cuando tragó.

—Entonces usted y lady Whitby tendrían que considerar sus opciones. La verdad, milord, es que una vez que ha roto aguas, el bebé debe salir, o su vida estará en peligro.

Whitby se removió, inquieto, en su silla.

—Y ¿qué hay de la vida de la madre?

—La de ella también. Pero, sinceramente, no debe usted preocuparse en este momento. Puede que todo salga perfectamente bien.

Whitby se inclinó hacia delante con los codos sobre las rodillas y se mesó el pelo con las dos manos.

¡Dios santo!

El médico le puso una mano en el hombro.

—Milord, lo más probable es que lady Whitby dará a luz a su bebé en el momento propicio.

Whitby asintió y se dejó ir hacia atrás en la silla. El médico tenía razón. Era el primer bebé de Lily, y era probable que ése fuera el motivo del retraso. Preocuparse no le ayudaría en nada. Tenía que tener esperanzas.

Pero la esperanza no era cosa fácil para un hombre como él, que había perdido a tantos seres queridos en su vida. Whitby estaba abatido. No podía sino esperar lo peor.

Capítulo 34

Al día siguiente por la mañana Lily ya no estaba tan animada, y Whitby no sabía qué decirle porque él también estaba fuera de sí de ansiedad. Todavía no había hecho progreso alguno.

Empezaba a cansarse del dolor, y había sido una noche larga y agotadora. La comadrona había preparado para Lily un baño caliente, esperando estimular al bebé, pero aquello no había surtido efecto alguno. Tampoco había podido dormir porque sufría los dolores de las contracciones cada cinco minutos. Whitby se había dormido en la silla unas cuantas veces porque Lily se lo había pedido. Ella sufría en silencio las punzadas, a diferencia de la madre de Whitby. Lily le había pedido varias veces que se retirara a descansar, ya que el lugar del parto no era adecuado para un marido, pero Whitby se negaba a ausentarse. Le dijo que se iría cuando el bebé estuviera listo para salir.

Whitby deseaba que eso ocurriera pero, a medida que transcurría la mañana, nada ocurrió.

Por la tarde, el médico comenzó con sus métodos de intervención. Le administró tres dosis de cloral, que hizo aumentar el dolor de Lily, pero no tuvo los efectos que deseaba. Intentó hacer presión sobre el abdomen. Cuando eso no funcionó, le administró quinina. Según les explicó, la quinina era un estimulante habitual y se administraba con frecuencia en procesos de parto lento como aquél y tenía claras ventajas. Whitby intuyó que, en esos momentos, el médico empezaba a perder la serenidad.

Hacia la noche, cuando el médico volvió a examinarla, no se había producido ningún cambio y su desasosiego para entonces ya era patente.

—Han pasado más de treinta horas, milord —le dijo a Whitby cuando se encontraron a solas en el salón—. Y lady Whitby está agotada. No quiero ser el que trae malas noticias, pero si no tiene dilatación pronto… preferiría intervenir más temprano que tarde.

—¿Intervenir? —preguntó Whitby.

—Sí, milord.

—Cirugía.

El médico lo miró sin decir palabra.

—Así es como murió mi madre —dijo Whitby.

El doctor Benjamin dejó escapar un largo suspiro lleno de compasión.

—Lo sé, lord Whitby. He leído los informes. Sin embargo, creo que los médicos que atendieron a su madre esperaron demasiado.

Whitby tragó a pesar de ese nudo de miedo que se le había alojado en la garganta. Quería mantener la cabeza despejada.

—¿Le ha comentado esto a mi mujer? ¿Sabe ella lo que significa eso?

—Todavía no he dicho nada porque, a veces, la ansiedad sólo agrava el problema. Sólo se lo he dicho a usted. Y la señora Hanson lo sabe por experiencia propia.

Whitby se apartó del médico y se sirvió una copa de coñac de una botella que tenía sobre la mesa. Fue hasta el otro lado del salón para beber un trago, esperando que le calmara la tensión de los nervios pero, al final, sólo atinó a quedarse mirando la copa. Se dio cuenta, con una tristeza profunda, que no quería que el alcohol lo insensibilizara. Ese día, no. Nunca más.

Al final, dejó la copa sobre la mesa y fue hacia el médico.

—¿No podemos esperar un poco más? No estoy preparado para tomar una decisión.

—Sí, pero ella no puede seguir así indefinidamente.

—¿No se puede hacer nada más?

—Si el dolor se vuelve insoportable, le puedo dar cloroformo. Es seguro, si se administra adecuadamente. Sin embargo, si la cirugía es indispensable, cuanto antes se tome la decisión, mayores son las posibilidades de éxito.

Whitby se apretó el puente de la nariz. ¿Acaso se vería obligado a tomar una decisión que podría matar a Lily y al bebé? Y si tomaba una decisión pronto, como decía el médico, en lugar de hacerlo más tarde, y ellos no sobrevivían, ¿no viviría él preguntándose qué habría pasado si hubiera esperado? ¿Sería capaz Lily de dar a luz por sí sola?

Nunca sabría la respuesta a esa pregunta y, si algo le ocurría a Lily, él se volvería loco, porque entonces se inclinaría por pensar lo peor, que ella habría dado a luz sin problemas si sólo hubiera esperado una hora más…

Hundió la cabeza entre las manos y pensó, angustiado, que si Lily no daba a luz pronto, él tendría que tomar esa decisión. Y que Dios se apiadara de su alma, porque no quería hacerlo.

Más tarde esa noche, Whitby se despertó sentado en la silla junto a la cama de Lily, con la frente descansando sobre la mano de ella. Lily sollozaba.

Él se despertó enseguida, alarmado, y se incorporó. La señora Hanson, que dormía en un camastro en el cuarto contiguo, entró a toda prisa.

—Es el dolor —dijo Lily, con un sollozo que le venía del fondo de las entrañas—. He intendado ser valiente, pero ya no lo puedo soportar. Han pasado casi dos días. ¿Por qué no nace el bebé?

La señora Hanson se acercó a la cama.

—¿El dolor ha empeorado, lady Whitby?

Lily sacudió la cabeza.

—No. Sí. No lo sé. Quizá parece peor porque ya no tengo resistencia. ¡No puedo seguir!

Whitby se inclinó y la besó en las mejillas y en la nariz y en los ojos.

—¡Acaso no hay nada que pueda hacer! —le gritó a la comadrona.

—Quizá debiera examinarla —dijo la mujer, temblorosa—. Puede que haya avanzado algo.

Lily se sentó y lanzó un grito desgarrador. Era la primera vez que Whitby oía algo así escapar de su boca, aquel sonido familiar y pesadillesco...

—Si usted me deja un momento, lord Whitby —dijo la señora Hanson, yendo rápidamente hacia el otro lado de la cama con ademán nervioso, y le quitó las sábanas de encima a Lily.

Él le besó la mano, pero Lily no se dio cuenta. Se había puesto a jadear, con el rostro contorsionado por una mueca de dolor. Whitby cruzó una mirada con la señora Hanson y vio la inquietud en su mirada. Un silencio tenso reinaba en la habitación, y Whitby tragó con dificultad.

Aquello era el infierno, y él había sido arrojado a las profundidades de una pesadilla.

Se apresuró a dejar la habitación, esperando que la señora Hanson descubriera que el bebé estaba a punto de nacer. Salió y cerró la puerta a sus espaldas. Reclinó la cabeza contra la pared, cerró los ojos y esperó. El corazón le latía de manera errática. Jamás se había sentido así, tan desesperado e impotente.

Durante un momento breve, todo quedó en silencio en la habitación, y entonces oyó gritar a Lily.

—¡No!

Whitby sintió que el corazón se le salía del pecho. Abrió la puerta y entró precipitadamente.

—¿Qué ocurre?

La señora Hanson volvió a cubrir a Lily, que ahora lloraba. Whitby sintió náuseas, quiso entregar su propia vida para que ella viviera. Si con eso conseguía que el bebé naciera, estaba dispuesto a morir al instante.

—No ha avanzado, milord. El cuello del útero sigue cerrado.

Lily se retorcía en la cama con otra contracción, y Whitby no fue capaz de soportarlo más.

—Vaya a buscar al doctor Benjamin —ordenó—. Está en mi estudio. Dijo que aplicaría cloroformo para mitigar el dolor. Dígale que lo traiga.

—¿Cloroformo? —preguntó Lily, cuando el dolor remitió—. ¿Estás seguro? ¿No le hará daño al bebé?

—Lo ha usado la reina, querida —dijo Whitby—. Ya verás, te ayudará.

Ella volvió a apoyar la cabeza en la almohada y cerró los ojos, cayendo en un sueño casi inmediato, pero volviendo a despertarse casi enseguida. Le cogió el brazo a Whitby.

—Quizá debieras avisar a mi madre —dijo, con un dejo de desesperación—. Está en Londres.

Presa de un amargo pesimismo, Whitby entendió que si Lily quería comunicarse con su madre, era porque se esperaba lo peor.

Hizo un esfuerzo para prepararse a lo que le esperaba, por mucho que le costara. Lo único que podía hacer era dejar que Lily le apretara el brazo cuando le vino otro espasmo de dolor.

Marion llegó en tren a mediodía del día siguiente. Lily seguía en el mismo estado, sufriendo los dolores del parto sin dilatación del útero, aunque el cloroformo al menos le había dado un respiro. El médico recomendaba sin ambages la cirugía y Lily se mostró de acuerdo. Sabía el riesgo que corría su propia vida, pero deseaba salvar al bebé.

Whitby estaba abatido. No podía comer y apenas podía hablar.

Acompañó con gesto sombrío a Marion a los aposentos de Lily. Sin embargo, se detuvo frente a la puerta antes de abrirla.

—Sé que nunca ha aprobado mi persona —dijo, sin rodeos—, y probablemente por buenas razones. Pero es verdad que la amo, más que a mi propia vida, más de lo que jamás he amado a nadie. Moriría por ella si fuera posible. Ahora mismo.

Jamás había imaginado que llegaría a pronunciar esas palabras, pero ya estaba hecho. Era la verdad. Él amaba a Lily, y no podía seguir resistiéndose a ello ni negándolo.

Su suegra se lo quedó mirando un momento largo con ojos inescrutables, probablemente culpándolo por haber rubricado esa sentencia de muerte de su hija. Whitby sabía qué opinión tenía Marion de él. Había conseguido que James y Lily escaparan a su control y ahora estaba a punto de suceder lo peor.

Sin embargo, nada podía hacer él para cambiar eso. Sabía demasiado bien que en ese momento todo se desenvolvía más allá de su control.

Pero Marion no le hizo ningún reproche. Le tocó el brazo y asintió con la cabeza para dar a entender que comprendía lo que decía, mientras Whitby la miraba, presa a la vez del asombro y la desesperación.

Marion se giró hacia la puerta, y él la dejó entrar en la habitación. Acto seguido, se dirigió a sus aposentos para estar solo.

Se sentó en una silla junto a la ventana para prepararse. Pero no lo conseguía. Era incapaz de hacer cualquier cosa. Sólo atinó a quedarse totalmente quieto, con los codos apoyados en las rodillas y las manos entrecruzadas, con la cabeza inclinada hacia delante.

No lloró porque tampoco podía llorar. Estaba en estado de *shock*. Pensó que era él quien debería morir. Él era el que no tenía una vida, y no tenía derecho a recompensa alguna. No había amado a la única mujer que le había dado su corazón, su cuerpo y su alma, al menos no como debiera haberla amado. Le había escamoteado su alma a Lily.

Whitby habría pensado que, en esas circunstancias, estaría contento de haber contenido tantas emociones. Pero no estaba contento. Lo único que sentía era arrepentimiento por el amor que había desperdiciado, por todas las alegrías que se había perdido. Ahora era demasiado tarde. Nada podía devolverle el pasado.

Le había negado tantas cosas a Lily.

Y se había negado incluso más a sí mismo.

Sosteniendo una mascarilla que se colocaba sobre la cara cuando el dolor se volvía insoportable, Lily seguía tendida en la cama, sintiéndose como si flotara. El cloroformo no suprimía del todo el dolor, pero la relajaba y a ratos la ayudaba a dormirse.

No tenía idea cuánto rato llevaba adormecida cuando abrió los ojos y le sorprendió ver a su madre sentada al borde de la cama.

¿Estaría soñando?

—Hola —dijo Marion, inclinándose hacia delante.

Lily tenía la boca seca. Miró a su madre, algo abotargada, y sintió que le volvía todo el dolor y la rabia que había sentido la última vez que hablaran. Había creído que todo eso quedaba atrás, pero no había olvidado…

Intentó hablar con voz serena y reservada, aunque no era eso lo que sentía.

—Qué sorpresa. Creía que no vendrías.

De pronto sufrió otro espasmo de dolor e intentó sentarse, a la vez que cerraba los ojos. Su madre se incorporó, como si necesitara hacer algo pero, desde luego, no había nada que pudiera hacer.

Cuando acabó, Lily volvió a recostarse.

—Quiero que sepas, madre, que no te guardo ningún rencor. Entiendo por qué no querías que me casara con Whitby, y lo acepto.

Marion no dijo palabra.

—Y lamento haberte decepcionado siempre. Nunca lo quise, pero tenía que vivir mi propia vida.

A Lily no le era familiar esa expresión en la cara de su madre. Las arrugas de la frente tenían algo que nunca había visto.

—No he venido aquí a oírte pedir disculpas.

—Entonces, ¿por qué has venido? —preguntó Lily, girándose del otro lado—. ¿Para recordarme que tú tenías razón y que yo debería haberte prestado atención? Espero que no sea para eso, madre. En este momento, no.

Marion guardó silencio un momento antes de responder.

—No. He venido a ver si podía ayudar en algo.

Lily la miró con cierta distancia. Sintió otra punzada de dolor, pero no echó mano de la mascarilla, y aguantó hasta que pasó.

Cuando acabó, Marion volvió a sentarse. Pasó un rato largo sin que dijera nada hasta que, finalmente, sacudió la cabeza y se inclinó hacia delante. Habló con ademán titubeante, como si le costara mucho pronunciar cada palabra.

—Lily, si hay alguien que debiera estar arrepentida… —dijo, y guardó silencio. Luego carraspeó—. Si hay alguien que debiera estar arrepentida, soy yo.

Lily miró a su madre. Estaba sorprendida.

Marion parpadeó lentamente.

—Debería haberte dejado hacer lo que creías que debías hacer. Debería haberte escuchado. Me porté como una testaruda, y sólo quería que me obedecieras.

Lily se apartó el pelo húmedo de la cara. El cloroformo la había confundido. No estaba segura de lo que su madre intentaba decirle. *Obedecerle… ¿Acaso volvía a reprenderla?*

—Yo intentaba escucharte, madre, pero tú nunca me escuchaste a mí.

—No, no te escuché, porque si tú hacías lo que querías, entonces quizá yo también podría haber hecho lo mismo. Pero nunca lo hice porque no era lo bastante fuerte.

Lily se cogió el vientre cuando le volvió el dolor.

—¿No eras lo bastante fuerte? —dijo, apretando los dientes—. Sí que lo eras. Toda mi vida te he temido.

Marion inclinó la cabeza.

—Lily, desde que te fuiste, he tenido que reflexionar sobre cómo habría sido mi vida si me hubiera parecido más a ti, si hubiera desafiado a mi familia y no me hubiera casado con tu padre. Quizá con tener la valentía suficiente, podría haber sido feliz… como tú.

—¿Te parece que soy feliz ahora? —dijo Lily, apenas capaz de pronunciar las palabras y rodeánose el vientre con un brazo.

Marion le tocó la frente y le apartó suavemente un mechón de pelo de la cara. Era algo que nunca había hecho antes, tocar a Lily de esa manera.

A Lily el gesto la cogió por sorpresa y sintió una curiosa sensación de alegría, nada familiar. La mano de su madre era cálida y a Lily le arrancó un gemido de alivio.

Seguido de otro espasmo.

Lily respiró con dificultad y miró a su madre con cara de desesperación.

—¿Te sientes peor? —preguntó Marion.

Lily asintió con un gesto.

—El médico quiere intervenir. Creo que no debería.

—Quiero salvar al bebé.

—Es demasiado peligroso, Lily.

—He tomado mi decisión —dijo Lily. Cogió la mascarilla y respiró hondo—. Amo a Whitby y quiero darle un hijo. No quiero dejarlo sin nada.

—No lo dejas sin nada. Le has dado tu amor.

Lily jamás había oído a su madre decir nada parecido a eso. Hacía que todo se volviera aún más irreal e ilusorio.

Volvió a respirar de la mascarilla y sacudió la cabeza.

—Pero él nunca me dio el suyo.

—Sí que te lo ha dado, Lily. Él te ama. Me lo ha dicho.

Lily intentaba darle un sentido a las palabras de su madre, pero sintió el embotamiento del sueño. Tenía que dejarse ir…

—Quería darle muchos hijos —confesó, casi sin aliento, sabiendo que no pensaba con claridad. Era como si no pudiera concentrarse más que en su frustración por no hacer lo que había deseado. Quería darle a Whitby ese hijo. Quería verlo feliz—. Por favor, no lo culpes a él —dijo.

—¿Por qué? ¿Por esto?

—Es un buen hombre, madre. No puedo dejar que entre el médico hasta que tú me creas. Necesito saber que tú entiendes por qué me casé con él, y que tú y yo nos hemos perdonado.

—Ya te entiendo. Pero no hay nada que perdonar. Al menos en mi caso.

—Quería darle un hijo —repitió Lily, sintiéndose aturdida e incoherente.

En ese preciso momento alguien llamó a la puerta y entró Whitby.

—El médico está esperando —anunció—. Quiere empezar.

Lily oyó la voz de su marido, pero no entendió del todo lo que decía.

Abrió a duras penas los ojos. Vio que Whitby estaba sentado a su lado y que su madre había desaparecido.

¿Era su madre la que había estado con ella? ¿O acaso lo había soñado?

—Lo siento mucho —dijo Whitby, pero Lily ya había vuelto a cerrar los ojos. No podía abrirlos. Sólo sintió los labios y el aliento de su marido en la mano.

—No puedo vivir sin ti, Lily —dijo él—. Por favor, no te mueras...

Lily sintió sus lágrimas en la muñeca y supo que Whitby decía otras cosas, pero ella ya se iba, perdía su asidero...

Soltó la máscara que tenía en la otra mano y oyó el ruido que hizo al caer.

—¿Lily?

Lily tuvo otro acceso de dolor en el vientre y movió la cabeza de lado a lado en la almohada. Sabía que gemía. Se oía a sí misma como si estuviera muy lejos. ¿Estaban sacando al bebé?

Y luego tuvo la leve conciencia de que su marido se incorporaba y salía de la habitación.

Y todo quedó en blanco.

Se despertó al sentir que le quitaban de encima la ropa de cama, casi violentamente, y oyó el ruido de pasos de un lado a otro, personas en la habitación, voces que gritaban... ¿El médico?

Y luego él le gritaba:

—*¡Empuje, lady Whitby! ¡Empuje!*

Capítulo 35

Fue un milagro. Un verdadero milagro de Dios.

Whitby estaba sentado en la silla junto a su mujer, y en los brazos sostenía a su *hijo*.

Un hijo precioso. Un niño perfecto con carita de ángel. A Whitby se le llenaban de lágrimas los ojos al observar a aquella criatura bella y maravillosa que él y Lily habían creado.

La miró a ella, su hermosa mujer, exhausta y desfallecida —pero ¡viva!— y no pudo contener las lágrimas. Sentía una amalgama de dicha y amor, como una ola que de pronto lo cogía en su cresta y se lo llevaba por delante. Casi ni podía respirar de lo contento que estaba. Y Lily estaba viva. Agotada, pero viva.

Ella lo miró, bañada en sudor, y sonrió.

—Ahora todo está bien —dijo.

Él recuperó la compostura y por fin consiguió hablar.

Se sentó inclinándose hacia delante en la silla y se giró para que Lily pudiera ver la cara del bebé.

—Mirad lo que habéis hecho, lady Whitby.

Lily ahogó una débil risilla y puso una mano temblorosa sobre la cabeza del niño.

—Mirad lo que hemos hecho los dos. Es muy bello, ¿no?

—Casi tan bello como su madre.

—¿No atractivo como su padre?

Whitby se incorporó y se inclinó para besar a Lily en la frente.

—Todo lo bello que tiene la vida viene de ti. Yo no conocería nada de ella sin ti.

Ella lo miró fijamente, como si sus palabras la hubieran sorprendido. Dudosa.

—Lo único que he hecho es casarme contigo —dijo—. Cualquiera podría haberlo hecho. Seguro que muchas lo habrán deseado.

Él sabía que lo estaba provocando. Incluso después de un parto que había durado dos días, a Lily le quedaban ánimos para bromear. Pero Whitby también sabía que había algo por debajo de esa ligereza superficial. Lily todavía estaba preocupada. Parecía a la vez curiosa y a la defensiva.

—No cualquiera —dijo Whitby—. Jamás me habría casado con otra. Sólo has estado tú, siempre.

La mirada de Lily se volvió seria.

—Y tú has estado para mí.

—Tú lo has dicho con mucha claridad, Lily. Pero yo nunca fui capaz de decírtelo con todas sus palabras, y por eso estoy muy, muy arrepentido. No conseguía dejarme ir, reconocerlo.

—¿Reconocer qué?

—Que te amaba. Desesperadamente.

La expresión de cansancio de su mujer se suavizó con las lágrimas y el alivio de oír por fin algo que había esperado tanto tiempo. Le sonrió con ternura y un color rosado asomó en sus mejillas, justo cuando le caía una lágrima.

—Es la primera vez que me dices eso.

—No, te lo he dicho hoy, aquí, pero estabas… —explicó Whitby, y luego sacudió la cabeza—. No importa. Tendría que haberlo dicho hace mucho tiempo. Tendría que haberlo sabido.

Lily lo miraba sin pestañear, como si no se atreviera a creer lo que Whitby acababa de decir en un arranque de sinceridad. Pero tenía que creer en ello porque era verdad, y nadie se merecía más que ella escucharlo.

—¿Ahora lo sabes? —preguntó—. ¿De verdad?

—Creo que lo sé desde hace mucho tiempo. Desde siempre, quizá. Pero tenía miedo de perderte, como he perdido a todos los demás.

—A tu madre —dijo ella.

—Sí, y a mi padre, y a mi hermano. A toda la familia.

Ella le puso una mano sobre el brazo con gesto tierno.

—Ahora tienes una familia tuya.

Él miró al bebé, a aquella hermosa criatura que juntos habían creado con su amor en esas noches mágicas cuando él había estado enfermo y se había permitido amar a Lily sin reservas.

Ahora la amaba de esa manera. Él había estado en el infierno y luego regresado al pensar que Lily se estaba muriendo, pero había sobrevivido, y ella también. Y, por obra del buen Dios, sobreviviría todos los días el resto de su vida por ella. No le escamotearía nada, porque Lily le había ayudado a ver que él podía, que, pasara lo que pasara, él podía.

—Quizá puedas contarme más de tu madre algún día —dijo Lily—. Y de las niñeras que recuerdas. Lo quiero saber todo. Quiero saberlo todo acerca de ti.

—En una ocasión me preguntaste y yo me negué a hablarte. Jamás volveré a hacer eso, Lily. Jamás te daré la espalda. —Se encaramó en la cama junto a ella y acomodó al niño entre los dos—. Te lo contaré todo. Te doy mi palabra. Y yo también quiero saberlo todo de ti. Pero, por ahora, lo único que tienes que saber es que te amo más que la vida misma, y te prometo que pasaré cada día del resto de mi vida demostrándotelo,

Lily escuchó aquellas palabras de su marido y sintió una enorme alegría, nunca experimentada, inundándole los pliegues más recónditos del corazón. Era lo que había añorado toda su vida y, por primera vez, lo entendía y lo creía. Whitby la amaba. Profunda y apasionadamente. La amaba de verdad. Su Whitby. Se secó otra lágrima.

—Y ¿qué hay del futuro? —dijo ella, temblorosa—. Este parto ha sido muy difícil. ¿No te preocupará tener más hijos?

—Claro que me preocupará —dijo él—. Lo temeré y me dará pánico, y cada nacimiento será una experiencia infernal para mí, pero eso no me impedirá dártelo todo. He visto la muerte, Lily, la mía y la tuya y, por eso, ahora entiendo lo bella que es la vida, incluso con todo su dolor.

Los dos miraron al hijo recién nacido y Whitby le tocó las mejillas mofletudas con la punta de los dedos. Lily estaba demasiado cansada para reír y entregarse a los arrullos como querría, pero sabía que tendría todo el tiempo que quisiera para eso en los próximos días. Lo importante era que se recuperara.

—El doctor Benjamin dijo que todo fue muy bien desde el momento en que el bebé empezó a salir —dijo Whitby—. Eso nos da esperanzas. Quizá la próxima vez no será tan difícil.

Lily rió por lo bajo.

—Y yo que pensaba que la optimista de la familia era yo.

—Tu optimismo debe ser contagioso —dijo él, sonriendo.

Lily suspiró y cerró los ojos junto a su marido y su hijo y luego giró la cabeza en la almohada para mirarlo a los ojos.

—¿Está mi madre aquí?

—Sí. Y deberías saber que mientras dabas a luz, ella estuvo todo el tiempo conmigo junto a la puerta. Lloró por ti, Lily. Lloró un largo rato en mi hombro. —Whitby la miró fijamente a los ojos, como para asegurarse de que Lily entendía lo que le contaba.

Lily volvió a llorar y lás lágrimas le bañaron los ojos. Pero esta vez eran lágrimas de alegría.

—¿Quieres que le diga que entre? —preguntó Whitby.

Lily se secó las lágrimas y sacudió la cabeza.

—No. Tengo ganas de verla pronto. Pero ahora mismo estoy muy cansada. Sólo quiero estar contigo. Eres lo único que necesito.

Él asintió y le rodeó el hombro con el brazo. La acercó a él y la besó en la cabeza y, juntos, los tres dejaron que sus párpados se cerraran mientras se acurrucaban en la cama cálida y mullida.

—Nunca he sido tan feliz —murmuró Whitby.

Y lord y lady Whitby descansaron tranquilamente, sabiendo que vivirían muchos otros momentos tan dichosos como aquel durante muchos, muchos años.

Epílogo

Verano de 1887

—Dos hijos en dos años. Es impresionante, lady Whitby.

Lily se sentó en la manta de la merienda y se encogió de hombros, parpadeando ante su marido.

—¿Qué puedo decir? Tengo este don.

Whitby rió y la hizo caer hacia atrás para besarla. Le cogió la nuca en el cuenco de su mano grande, dejándola suavemente en la manta.

—Es verdad que lo tienes.

Lily se entregó como siempre al placer erótico de los labios de su marido, pero sólo durante un segundo, ya que no podían perder de vista al pequeño Eddie, sentado en el césped no muy lejos, entretenido con su tren de juguete. Su hijo menor, de sólo ocho meses, dormía en su cochecito junto a la manta.

—Eres una bestia —le dijo a Whitby, sonriendo, y le dio unos golpecitos en el brazo para rechazarlo—. Si sigues así, antes de que te des cuenta, ya tendremos tres hijos.

Lily volvió a sentarse y Whitby se tendió de espaldas, cruzando los pies a la altura de los tobillos y con ambas manos detrás de la nuca.

—Te gusta hacerme esperar, ¿eh? —preguntó, con tono seductor.

—Sólo te doy la oportunidad de que puedas tener un objetivo para el futuro.

—Y lo tendré muy presente. Cada delicioso minuto de ese futuro.

Lily volvió a besarlo y luego buscó las galletas en la cesta. Alzó la mirada cuando Eddie se levantó y salió corriendo.

Lily y Whitby se incorporaron a toda prisa.

—¡Vuelve aquí, pequeño mono! —exclamó Whitby. Alcanzó a Eddie, lo cogió en brazos y lo levantó por encima de su cabeza.

Eddie chilló de alegría mientras Lily miraba desde lejos, riendo.

—¡Al escondite! —gritó Eddie.

Whitby lo dejó en el suelo.

—De acuerdo. Yo contaré. Tú y tu madre os esconderéis.

Lily cogió a Eddie por la manita y lo llevó hasta un árbol, donde se agacharon uno frente al otro detrás del enorme tronco. Sabía que Whitby los vería enseguida ya que asomaba la cola del vestido.

Eddie soltó una risilla.

—Shh —avisó ella, llevándose un dedo a los labios—. Nos encontrará.

Eddie se acurrucó hecho una bola, agarrándose al vestido de Lily con una manita. Whitby buscaba por todas partes en el claro.

—¿Dónde podrán estar? —dijo en voz alta para que ellos lo oyeran—. Deben estar por aquí.

Lily y Eddie ahogaron una risa.

—O quizás estén por aquí, detrás del cochecito.

Eddie movió la cabeza, riendo en silencio.

En un instante apareció Whitby y exclamó:

—¡Te he encontrado!

Eddie se sobresaltó y salió huyendo entre chillidos y risas.

Lily se incorporó y se sacudió las briznas de hierba y las hojas mientras observaba a su marido dar alcance a Eddie y hacerle cosquillas.

Sopló una brisa fresca del sur. Lily cerró los ojos e inclinó la cara hacia el cielo, sintiendo que la bañaba en una euforia tranquila, llena de serenidad. Se maravilló al pensar que había sido bendecida con innumerables alegrías. Tenía amor, pasión y risas, después de haber vivido la mayor parte de su vida sin esos regalos. Gracias a Dios que había encontrado la valentía para dar con ellos y no se había rendido en el camino.

Un momento después, Eddie corría de vuelta a su tren de juguete y Whitby caminaba hacia ella, bello y despeinado bajo la luz de la tarde. Repentinamente seductor. Lily se apoyó contra el árbol, esperando ese acercamiento, añorando el contacto de sus manos.

Él se le acercó, le puso ambas manos en las caderas y luego miró de soslayo detrás del árbol para ver si Eddie miraba.

—Ha vuelto a jugar con su tren —susurró Whitby—. Quizá pueda robarle un beso a su madre mientras está distraído.

Lily sonrió y le cogió la cabeza a su marido con las dos manos.

—No tienes que robarme nada, Whitby. Al fin y al cabo, te pertenezco.

—Y yo siempre estaré agradecido por eso —respondió él, con voz pausada, mirándola con un profundo sentimiento de amor en sus ojos, antes de inclinarse y besarla en los labios.

Nota de la autora

*L*a misteriosa enfermedad que aqueja a Whitby y a Lily es la mononucleosis, también denominada la «enfermedad del beso». Hoy en día es fácil diagnosticarla con un sencillo análisis de sangre.

Esto no era así en 1884. Aunque se trate de una enfermedad que lleva siglos presente entre los humanos, no se le llamó «mononucleosis infecciosa» hasta 1920. Antes, la descripción más temprana de un síndrome que podría representar la mononucleosis data de 1885, cuando un pediatra ruso, N.F. Filatov, describió un caso inusual en el que estaban presentes esos síntomas. En 1889, un médico alemán, Emil Pfeiffer, describió otros casos similares, que definió como «fiebre glandular», término que aún se utiliza ocasionalmente para referirse a la mononucleosis.

En la época en que transcurre la narración, es probable que los médicos hubieran incluido la mononucleosis en una amplia categoría de infecciones como la gripe o la tuberculosis. Incluso en nuestros días, se calcula que sólo el veinte por ciento de lo que llamamos gripe es el verdadero virus de dicha gripe.

No es de extrañar que fuera difícil explicar la mononucleosis siglos atrás, dado que sus síntomas son un tanto esquivos.

En primer lugar, el periodo de incubación, que puede durar de unas pocas semanas a unos cuantos meses, hacía difícil establecer cuándo y cómo se había contagiado.

En segundo lugar, diferentes personas pueden experimentar diferentes grados de virulencia, desde un simple dolor de garganta que sólo dura unos días hasta una infección más grave, como Whitby y Lily, que puede prolongarse entre tres y seis meses, e incluso más. Con un abanico tan amplio de síntomas para diferentes personas, no tiene nada de raro que fuera un verdadero desafío identificar y nombrar el mal antes de la introducción de métodos de diagnóstico más modernos.

Desafortunadamente para Whitby, los síntomas de la mononucleosis se parecen notablemente a los del mal de Hodgkins, una patología que fue descrita por primera vez por el médico inglés Thomas Hodgkins, en 1832. Al final de la era victoriana, se pensó que los factores hereditarios eran una posible causa, aunque en la mayoría de los casos no existía una explicación de sus orígenes, y lo mismo sucede hoy en día.

En aquella época, se llevaban a cabo autopsias debido al revolucionario desarrollo en microbiología y en la investigación en laboratorio que caracterizó la segunda mitad del siglo, pero desafortunadamente no existían tratamientos eficaces para el mal de Hodgkins. [Aún así, en la obra de William Osler *Principios y prácticas de la medicina* (Londres, 1892), el autor recomienda la extirpación de los ganglios cuando son pequeños y localizados. También sugiere arsénico en dosis cada vez mayores hasta que «se manifiesten efectos desagradables».]

Aunque hoy en día las biopsias se consideren un procedimiento menor, en 1884 existía un riesgo permanente de infección, aún cuando hacia esa época este riesgo hubiera disminuido significativamente gracias a los trabajos del médico inglés Joseph Lister, que en la década de 1860 introdujo el método de la desinfección en el hospital de Glasgow donde trabajaba. Lister insistía en que las salas y el instrumental médico debían estar escrupulosamente limpios, y él mismo utilizaba una variedad de antisépticos, entre ellos el ácido carbólico. Resulta sorprendente saber que, poco antes, los médicos llevaban a cabo las autopsias en los hospitales, y luego pasaban a las salas de parto sin lavarse las manos. (La mortalidad de los partos hospitalarios era muy superior a la de los partos en casa con comadronas que, desde luego, no asistían a las autopsias antes de los partos. Eso explica por qué a las mujeres se les aconsejaba normalmente que siempre que fuera posible evitaran acudir al hospital para dar a luz.)

Lister publicó sus estudios en 1867 y sus métodos fueron adoptados en todo el mundo. Estos procedimientos fueron perfeccionados por un médico estadounidense, W.S. Halstead, que en 1890 introdujo el uso de guantes de caucho esterilizados durante las intervenciones quirúrgicas.

En 1897 Lister fue recompensado por sus descubrimientos con un título de nobleza, y se convirtió en el primer médico miembro de la Cámara de los Lores.

En relación con la obstetricia, el uso del cloroformo durante el parto de Lily es fiel a la verdad histórica, y se sabe que a la reina Victoria se le administró durante el parto de sus dos hijos. En aquella época, la anestesia durante el parto se convirtió en una práctica a la moda.

En el siglo XIX también se recurría al parto por cesárea, si bien se consideraba un recurso desesperado de última hora. Estadísticas inglesas de entre 1868 y 1879 revelan que sólo el dieciocho por ciento de las mujeres que se sometían a cesárea sobrevivían. Sin embargo, en su obra *Science and Practice of Midwifery* [*Ciencia y práctica de las comadronas*] (Londres, 1884), el médico W.S. Playfair postuló que esas estadística no eran fiables, ya que la mayoría de las operaciones que recogía el estudio se habían llevado a cabo cuando la paciente estaba al borde de la muerte. Playfair creía que si la cesárea se practicaba más temprano que tarde (antes de que la paciente estuviera agotada o impedida por un trabajo de parto largo e infructuoso), aumentaría su tasa de éxitos.

La mayoría de las opiniones médicas del doctor Benjamin se basan en los textos del doctor Playfair, quien, entre otras cosas, fue profesor de medicina obstétrica en el King's College, Inglaterra, y médico de la duquesa de Edimburgo.

Espero que hayan disfrutado de la historia de Whitby y Lily, y que visiten mi página web en *www.juliannemaclean.com* para más información sobre el libro de Annabelle, que saldrá en 2006. Magnus será un importante personaje de la historia, y él y Annabelle finalmente se enfrentarán a los problemas que han vivido en el pasado.

www.titania.org

Visite nuestro sitio web y descubra cómo ganar
premios leyendo fabulosas historias.

Además, sin salir de su casa, podrá conocer
las últimas novedades de
Susan King, Jo Beverley o Mary Jo Putney,
entre otras excelentes escritoras.

Escoja, sin compromiso y con tranquilidad,
la historia que más le seduzca
leyendo el primer capítulo de cualquier libro
de Titania.

Vote por su libro preferido y envíe su opinión
para informar a otros lectores.

Y mucho más…